# OS
# ABDUZIDOS

Série CRÔNICAS DA TERRA

*O fim da escuridão*, vol. 1
*Os nephilins*, vol. 2
*O agênere*, vol. 3
*Os abduzidos*, vol. 4

1ª edição
setembro de 2015 | 12 mil exemplares
2ª reimpressão
novembro de 2015 | 4 mil exemplares

CASA DOS ESPÍRITOS EDITORA
Rua Floriano Peixoto, 438
Contagem | MG | 32140-580 | Brasil
Tel./Fax: +55 (31) 3304 8300
editora@casadosespiritos.com
www.casadosespiritos.com

EDIÇÃO, PREPARAÇÃO E NOTAS
Leonardo Möller

CAPA, PROJETO GRÁFICO E DIAGRAMAÇÃO
Andrei Polessi

REVISÃO
Naisa Santos
Michele Dunda

IMPRESSÃO E ACABAMENTO
Intergraf

*Pelo espírito*
ÂNGELO INÁCIO

# OS ABDUZIDOS
# ROBSON PINHEIRO

**Dados Internacionais de Catalogação na Publicação (CIP)**
(Câmara Brasileira do Livro, SP, Brasil)

Inácio, Ângelo (Espírito).
 Os abduzidos / pelo espírito Ângelo Inácio ;
[psicografado por] Robson Pinheiro . - 1. ed. - Contagem, MG :
Casa dos Espíritos, 2015. - (Série Crônicas da Terra; v. 4)

Bibliografia.
ISBN 978-85-99818-37-4

1. Espiritismo 2. Ficção espírita 3. Psicografia
I. Pinheiro, Robson. II. Título.
15-07388          CDD – 133.93

Índices para catálogo sistemático:
1. Ficção espírita : Espiritismo 133.93

Os DIREITOS AUTORAIS desta obra foram cedidos gratuitamente pelo médium Robson Pinheiro à Casa dos Espíritos, que é parceira da Sociedade Espírita Everilda Batista, instituição de ação social e promoção humana, sem fins lucrativos.

COMPRE EM VEZ DE COPIAR. Cada real que você dá por um livro espírita viabiliza as obras sociais e a divulgação da doutrina, às quais são destinados os direitos autorais; possibilita mais qualidade na publicação de outras obras sobre o assunto; e paga aos livreiros por estocar e levar até você livros para seu crescimento cultural e espiritual. Além disso, contribui para a geração de empregos, impostos e, consequentemente, bem-estar social. Por outro lado, cada real que você dá pela fotocópia ou cópia eletrônica não autorizada de um livro financia um crime e ajuda a matar a produção intelectual.

**O Acordo Ortográfico** da Língua Portuguesa, ratificado em 2008, foi respeitado nesta obra.

# SUMÁRIO

INTRODUÇÃO
por Ângelo Inácio [espírito], viii

**1** Sob o céu de Titã, 19

**2** Arrebatamento, 67

**3** O pacto, 109

**4** Outra face da história de Jesus , 151

**5** O lado oculto do homem de Nazaré, 195

**6** A luz do princípio, 251

**7** Desceu aos infernos, subiu aos céus, 289

**8** A caçada tem início, 333

**9** Os filhos do amanhã, 375

REFERÊNCIAS BIBLIOGRÁFICAS, 410

# INTRODUÇÃO

por Ângelo Inácio
[espírito]

**U**M LIVRO não se escreve apenas com duas mãos; escreve-se, sobretudo, com muitas lembranças, muita inspiração, muitas mentes e uma parceria de almas. É assim que livros psicografados são produzidos. Ninguém cria, pura e simplesmente. Em geral, somos tão somente escritores, redatores que, inspirados, reorganizamos verdades, mensagens, intuições, inspirações e histórias vividas em muitas vidas e por diversos personagens, dando forma ao conteúdo que verte das páginas da existência. Em outras palavras: com frequência, apenas editamos; não criamos o inédito propriamente.

Não me considero um escritor convencional, ou ficcionista, pois não falo de mim mesmo ou de minha imaginação. Estudo largamente, convido outros autores, dispo-me de minhas próprias ideias e concentro-me, acima de tudo, em transcrever o resultado dessas pesquisas. Exatamente conforme me apresento desde o inaugural *Tambores de Angola*,[1] sou uma espécie de repórter do Além: colho informações e apontamentos e os compilo no texto final, procurando preservar a característica de todos os meus parceiros do mundo extrafísico – e também da esfera física. Isso mesmo: existem ex-

---

[1] Cf. PINHEIRO, Robson. Pelo espírito Ângelo Inácio. *Tambores de Angola*. 3ª. ed. rev. Contagem: Casa dos Espíritos, 2015. (1ª. ed. em 1998).

celentes autores encarnados, e, como temos acesso a eles, a seus pensamentos e a seu espírito, desdobramo-los e consultamo-los, num processo de parceria que desafia muito do que se tem dito em termos de produção literária, mesmo de produção mediúnica. Desse modo, o resultado é produto de vários pensamentos, de várias experiências, de várias mentes, que vivenciam cada qual um elemento da realidade interpretada no texto e transcrita no papel. Eis como procedo à produção mediúnica.

Há, ainda, outro aspecto importante, que merece comentário, principalmente quando se trata de uma escrita psíquica, algo diferente da escrita comum, entre autores encarnados. Do lado de cá, em momentos de inspiração e transpiração, temos acesso a registros de toda espécie: de todas as obras, de tudo quanto é arte, beleza ou poesia. Mergulhamos o pensamento, pois, nesse oceano universal de ideias, de produção intelectual sob inspiração espiritual. Submergimos nesse mar de *noúres*, ou correntes de pensamento, absorvemos inspiração, ideias, complementos, matrizes que ficam registradas no *akasha*, ou éter, no jargão espiritualista. A essa inspiração junta-se a contribuição de diversos amigos espirituais, seres que compõem nossa equipe de escritores, desenhando-se, sobre o papel, um resultado cuja finalidade é dar aos imortais que habitam corpos físicos pálida ideia das ocorrências a que nos referimos em nossa produção jornalística.

    É de se esperar que nem sempre encontremos eco nos recursos medianímicos, devido às interferências e aos obstáculos próprios da matéria e das limitações de nossos medianeiros. Portanto, frequentemente recorremos a figuras de linguagem, a metáforas, a fim de sermos compreendidos por meio de uma imagem ou comparação que ilustre nosso pensamento. Além de cumprirem a missão última, que é comunicar, expressar uma ideia, tais recursos têm o mérito de conferir ao texto verossimilhança – embora verossimilhança seja diferente de exatidão –, de maneira que empregamos, muitas vezes, elementos fortes da linguagem escrita e textos preparados, aperfeiçoados ou adaptados por numerosas mãos, a fim de que os leitores tenham a ideia mais aproximada possível daquilo que intentamos dizer. Nesse vaivém de parcerias espirituais entre autores encarnados, desdobrados ou desencarnados que se expressam – apesar de a maioria julgar e apostar que estamos mortos –, o texto enfim se compõe, numa instigante conjugação de ideias, pensamentos, descrições, dramas e outras ferramentas das quais nos servimos para colimar o objetivo maior: a comunicação eficaz, a compreensão.

    É claro que esse tipo de literatura nunca será de todo bem-vinda entre os que advogam a pureza total, absoluta, da produção intelectual. Mas... que fazer? Como – e mais importante: por quê? – disfarçar a procedência múltipla do texto, que não advém de uma única fonte? Como negar ou mesmo omitir a contribuição de elementos espirituais, intelectuais e, sobretudo, de uma parceria que se estabelece entre mundos? Isso ocasiona polêmica, celeuma, disputas de opinião. Porém, o que consola – os autores desencarnados – é que, um dia, todos virão para o lado de cá da vida e experimentarão o fato de que, sozinhos, não podemos quase nada. Ao contrário, juntos, em parceria, somos capazes de fazer brilhar a pérola da poesia, da dramaturgia, de diversos estilos e tendências literárias, embora esse mister provoque incômodo em quantos se intitulam *experts* na análise de textos.

Do lado de cá, os valores se invertem, pois não se buscam aplausos nem os louros do reconhecimento dos mortais, pelo menos entre aqueles que fazem parte de um grupo de seres espirituais que se dedicam ao esclarecimento da humanidade. Por isso os textos perturbam; é em virtude dessa perturbação proveitosa que se inaugura nova etapa na história da produção literária mediúnica, feita de parcerias, caracterizada pela mescla de pensamentos e conhecimentos, visando ao máximo alcance.

Assim sendo, para aqueles que esperam que eu assuma, na íntegra, a autoria dos textos por mim transmitidos, eu os decepcionarei. Não passo de um repórter, uma espécie de jornalista e pesquisador; reúno aqueles meus amigos e instrutores e transformo em palavras inteligíveis o que apenas é sonhado, concebido, desenvolvido e experimentado por uma grande equipe de seres responsáveis, comprometidos com o esclarecimento dos humanos da Terra. Eis como surgem palavras e frases inteiras, inspiradas, traduzidas, produzidas, no todo ou em parte, na ideia como na forma, de maneira a exprimir inúmeras elucubrações, emoções, concepções e muito mais: a partir da experiência de vida de tantos que um dia pisaram o solo do planeta e disputaram a fama passageira da glória dos mortais.

Hoje, sob a luz das estrelas, e sendo, mais do que estrelas – com efeito, uma constelação de almas que brilham no universo literário, reconhecidas em dois mundos: o daqui, o original, e o daí, o passageiro –, tais quais relâmpagos de luz, tais quais raios de um pensamento evolucionista, esses seres perpassam a Terra num momento de intensa produção intelectual-espiritual, a fim de levar ao mundo o retrato da vida no Além e suas minúcias, seus complexos ensinamentos, sua complexidade real, que transcende largamente a imaginação dos homens comuns.

Nesse sentido, sou apenas o amigo que deixo registrados na memória astral os pensamentos de muitos outros, anônimos ou não, que se achegam ao mundo nesta hora de transição para falar, escrever e compartilhar a verdade. Trata-se de criaturas que se comunicam independentemente dos arroubos de quem se arvora a criticar – arrogando-se, ao fazê-lo, a posição suprema de revelador da verdade, de arguto desmascarador de engodos – e apontar erros e distorções cometidos pelos que, segundo eles mesmos dizem, seriam os supostos intelectuais do outro mundo.

Uma nova face da realidade: eis o que ambiciosamente desejo apresentar neste livro. Trata-se de um mosaico do pensamento de vários autores, embora não se constitua na verdade única; contudo, é uma face até então oculta, pouco ou nada investigada e solenemente desprezada, quando não refutada. Tomo a liberdade de ir contra dois mil anos de *marketing* espiritual em torno de uma figura cercada em tabu e controvérsia que é a de Jesus de Nazaré, sobre cuja mensagem e sobre quem nem mesmo seus apóstolos mais diletos chegaram a um consenso, quem dirá seus discípulos contemporâneos. São múltiplas as interpretações, não raro contraditórias; incontáveis são as disputas em torno daquele que representa o alfa e o ômega da civilização. Ainda hoje, como a maioria de seus seguidores converteram-no num ser inatingível por observações e meios humanos, num semideus –

alguns chegam a confundi-lo com o próprio Criador –, ele paira acima de qualquer nova interpretação ou realidade. Ao menos para muitos fiéis, é cume inatingível.

Nestas páginas, atrevo-me a rabiscar um contraponto a essa situação. Amalgamei o pensamento de diversos autores desencarnados, do lado de cá da vida, e me propus a discorrer sobre um aspecto inusitado da existência desse homem incrível e enigmático, desse ser que a todos nós encanta, os que tivemos uma educação nos moldes ocidentais cristãos – desde que suficientemente lúcidos para reconhecer a contribuição incomensurável das luzes de seu Evangelho na organização e no aprimoramento da sociedade humana depois dele. Refiro-me a uma faceta não abordada ainda, ao menos pela maioria que diz acreditar em seus ensinamentos.

Ao leitor cabe a palavra final. Isso porque, mesmo aqui, nesta dimensão na qual me encontro, não colocamos ponto final em nada. Em torno dessa outra realidade – impenetrada, mas não impenetrável – da trajetória do homem de Nazaré, orbitam verdades e versões mil. A própria história da civilização patrocina tramas, dramas e tragédias a respeito, dando origem a uma saga narrada com poesia e intensidade emocional, envolta em palavras e depoimentos de diversos espíritos, que os escrevem a várias mãos.

*Os abduzidos* é, pois, um livro que reconta uma história conhecida, mas com nuances ainda não admitidas publicamente de maneira clara e definitiva. No entanto, endereça uma verdade, uma realidade que precisa ser encarada ao menos, se não esmiuçada, a fim de formar opinião e dimensionar com acurácia eventos históricos e escatológicos que envolvem centenas e milhares de pessoas ao redor do mundo – principalmente nesta época, em que a humanidade se prepara para dar um salto em seu atual ciclo histórico. Ofereço-lhe palavras resumidas, mas que registram um lado da história que talvez muitos se neguem a admitir. A esses, bom embate. Aos demais, bom combate.

ÂNGELO INÁCIO
*Belo Horizonte, MG,*
*27 de agosto de 2015 da nova era da humanidade.*

# 1
## SOB O CÉU DE TITÃ

"Mas tendes chegado ao Monte Sião, e à cidade do Deus vivo, à Jerusalém celestial, a miríades de anjos; à universal assembleia e igreja dos primogênitos inscritos nos céus, e a Deus, o juiz de todos, e aos espíritos dos justos aperfeiçoados"
HEBREUS 12:22-23

**A** REUNIÃO SE DEU num dos satélites naturais mais conhecidos do Sistema Solar. Titã fora previamente escolhido devido à sua estrutura etérica e física, análoga à de determinados mundos capazes de comportar habitantes de diferentes procedências planetárias. A maior lua de Saturno apresentava uma atmosfera espessa, além de contar com grandes reservas de água em seu interior. Erguera-se ali uma das mais importantes bases do Sistema Solar, construída mediante participação de seres de diversas raças da galáxia. Era uma espécie de base de aliados, mas sobretudo daqueles que queriam evitar ao máximo interferências nos fatores evolutivos da nova raça humana, em ascensão na Terra – ou terceiro planeta, conforme comumente o chamavam.

Titã era um ícone de determinada concepção de sociedade: fundara-se sobre a convicção de que diferentes humanidades e criaturas podem conviver em relativa harmonia, a despeito da diversidade das manifestações de vida peculiar aos mundos de origem de cada uma. Havia ali uma plataforma especial, onde um conjunto de instrumentos de observação permitia captar emissões de rádio e algumas outras ondas provenientes de mundos vizinhos, mas prioritariamente aquelas geradas no terceiro planeta, para o qual se voltava a atenção dos emissários das raças espaciais ali representadas. Era cada vez mais acentuado o interesse em entender e acompanhar a situação reinante naquele orbe. Depois da conferência de Titã, nova base seria erguida nas proximidades da lua terrestre, senão na própria Lua, de maneira que se pudesse observar com mais propriedade e riqueza de detalhes o quadro político, geopolítico e social daquele globo.

Desde tempos remotos, a Terra era vista como um elemento precioso por diversas raças. Talvez depois, milênios mais tarde, as criaturas que caminhavam sobre a superfície desenvolvessem com maior substância a compreensão de que seu mundo consistia num importante entroncamento energético, onde se travava uma verdadeira batalha espiritual, energética e de proporções cósmicas. Tratava-se de um palco onde a política de determinado semideus era reproduzida e posta à prova, numa localização escolhida a dedo pela administração solar; uma arena na qual se procurava implantar uma concepção inovadora da vida e do universo, sob os auspícios de forças superiores que coordenam a evolução galáctica desde os mundos centrais da Via Láctea.

Os povos que se reuniam em Titã divergiam entre si quanto aos propósitos em relação à humanidade ainda em fase juvenil. Cada um buscava a supremacia no novo mundo, ainda que lá não se tivesse fincado nenhuma bandeira que concedesse propriedade exclusiva a qualquer das raças em disputa. Paradoxalmente, se porventura alguma delas quisesse considerar aquele mundo como parte de seu *establishment*, a prerrogativa sem dúvida caberia aos *annunakis*; eles, contudo, não encampavam tal posição.

Fato é que havia muito em jogo no desenrolar dos eventos no planeta Terra. Tratava-se de importante palco de lutas cujo resultado poderia desencadear um efeito dominó de incríveis proporções, capaz de afetar a vida em todo o Sistema Solar e nos sistemas vizinhos, além de encerrar o destino de raças guerreiras que ali se congregavam ou se desenvolviam em culturas e nações diversas. Caso as sociedades dominantes da Terra chegassem ao apogeu da destruição, arruinando seu próprio globo, seu *habitat*, um efeito cascata se abateria sobre a estrutura etérica e física de vários outros orbes. As consequências seriam catastróficas. A título de comparação, a devastação causada seria como um cataclismo que arrastaria toda a população para o caos e a destruição, como se uma civilização inteira pudesse desaparecer de um dia para outro, provocando-se um desequilíbrio ecológico de proporções vastíssimas nos proximidades de onde sucedesse o fenômeno, como realmente ocorreu em certas ocasiões da história terrena.

A onda de destruição em massa que adviria da eventual ruína do planeta Terra seria imprevisível em seus pormenores. Mundos vizinhos decerto seriam afetados de forma irremediável. Na hipótese modesta de que se comprometeria apenas o equilíbrio da Lua, isso seria o suficiente para que ondas cataclísmicas varressem a paisagem do planeta, consumindo cidades e continentes. Ações militares que porventura lançassem mão de armas nucleares ou de destruição massiva em larga medida e, com isso, afetassem o equilíbrio do sistema Terra-Lua, desencadeariam fatores realmente incontornáveis para a humanidade do planeta.

Continentes inteiros seriam acometidos. Os oceanos se levantariam em todos os lugares, elevando-se acima das medidas concebíveis. Furações, tornados e tempestades de força descomunal varreriam a superfície planetária, de tal modo que os humanos jamais conseguiriam enfrentar a fúria desencadeada pela natureza. Caso a Lua se desviasse de sua órbita por poucos graus apenas, já seria o bastante para acarretar consequências perante as quais nenhuma administração ou ciência humana se mostraria eficiente. Imagine-se uma hecatombe nuclear que saísse de controle... Significaria decretar o fim da civilização conforme hoje existe na superfície. O clima e, por conseguinte, toda a paisagem natural se manteriam alterados por séculos ou milênios, até que novamente se estabelecesse um novo equilíbrio no ecossistema planetário.

No âmbito das realizações humanas, facilmente os satélites artificiais ficariam comprometidos, submergindo o orbe num apagão completo de comunicações, no qual nenhum sistema hoje em andamento, desde o rádio até a internet, passando pela telefonia e outros mais, seria capaz de operar. Como resultado, o retrocesso lançaria a civilização de volta aos primórdios da era moderna. Energia elétrica, nuclear e toda tecnologia; tudo que a civilização atual nem ao menos é capaz de conceber como algo de que se privar logo seria levado à condição de lenda. O caos seria total; uma guerra nessas proporções, que abalasse o sistema Terra-Lua, levaria a chamada era da informação ao colapso, uma vez que tudo que existe hoje – desde simples dados confidenciais das pessoas até os do sistema político e das nações, segredos da ciência e da tecnologia – seria severamente afetado.

Esse quadro acachapante é apenas um desdobramento hipotético, mesmo assim, nada impossível, considerando-se os desvarios humanos e as possibilidades desenvolvidas pela ciência atual. Acima de tudo, os humanos da atualidade ignoram com um sem-número de forças, energias, situações e descobertas mantidas longe do conhecimento público, de sorte que o mais comum dos cientistas jamais sonha que estejam sendo pesquisados, testados e descobertos determinados elementos. Em muitos desses casos, o homem ainda não adquiriu pleno domínio das forças que manipula. Pode-se dizer que, em média, tais fatos são levados a público, mesmo ao conhecimento de certas lideranças políticas e militares, somente após cerca de 20 anos de sua existência. Antes disso, jamais são veiculados na imprensa ou levados ao conhecimento das pessoas comuns.

Considerando esses pontos e tantos outros desconhecidos da população, mas sabidamente reconhecidos aqui, nesta dimensão da vida, onde os espíritos nos movemos e existimos, vibramos e vivemos, há grande número de fatores capazes de desencadear situações imprevisíveis que, mesmo hoje, representam ameaça ao sistema de equilíbrio ecológico do planeta.

Extrapole-se esse quadro ainda mais, para o âmbito cósmico, isto é, examinando-se a questão segundo a perspectiva do Sistema Solar. Imagine-se o mundo Terra severamente prejudicado em virtude da atuação de homens imprudentes, irresponsáveis – ou, por que não dizer, maus. Pouco importa se os moveriam o apetite desenfreado por ganho a qualquer preço, a cobiça por domínios sempre maiores ou a sede doentia de poder e de chances de refestelarem-se em seus braços. Tampouco seria determinante se, em vez de magnatas corrompidos ou déspotas e crápulas da cena política, os artífices do mal fossem cientistas inescrupulosos que se colocariam a serviço das forças da escuridão, ainda que incapazes de avaliar devidamente o grau de destruição que seus experimentos medonhos pudessem alcançar.

Caso a Terra sofra algo parecido – e isto é completamente possível na atual conjuntura – e, como consequência, afaste-se levemente de sua órbita, arrastando a Lua consigo, imagine-se o efeito devastador que semelhante fenômeno provocaria sobre a órbita dos planetas vizinhos. Aliás, é mesmo difícil imaginar tal situação. Entretanto, pode-se ter uma ideia aproximada ao se considerarem os efeitos causados pelo aniquilamento do então quinto planeta do Sistema Solar, há milhares de anos, quando uma catástrofe varreu até mesmo os vestígios de uma civilização inteira naquele orbe, perturbando o equilíbrio de dois planetas próximos.

Alvo de tempestades gravitacionais de enorme monta, a estrutura de um dos mundos – o quarto a partir do Sol – sofreu um grave e duradouro revés, a tal ponto que isso acarretou o extermínio de quase a totalidade de seus habitantes, não fosse o fato de que nesse mundo existia, além da física, uma civilização etérica pujante, que logrou sobreviver às energias catastróficas geradas em meio à ruína do orbe vizinho. Até hoje a estrutura puramente física desse mundo não corresponde àquela que existia nos tempos remotos. O tormento de mais de 4 bilhões de seres – sem se computar a população do quinto planeta, que foi impiedosamente consumida pelos eventos que marcaram o ocaso de sua civilização – chegou praticamente a provocar a extinção da vida dita material no planeta, que, bem mais tarde, viria a ser conhecido sob o nome de Marte.

A Terra, ela própria, ressentiu-se fortemente da hecatombe de proporções cósmicas ocorrida nas imediações do Sistema Solar. Assistiu-se à extinção de várias espécies em desenvolvimento na superfície do mundo, bem como a fenômenos drásticos de ordem climática. Terremotos, maremotos, furacões e *tsunamis* gigantescos marcaram o fim de diversas comunidades em evolução na superfície, além de acarretarem a diminuição de densidade na camada de ozônio. A inclinação do eixo planetário e a redistribuição das camadas de gelo, que soterraram diversas tecnologias deixadas na Terra pelos seres do espaço, foram algumas das consequências da destruição do quinto mundo.

Baseados em evidências históricas como essas, entre outras mais, é que os seres do espaço reunidos em Titã voltavam seus olhares para a Terra. Congregavam-se tanto aqueles comprometidos com princípios de segurança energética e física do Sistema Solar quanto aquelas raças que almejavam experimentar sua ciência e pesquisar novos campos de trabalho no planeta juvenil. Em meio à diversidade de características culturais e de interesses que se convergiam na direção do terceiro mundo, deu-se a conferência intergaláctica, que tinha como palco o gigante de Saturno. Discutiam-se com fervor o futuro e as estratégias que se pretendiam desenvolver em face da realidade terrena no fim dos anos de 1930 e no início da década seguinte, conforme registravam os calendários predominantemente adotados entre os homens.

– Nosso interesse é eminentemente científico. Desejamos apenas testar nossas teorias quanto à evolução dos seres que vivem nesse mundo. Trabalhamos com o intuito de conhecer suas emoções, isto é, compreender de que modo os humanos, como se referem a si mesmos, desenvolveram essa característica, que, em nossa raça, não somente não avaliamos como positiva como nunca a experimentamos, ao menos não no grau vivenciado pelos humanos da Terra. Portanto, repito, nosso interesse é estritamente científico.

– Mas, sendo algo tão científico, como afirma, em que aspecto se pode entender que as atividades pretendidas sejam benéficas para os próprios humanos? Será que sua pesquisa não interferirá no desenvolvimento da vida entre os homens do terceiro planeta? – perguntou um *etherian*, visivelmente interessado em compreender quais procedimentos aquela raça intentava realizar.

– Quanto a isso, não temos condições de responder, no entanto, precisamos investigar. Ocorre que, no passado remoto, alguns de nossos compatriotas se corporificaram no mundo em questão, de maneira que hoje é quase impossível detectarmos onde se encontram, a tal ponto estão integrados à estrutura social do planeta. Se tal integração se deu com migrantes, não poderá acontecer outra vez na época em que vivemos, em nossa realidade atual? Precisamos investigar para saber que medidas podemos tomar caso se verifique novamente essa miscigenação, ou até mesmo para descobrir demais causas envolvidas.

– Com efeito, meu caro, em dado momento, quase todas as raças aqui reunidas, durante a aproximação com esse mundo – mas não apenas com ele –, envolveram-se com a vida na superfície e acabaram se integrando ao terceiro mundo em maior ou menor medida. Porém, isso ocorre em todos os âmbitos da vida no espaço. Interessa-me é saber quais recursos utilizarão para as pesquisas. Entenda – acentuou o *etherian* –, não me cabe impedir que conduzam experiências, mas acredito que os humanos não podem ser tratados como cobaias de laboratório, até porque, todos sabemos, já desenvolveram alguma tecnologia, mesmo que rudimentar; já são capazes de aplicar certas leis da natureza, da física, em particular, o que denota certo grau de progresso intelectual que não podemos menosprezar. Ainda que assim não fosse: já usam a razão, o raciocínio elaborado, o que implica serem merecedores de nosso respeito como humanidade que são. Uma vez que nos pautamos pelo respeito até mesmo perante os animais, quanto mais ante os seres conscientes das civilizações encontradas...

Certo burburinho começou a ser ouvido na assembleia, devido à discussão que logo de início se levantou no tocante à metodologia, mas também ao conceito de civilidade ou civilização, se poderia ou não ser aplicado aos seres que se diziam humanos e habitavam a superfície daquele planeta.

Depois de ligeira intervenção de um representante de Órion, que apenas atuava como mediador, a fim de harmonizar a conversa entre seres de culturas tão distintas, pareceu que a conversa retomou a fluidez normal, tendo em vista a compreensão mútua.

– No que respeita a nosso povo, não lançaremos mão de nenhum tipo de coação mental ou qualquer recurso passível de interferir na vida física dos habitantes do terceiro mundo. Asseguro que tal prática não atende a nosso objetivo. No entanto, temos condições de nos materializar, de nos transferir até a superfície do planeta e estabelecer uma convivência com os humanos, sem a necessidade, para tanto, de nos corporificar, abrindo mão de nossa identidade e mergulhando na matéria de modo definitivo. Como muitos sabem, uma de nossas habilidades é assumir a aparência de outros seres, ainda que em caráter temporário. Uma vez que consumimos certo tempo no processo de retomar o aspecto original, é importante observarmos alguns limites, a fim de que não nos percamos definitivamente no novo mundo, incapazes de voltar à aparência original. O tempo entre uma transformação e outra gira em torno de cinco meses, tomando-se por base a medição de tempo lá vigente. De tempos em tempos, devemos retomar a forma original, para então assumirmos um corpo de feições diferentes.

Outro ser, este, advindo de Zeta Reticuli, um sistema planetário próximo – considerando-se as distâncias espaciais –, interveio:

– Pois a nosso povo interessa interferir de maneira mais direta, sim. Somos também cientistas, porém nosso objetivo é pesquisar a vida humana em sua relação com a ecologia do orbe, desvendando o funcionamento dos elementos naturais. Como é de conhecimento geral, em dado momento de nossa história, nosso mundo sofreu um revés. Depois de diversos ciclos de pesquisa, em vários quadrantes do espaço, chegamos à conclusão de que o terceiro planeta oferece recursos para a sobrevivência de nossa raça, incluindo o clima, a ecologia e a estrutura energética, que favorecem a reprodução de nossa espécie.

– Isso quer dizer que pretendem, de certa forma, ocupar o lugar dos humanos? Para mim, soa como invasão... – falou outro ser, advindo de um mundo da periferia da galáxia.

– Como vocês não enfrentaram uma situação como a nossa, talvez pareça uma invasão, de acordo com o seu ponto de vista. Contudo, o que queremos descobrir é se há compatibilidade entre nosso tipo físico e o humano. Isso somente é possível mediante observações mais criteriosas, mais detalhadas da organização física dos corpos terrestres, as quais nos permitirão entender, segundo esperamos, se há possibilidade de reverter o processo que ocorreu conosco e que nos impede de nos reproduzir.

– Em outras palavras – interferiu o *etherian* –, vocês pretendem fazer experiências genéticas com os seres da superfície da Terra...

– Pode-se pensar assim – respondeu o *gray* de Zeta Reticuli. – Afinal, desconhecemos outra forma de apurar as conclusões que nos motivam. Estamos interessados em vários aspectos da vida planetária, mas um em especial, isto é: se porventura existe a possibilidade de cruzamento entre as duas raças, a nossa e a humana, mas também se o sistema ecológico deles encerra alguma resposta às nossas indagações e às nossas necessidades. Agora, se eles irão ou não destruir o seu mundo, isso é responsabilidade deles, e não nossa.

– Mas, se, afinal, eles causarem tamanho prejuízo ao próprio mundo, como pretende sua raça viver ali, em um ecossistema afetado pela radioatividade e por outros fatores mais? Com efeito, acredito que vocês deveriam se interessar pelo destino desse planeta que reclama nossa atenção no momento atual. Ora, estão na iminência de desencadear uma guerra de proporções globais, inéditas! Caso não haja interferência externa, caso não cheguemos à conclusão de que devemos nos unir para ajudar e interferir de maneira harmônica, que destino nos aguardará? Senão por nada mais, deve nos mobilizar o fato já por nós conhecido: refiro-me a algo descomunal, tal como ocorreu com o quinto mundo eras atrás. Ninguém aqui ignora que não há como se furtar a consequências nefastas sobre a estrutura de vida de nossos mundos nessa hipótese.

– Isso pode ser uma realidade para vocês. De qualquer forma, mesmo se esse mundo estiver abalado, ainda temos condições de viver nele, acreditamos, bastando para isso nos adaptar ao ambiente. Notem que já sobrevivemos há milênios, segundo o tempo terrestre, desprovidos da capacidade de reprodução. Portanto, queremos tão somente empreender nossas pesquisas a fim de descobrir se, por acaso, juntando nossos genes aos deles, conseguiremos forjar uma raça que possa novamente se reproduzir; no mínimo, se, uma vez destruída a superfície do orbe pelos próprios habitantes, seríamos capazes de reconquistar certa condição de vida que favoreça nossa raça. Em qualquer das hipóteses, caso sobrevivam ou não a si mesmos, seu mundo configura-se excelente opção para nós, que já não mais encontramos opções em nosso planeta. Nossa situação é irreversível.

– Isso nos faz ficar mais atentos a vocês, de Zeta Reticuli. Uma vez que lograram danificar seu sistema de vida a ponto de comprometerem a sua própria constituição física, mesmo que de uma fisicalidade diferente da que tem a maioria de nós, pergunto: o que os impediria de repetir o feito com um mundo tão jovem como a Terra? O que os impediria de provocar, ao interagirem com a população terrena, mal semelhante ao que causaram a seu mundo natal? – indagou o *etherian*.

– E, por acaso, acham que os humanos precisam de uma interferência externa para se comportarem de maneira tão daninha e nociva a seu próprio mundo? Dê-lhes um pouco de tecnologia e veja do que são capazes! Acompanhamos há pelo menos 20 mil anos terrestres a política deles e a capacidade de destruição que desenvolveram. Afirmo, *etherian*, que eles próprios já são suficientemente deletérios e, pela própria natureza, cedo ou tarde levarão o próprio sistema de vida ao colapso. Vocês desconhecem a capacidade destruidora dos terrenos; não precisam de nós para tanto.

– Além do que mencionei, desperta-me atenção no tocante às suas verdadeiras intenções o ponto relacionado aos experimentos científicos, ou seja, a ética de sua ciência – redarguiu o *etherian*, claramente longe de se convencer pelos argumentos do *gray*.

Um *centauri*, da estrela de Alfa de Centauri, tomou a palavra:

– Pelo que sabemos, os *grays* de Zeta Reticuli estão habituados a abduzir seres dos planetas por onde passam e a submetê-los a experiências das quais não temos muitas informações...

– Fale por si, *centauri*. Todos aqui sabem que vocês se miscigenam com seres de planetas inferiores a fim de aprimorarem sua raça geneticamente. Então, eis um procedimento comum a diversos povos, senão a todos. No nosso caso, só o fazemos com a concessão dos donos do mundo em questão, ou seja, pedimos permissão aos que detêm o poder.

– Permissão? Pelo que sei, o que existe é mera troca de favores, mas fato é que esse procedimento jamais foi aprovado por nenhum dos povos pertencentes ao nosso concílio. Nosso caso é bem diferente, *gray*. Misturamo-nos exclusivamente com povos cuja estrutura física guarda algum parentesco conosco. Além do mais, não pode ser caracterizada nossa ação como cruzamento, no sentido convencional, pois não se dá intercurso sexual entre nosso povo e aqueles que ajudamos. Visamos ao aprimoramento genético de raças que ainda não atingiram o nível de erguer uma civilização. Mais ainda, nossa raça não está em extinção, tampouco perdeu a capacidade de reprodução.

— Posso considerar suas palavras como uma afronta à nossa raça, caro *centauri*. Ninguém aqui ignora o risco de extinção que nosso povo corre; nunca o escondemos. Além do mais, sou o maior representante dos *grays* de Zeta Reticuli, um *krill* reconhecido e aclamado por toda a população do meu mundo. Portanto, falo em nome de todos os nossos conterrâneos.

O *etherian* interveio novamente para evitar que a situação ficasse ainda mais tensa, mas também para não se desviarem do foco dos problemas ali apresentados.

— Bem, meus amigos, noto que todos aqui, de alguma forma, insistem em defender seus próprios interesses. Ainda temos representantes de outros mundos em nossa assembleia que querem e precisam se pronunciar. Contudo, uma coisa deve ficar bem clara a todos. Sabemos muito bem que você, meu caro *gray*, nunca recebeu autorização de seu mundo central para falar em nome de todos. Tenho documentos em mãos que não deixam margem à dúvida. No máximo, você representa uma vertente de seu povo que deseja, a qualquer custo, comprovar suas teorias científicas e, assim, regressar para os seus como os heróis, como aqueles que descobriram um jeito de evitar o fim de sua raça.

O *gray* mostrou-se acuado com o comentário, mas o *etherian* não se deteve:

– Sendo assim, você jamais pode se considerar um *mngnon* do seu povo, isto é, um governante mundial, até porque data de muito tempo, em sua história, a erradicação de soberanos únicos defensores de um governo de coalizão entre diversas facções que tentavam sobreviver desenvolvendo experimentos. É verdade que intentam voltar a se reproduzir naturalmente, em detrimento da clonagem – como ocorre hoje –, que é um método limitado, pois apenas repete os padrões genéticos anteriores, sem aprimorar o espírito inventivo, o gênio que um dia foi tão marcante em seu povo. E mais: a clonagem não avançou tanto assim em seu planeta, em matéria de qualidade, devido às condições deterioradas do sistema de vida de que dispõem hoje, o qual foi manipulado a ponto de seu orbe se converter num globo quase inerte a flutuar pelo espaço errante. É por isso que seu clã fica à deriva, de mundo em mundo, procurando um que lhe ofereça condições para a sobrevivência futura.

Os representantes dos mundos se entreolharam, cada qual com uma expressão peculiar à sua própria raça. Nem todos conheciam as minúcias da história dos *grays* de Zeta Reticuli, e ainda menor número deles sabia que o *gray* ali presente não falava em nome de todos os seus conterrâneos, muito pelo contrário; o *krill* era partidário de ideia defendida apenas por um setor da sociedade, mais exatamente uma vertente de cientistas que buscavam uma saída para a situação dramática de seu povo por métodos, no mínimo, controversos. No entanto, o *gray* queria ser reconhecido como rei, aspirando ao posto abolido de governador planetário, de modo que fundara uma espécie de partido cujos adeptos ele dominava. Contudo, devido aos métodos nada convencionais de praticar ciência em diversos orbes por onde passava, fora banido de seu mundo original – fato que alimentou ainda mais sua obstinação e seu desejo de retaliação. Embora momentaneamente acuado, o *krill* era o porta-voz de um grupo relativamente importante de sua raça e detinha uma tecnologia que, aos olhos dos humanos da Terra, seria considerada milagrosa.

– Também eu sou um *gray* – falou outro entre os *etherians*[1] –, mas de procedência diferente, ou de um ramo diferente do tronco principal de nossa raça. Não usamos as mesmas armas ou métodos, e nosso povo não perdeu a capacidade de se reproduzir, pois convivemos com a natureza de nosso mundo de maneira mais pacífica.

O *krill*, tendo-se na conta de um alto representante de seu povo – ou querendo assim parecer –, não olhou o *etherian-gray* nos olhos. Aliás, diferiam entre si pelos olhos amendoados de um e os olhos negros, totalmente negros, do outro. Para eles, aquele era um diferencial de grande relevo.

A essa altura dos acontecimentos, entrou em cena outro tipo, desta vez, oriundo das Plêiades:

– Nosso intento no mundo jovem conhecido como Terra é diferente do de vocês, creio eu. Preocupa-nos, sobremodo, a questão da segurança, em termos gerais tanto quanto em relação à população

---

[1] Ao que tudo indica, o termo *etherian* foi cunhado pelo acadêmico norte-americano Meade Layne (1882-1961), um pioneiro em estudos de ufologia e fenômenos parapsicológicos o qual criou, em 1951, a Borderland Sciences Research Foundation, hoje sediada na Califórnia. Notabilizou-se por explicar o avistamento de discos voadores pela ótica da natureza etérica de sua matéria. O termo *etherian*, segundo explica Ângelo Inácio ao se servir dele – dada sua consagração em certos meios –, refere-se à matéria do corpo de alguns extraterrestres cujo teor se poderia dizer *etérico*, e não remonta à sua origem racial.

da Terra particularmente. Se porventura qualquer dos povos aqui representados estiver contrabandeando tecnologia de nossos mundos, oferecendo-a às potências terrestres, temo o mal que isso acarretará aos próprios terrestres já no curto prazo, e, num tempo mais dilatado, a todos nós. Exemplo disso já ocorreu neste mesmo Sistema, levando ao fim o antigo quinto planeta, fato já mencionado. Além do mais, devemos contar também com a atuação milenar da Entidade, a qual se refugiou em torno deste Sol e tem sede de domínio. Sabemos que se nutre das emoções dos habitantes dos planetas onde se aloja e está sempre faminta, pois só se contenta com emoções emanadas de súditos leais, e que se manifesta de forma diferente às diversas nações que intenta subjugar. Sem sombra de dúvida, trata-se de um dos casos mais graves que já enfrentamos nesta galáxia.

Todos repentinamente ficaram calados em seguida à última intervenção, pois a simples alusão ao caos estabelecido pela Entidade acrescentara boa dose de tensão ao ambiente. Afinal, tratava-se de personagem cuja atuação era conhecida pela maioria dos povos, principalmente os da região centrogaláctica, onde vivem os autoevolucionários e de onde partem seus poucos emissários rumo àqueles mundos seriamente ameaçados por se colocarem na mira da Entidade. Todos, incluindo os *grays*, não ignoravam o poder de manipulação dessa espécie de ser coletivo, dessa mente que se manifestara em vários mundos, dissimulando sua natureza real por meio de ideias que, uma vez disseminadas, levam os seres de uma mesma humanidade a lutarem entre si, gerando as emoções descontroladas que alimentam a criatura maligna.

Dificilmente traduzível em termos humanos é a natureza desse ser medonho. Consiste em algo tão absurdo de admitir que até mesmo os dragões são considerados somente uma representação da Entidade, que, de acordo com as lendas correntes em diversos mundos, é quase como uma força intrínseca ao universo físico, pelo menos no âmbito da Via Láctea. Felizmente, trata-se apenas de uma lenda, que o tempo se incumbirá de esclarecer e desmascarar, quem sabe demolindo a convicção firme a seu respeito.

Todos se mantiveram calados, porque sabiam que o planeta Terra, desde o seu nascimento, era um local para onde os olhos de diversos povos se dirigiam, tendo em vista a natureza prodigiosa ali consagrada. Não apenas por isso, mas também porque era claro ser um lugar para onde a entidade se conduzira, alojara-se fugindo dos autoevolucionários, dos seres ou consciências cósmicas que dirigiam os destinos da galáxia.

– Diante disso tudo, preferimos pesquisar esse

mundo de outra maneira – retomou o enviado das Plêiades. – Assim, imiscuímo-nos na multidão, disfarçados como seres humanos. Isso é possível porque temos a habilidade da transferência entre corpos, razão pela qual somos conhecidos como *transporters*, pois nos transportamos para o corpo de quem é dotado de certas características genéticas. Alojamo-nos por algum tempo, em silêncio, observando tudo atentamente junto das pessoas com as quais passamos a conviver em regime de intercâmbio. Coletamos dados a fim de auxiliar o mundo examinado. Em outros casos, quando possível – embora no mundo Terra exista severa limitação para tanto –, conseguimos mesmo nos deslocar, ou seja, quando uma energia consciencial está prestes a perder a vida física ou a desligar-se do corpo de forma abrupta, por exemplo, por meio de um acidente, acoplamo-nos ao corpo em questão, uma vez que seu habitante original irá mesmo partir. Ligamo-nos através de um fio tênue, que conecta nossa consciência ao corpo que será utilizado, de tal modo que preservamos a mesma identidade, embora sejamos um novo indivíduo. Modificamos lentamente, tanto quanto possível, o curso da vida daquele que nos serviu de intérprete ou hospedeiro, sem despertarmos maiores suspeitas. Conservamos nossa consciência no processo, embora devamos viver ali, entre os habitantes daquele mundo, como se fôssemos o mesmo ser com o qual estavam habituados, sem deixarmos transparecer indícios relevantes do fenômeno.[2] Trata-se de uma forma de interferirmos positivamente, ainda que com algum prejuízo para nós, pois nos sujeitamos às leis do mundo visitado.

— Sabemos disso, isto é, da capacidade de se transferirem entre corpos, amigo das Plêiades — falou o *etherian*, agora com notável doçura —, e ninguém duvida dos motivos e das intenções de sua raça. Embora existam diversos povos nas Plêiades, vocês parecem ser os únicos detentores dessa capacidade psíquica, uma habilidade peculiar ao seu povo, exclusivamente, e não a todos os pleiadianos.

— Mas nos incomoda o fato de que outros povos sequestrem ou mesmo abduzam seres de diversos mundos com finalidades pouco éticas — redarguiu o representante pleiadiano, referindo-se claramente aos seres de Zeta Reticuli e a outros mais

---

[2] O processo descrito pela personagem guarda relação estreita com a hipótese de atuação dos seres chamados *entrantes*, tese espiritualista controversa e razoavelmente difundida. Outro autor espiritual, o espírito Joseph Gleber já foi questionado a respeito, posicionando-se contrário à existência do fenômeno na Terra, ao menos segundo seu grau de conhecimento (cf. PINHEIRO, Robson. Pelo espírito Joseph Gleber. *Consciência*. 2ª. ed. rev. Contagem: Casa dos Espíritos, 2010. p. 259-262).

ali presentes, que não gostaram do comentário.

– Perturba-nos ainda mais – imiscuiu-se novo personagem da história daqueles povos – o contrabando ou a cessão de tecnologia a povos que comprovadamente não estão preparados para dela usufruir de maneira pacífica.

O olhar de todos se voltou, inevitavelmente, para o *gray* de Zeta Reticuli, enquanto um dos *etherians*, que também era um *gray* de outra procedência planetária, permanecia em silêncio. Não queria dar a entender que o *krill* ali presente tivesse mais importância do que tinha na realidade.

– Tamanha interferência na trajetória de povos ainda primitivos sempre foi algo profundamente questionável perante o concílio dos povos mais avançados. Representa sério perigo para o planeta onde ocorre tal situação, além de ameaçar sua humanidade de extinção, caso não esteja suficientemente madura para manejar determinada tecnologia, pautando-se pela ética e pelo respeito aos seus diversos habitantes, como é o caso atual do planeta Terra.

– O que dizer, então, do histórico terrestre, quando os *annunakis* interferiram no processo de evolução, empregando sua tecnologia, àquela altura já muitíssimo mais desenvolvida que a dos homens primitivos que encontraram no terceiro mundo? – a pergunta era pertinente, embora tivesse sido elaborada pelo *krill*, o *gray* de Zeta Reticuli. Novamente foi a ponderação do *etherian* que acalmou os ânimos gerais, visivelmente alterados pela pergunta do *krill*, uma espécie de rei deposto do comando de sua civilização.

— Pelo que consta sobre esse caso, efetivamente houve grande interferência dos *annunakis* à época, mas não se pode comparar aquele fato histórico com o que ocorre hoje. A rigor, os humanos daquele período nem sequer poderiam ser considerados humanos, pois estavam num estágio de desenvolvimento tão remoto que não passavam, na verdade, de primatas. Não obstante os *annunakis* tenham sido os principais responsáveis pelo progresso da civilização terrena, nunca deixaram a população nativa manipular sua tecnologia de maneira direta. Mesmo havendo sérias divergências entre eles nos primórdios da história humana, conseguiram chegar a esse acordo. Quando regressaram ao seu mundo de origem, já muito mais tarde, levaram consigo tudo o que pudesse favorecer a destruição da raça humana. Tiveram o cuidado, mesmo divergindo entre si, de não deixar nada que pudesse ser usado como arma de destruição. Disso não se podem acusar os *annunakis*, os primeiros deuses, ou assim considerados pelos homens do planeta Terra.

Um *annunaki* presente à reunião olhou em direção a todos, porém se manteve em silêncio.

Preferiu ser mais criterioso quanto a um eventual pronunciamento de sua parte, pois não representava seu mundo, mas apenas um grupo de pesquisadores e cientistas e, como tal, não poderia falar em nome do governo de seu povo. Sua presença era recebida com naturalidade e não poderia passar despercebida, pois sua estatura era muitíssimo maior que a dos demais – o contraste com os *grays*, que mediam cerca de 1,6m, era interessante de se ver. Aquele *annunaki* não fazia parte da geração de antigos astronautas de seu povo, embora conhecesse muito bem a história do nascimento da civilização no orbe outrora denominado Tiamat.

Conquanto houvesse sido parcialmente desmascarado, o *gray* conhecido como *krill* escondia dos demais uma habilidade psíquica em particular. Até então, seu segredo estava preservado e assim deveria permanecer por longo tempo. Era seu grande trunfo ante os representantes do planeta Terra.

– Enfim, meus amigos – retomou a palavra o *etherian* –, nossa conferência precisa chegar a um consenso. As tensões políticas no terceiro planeta atingem um estágio muito grave nesta época. Como é notório, a Terra ainda não pertence ao concílio dos mundos, isto é, não entrou plenamente em contato com outras coletividades do espaço; portanto, devemos nos reunir de tempos em tempos para analisar medidas a serem tomadas. Não nos cabe impedir nenhum dos povos aqui representados de agir neste quadrante do espaço. Contudo, é fundamental ponderar que qualquer ação junto dos humanos poderá gerar sérias consequências para todas as nossas comunidades, e não somente em termos energéticos, o que já seria gravíssimo, mas provocando uma alteração na constante gravitacional do espaço. Na eventualidade de uma hecatombe global, serão afetadas muitas colônias ainda em estágio de implantação e em desenvolvimento, em vários mundos – além, é claro, de vermos ocorrerem situações imprevisíveis em nossos próprios planetas, onde habitamos. Não há como não se preocupar com a geopolítica da Terra e, ainda, com a iminência de uma intervenção protagonizada por nós no lar dos que se dizem humanos.

Representantes de diferentes mundos se fizeram ouvir naquela assembleia. Manifestaram-se, entre outros, os capelinos, cuja civilização guarda estreito parentesco genético e cultural com os terráqueos, pois participaram ativamente da formação da humanidade terrena, ao lado dos *annunakis*. Também se expressaram habitantes de alguns mundos da constelação de Órion, que, segundo a tradição, foram os pais originais de diversos povos de aparência humanoide da galáxia, assim como o embaixador de um orbe situado numa minigaláxia vizinha, o qual vencera distâncias descomunais entre as ilhas siderais para se fazer presente, uma vez que seu povo há tempos observava os planetas recém-desenvolvidos na Via Láctea. Pronunciaram-se dois *aurians* membros de um grupo de guardiões que vigiava a ação da Entidade, a grande vampira de emoções, além de emissários de povos que respiravam outros gases, razão pela qual portavam máscaras durante a conferência, pois a atmosfera artificial do ambiente não podia atender à necessidade de todos. Seres de uma capacidade intelectual extraordinária, mais desenvolvida que a dos demais, tinham aparência curiosa: de um lado, remetiam a seres mitológicos das diversas culturas ali representadas; de outro, denotavam um quê infantil. Em suma, era um grupo muito heterogêneo que se envolvia e se interessava pela realidade do terceiro planeta, malgrado aquela conferência visasse tão somente ao conhecimento das intenções dos diversos povos, até então mais ou menos ocultas, e não à indicação de diretrizes para agirem junto dos humanos.

Um representante de uma das raças humanoides aventurou-se e resolveu expor seu pensamento, que seguia uma linha original:

– Tenho para mim que não somente nós podemos figurar como um perigo para o atual sistema de vida dos humanos, na hipótese de não nos atentarmos a algumas questões discutidas aqui, mas penso também que os próprios humanos constituem uma séria ameaça aos povos da galáxia, caso levem adiante a índole destruidora e guerreira que atualmente caracteriza sua espécie. Em especial, nossa apreensão se dirige a determinado componente que não foi mencionado aqui e não sei se alguém porventura pesquisou. Refiro-me ao fato de que os humanos ainda não alcançaram um grau de estabilidade em seu processo evolutivo. Por isso, ainda estão em franco desenvolvimento físico, mental e parapsíquico.

No primeiro momento, os seres ali reunidos não entenderam aonde queria chegar o humanoide procedente de uma estrela próxima ao Sol. Ele prosseguiu, tentando se explicar:

— Falo, mais especificamente, a respeito do desenvolvimento de habilidades parapsíquicas por parte dos humanos da Terra. Vimos observando, ao longo dos anos, que muitos deles têm aparecido com certas habilidades paranormais. Outros, dotados de uma espécie de segunda visão, são capazes de interagir com dimensões ou universos paralelos – aptidão que muitos entre os presentes desconhecem, por não fazer parte da característica de sua raça, mas que outros sabem bem do que se trata. São habilidades, tanto quanto corpos, cérebros e mentes, que desses organismos e órgãos se utilizam como veículo de manifestação; são todos passíveis de se aprimorar e se desenvolver. E os humanos são uma raça jovem, quase infantil, se comparados às raças aqui representadas. Por si só, isso nos deixa em alerta quanto ao que pode suceder com esses seres surpreendentes.

– Explique-nos mais sobre suas observações, amigo do espaço.

– Tentarei esclarecer. Uma vez que o homem é o resultado da miscigenação de outras raças – entre as quais os *annunakis,* de modo predominante, bem como os capelinos, como ramo genético secundário –, o que hoje se observa na Terra é o aparecimento de faculdades psíquicas advindas dessa mistura genética singular, as quais eclodem abertamente no momento histórico atual.

– Você afirma, então, que as habilidades paranormais que dotam alguns da possibilidade de estabelecer contato com outras dimensões são resultado de uma mutação genética? Não seria algo natural da raça humana?

– Sinceramente, nossas pesquisas ainda não nos permitiram chegar a uma conclusão. No entanto, ao serem levados em conta o passado e as experiências realizadas naquele tempo longínquo, parece-nos plausível a hipótese de que tais habilidades se desenvolvam de maneira mais acentuada a partir de um encontro conosco ou com inteligências de outros mundos. Confirmadas nossas suspeitas, caberá perguntar: será que tais capacidades não se voltarão contra nós próprios? Cogito esse fato apenas para acentuar que, no estágio em que hoje está, a humanidade terrestre constitui sério perigo para o Sistema Solar, onde vive, e para outros sistemas mais próximos. Imaginemos um cenário ainda mais catastrófico: e se porventura os terráqueos desenvolverem progresso no nível tecnológico, atualmente em estágio rudimentar, além das habilidades paranormais? O que ocorrerá se eles se espalharem pela galáxia, levando essa índole guerreira e destruidora?

"Como podem notar, é urgente avaliarmos que, caso dominem a tecnologia para realizar viagens espaciais além do próprio Sistema Solar, certamente, em seu estágio atual, espalharão a belicosidade que impera em sua sociedade a outros orbes. Na hipótese crítica de seus tentáculos de poder, somando-se a isso, estenderem-se às habilidades de caráter paranormal, não quero imaginar aonde poderão chegar os humanos em apenas poucos séculos de seu tempo. Tendo-se como base o que vemos do comportamento social e político e dos arroubos de religiosidade fundamentalista dessa humanidade, podem meus colegas ter uma ideia do grau de destruição potencial que representa, para os povos da galáxia, um agente em circunstâncias similares. Tais são os motivos de apreensão de nosso governo diante dessa realidade temível contra a qual ainda não sabemos como agir."

– Em todo caso – observou um dos seres –, a melhor forma de lidarmos com a presença dos humanos neste sistema é não lhes fazer nenhum tipo de concessão tecnológica, o que equivale a não alimentar nenhuma ideia que envolva estabelecer com eles alianças, ao menos até se demonstrar que superaram o atual contexto geopolítico e conseguiram pacificar o mundo onde vivem. Qualquer contato deve ser apenas indireto, embora talvez tenhamos de intervir, em situação emergencial.

– E o que você classifica como situação emergencial, nobre companheiro do espaço?

– Caso os humanos efetivamente desenvolvam alguma tecnologia de destruição em massa e, sobretudo, tornem-se capazes de construir armas nucleares – e, lamentavelmente, há sérios indícios de que em breve o farão –, aí, sim, não haverá como ficarmos impassíveis. Precisaremos ficar ainda mais atentos, rastrear as bases desses artefatos e tentar evitar, com o máximo empenho, que se autodestruam. Até lá, não há muito mais a fazer, a não ser, é claro, evitar favorecer os humanos com a concessão de conhecimentos de tecnologia avançada; isso é imperativo! Do contrário, a situação equivaleria a abrir as portas das comunidades de nossa galáxia a um estado de guerra permanente. O que fariam a partir de então, no gozo da prerrogativa de ir além dos limites de seu sistema planetário? Decerto levariam o mesmo desequilíbrio vigente em seu mundo a outros da imensidade.

Diante dos comentários a que assistiu, o *krill* calou-se, pois planejava fazer exatamente o oposto do recomendado. Ele tinha planos para seu povo muito diferentes dos que alimentavam os demais.

Encerrada a conferência, alguns voltariam a seu mundo de origem levando as impressões gerais, que ficaram bastante nítidas. Outros permaneceriam no Sistema Solar, neste ou naquele mundo, a fim de se instruir, pesquisar ou auxiliar outros seres. Um, porém, tinha os próprios métodos e os objetivos muito bem-definidos. Com um grupo de partidários de suas intenções, o *krill* partiu da assembleia sem se comover com a situação emergencial dos humanos, tampouco se deixando influenciar pelas palavras dos povos que se pronunciaram naquela reunião realizada na lua Titã.

Mais tarde, uma espaçonave foi avistada na rota do planeta Terra. Outras mais também para lá se dirigiram, embora se aproximassem de sua órbita por outro sentido, permanecendo, por certo tempo, numa base na Lua. Na Terra transcorria o ano de 1941, não muito longe do grande perigo iminente.

Poucos anos e alguns eventos depois, razoável número de bases já havia se estabelecido nas imediações do terceiro planeta. Determinada raça descendente de répteis chegou a se alojar em cavernas no interior do globo, longe dos olhares dos humanos na superfície. Algumas bases também foram erguidas em pontos estratégicos da crosta, em montanhas altíssimas, onde muito dificilmente seriam localizadas pelos homens. Mais seis foram construídas a partir de outras existentes, nos polos, debaixo dos oceanos, em profundezas sem fim, onde nem radar nem sonar seriam capazes de distingui-las das rochas naturais. Gradativamente, uma rede eficaz de observação pôde ser montada.

UMA NAVE SE DIRIGIU celeremente para determinada região, conforme fora previamente ajustado entre alienígenas e humanos. Passados alguns anos de esforços na tentativa de estabelecer comunicação e, principalmente, uma linguagem funcional, surgiu, enfim, a ocasião de entrar em contato direto. Formatado um código comum, por meio do qual pudessem ser compreendidos e compreender a linguagem humana, lá estavam eles. O ser se apresentou como sendo o *krill*, uma espécie de representante máximo de sua raça. Tratou de assumir uma aparência muito próxima da humana, pois não desejava assustar nem ser considerado assim, tão diferente. O ardil serviria à sua manobra de caráter tanto científico quanto militar.

– Queremos falar aos representantes de seu mundo. Precisamos urgentemente ter contato com o dirigente máximo do planeta. Oferecemos algo que muito lhes interessa, podemos garantir. Sabemos que já detêm uma nave de um dos povos do espaço em seu poder, porém não conseguem decifrar a tecnologia da nave. Temos condições de ajudá-los. Queremos falar com o representante máximo de seu governo.

Tal era o teor da mensagem que ela chegou diretamente aos controles de navegação aérea e espacial norte-americanos.

Breve tempo depois, reuniram-se importantes personalidades para discutir a situação, diante da confirmação de autenticidade da mensagem e da iminência de um contato cara a cara com entidades biológicas extraterrestres. Encabeçando a lista, constava o então Presidente dos EUA, Harry Truman [1884-1972] – cujo mandato foi de abril de 1945 a janeiro de 1953 –, escoltado pelas principais figuras da segurança nacional à época: o Secretário de Defesa James Forrestal [1892-1949]; o Secretário do Exército Gordon Gray [1909-1982]; o Diretor da CIA Gal. Hoyt Vandenberg [1899-1954]; o Tenente-General Robert Montague [1899-1958]; e, evidentemente, o então Chefe do Estado-Maior e futuro presidente, Dwight Eisenhower [1890-1969]. Entre outros importantes cientistas convocados oficialmente sob a rubrica de *top secret,* ou ultrassecreto, estiveram presentes o astrofísico Donald Howard Menzel [1901-1976], o cientista aeronáutico Jerome Hunsaker [1886-1984], o acadêmico Detlev Bronk [1897-1975], além de Vannevar Bush [1890-1974], engenheiro associado à construção da bomba atômica, e o geofísico Lloyd Berkner [1905-1967]. Para a extrema cautela com a questão foi dada a justificativa de que o assunto tratava da sobrevivência do Estado norte-americano.

Sem que nenhum dos representantes notasse, no entanto, também comparecia ao encontro uma presença disfarçada, não humana, segundo a definição terrena. Um ser que a tudo observava, diante da perplexidade causada pela comunicação extraterrestre direta. Muitas ideias, opiniões e fatos foram ali discutidos durante mais de uma semana. Alguns dos integrantes da comitiva tiveram de sair às pressas para dar prosseguimento às suas tarefas ou para não chamar a atenção da imprensa. Outros os substituíram. Ao mesmo tempo, o ser montava guarda e ouvia tudo, oculto no ambiente, sem que ninguém lhe detectasse a presença. Atento, sondava cada mente, cada ponto de vista ou argumento, e estudava, auscultava cada uma daquelas personalidades. De posse de observações detalhadas, saberia muito bem o que fazer após esse primeiro contato mais detido, durante o qual fizera suas prerrogativas valerem a fim de permanecer invisível aos olhos humanos.

Enquanto isso, seres de igual procedência alimentavam esperanças em outra longitude do planeta. Adolf Hitler [1889-1945] recebera diretamente a proposta de ser levado ao poder total do mundo, sendo auxiliado por meio de tecnologia nova, extraterrestre. Aparelhos bizarros, então, apareceram em diversas localidades da Europa. De maneira insistente, seres, objetos e aparições variadas começaram a surgir aqui e ali no território europeu, fruto de uma troca proposta pelos alienígenas. O acordo era simples: fornecimento de tecnologia em troca da permissão de raptar ou abduzir cidadãos para experiências. Assim, em campos de concentração nazistas, mas não apenas lá, homens foram subtraídos de suas famílias, abduzidos ou simplesmente levados pelos cientistas a fim de serem submetidos a experiências secretas visando ao conhecimento da natureza humana por parte dos *grays*. O apoio prestado ao Führer veio, certamente, de criaturas hostis do submundo, da escuridão, mas também de inteligências de outros recantos do universo.

Ao constatarem que os emissários do espaço celebravam acordos com outros países, especialmente com a Alemanha e a então União Soviética, o governo norte-americano não hesitou em se colocar aberto à possibilidade de cooperar com os seres liderados pelo *krill*. A proximidade do governo nazista com entidades biológicas extraterrestres fez com que certos governos, por razões geopolíticas, cedessem à presença destas no território planetário, tolerando suas pesquisas e seus intentos. Durante um dos encontros, o *krill* falou aos representantes do governo norte-americano – ainda quando Truman era o presidente –, embora na ocasião não lograsse alcançar plenamente seu intento:

– Vocês não têm alternativa. Já estamos em contato com o seu povo, ainda que com outra nação, desde sua década de 1930. Estudamos pacientemente sua política e a situação terrestre há mais de 20 mil anos. De posse de informações vitais, que coletamos ao longo desse período, ofertamos a algumas nações conhecimento tecnológico suficiente para que ascendam ao poder e deem origem a uma nova era em seu planeta.

– E porventura tal tecnologia é superior à nossa? Poderão nos vencer caso coloquem em prática o conhecimento compartilhado por vocês?

O *krill* esboçou um esgar, um traço em sua fisionomia que mais parecia uma careta. Era seu riso de deboche.

– Na verdade, cedemos uma tecnologia já há muito superada, que consideramos obsoleta, mas que, para aqueles países, representa um salto imenso na produção de armamentos. Mas não se preocupem! Temos muito mais coisas para compartilhar. Por exemplo, a tecnologia de comunicação que unirá, no futuro, o planeta inteiro. Estamos dispostos a ensinar aos seus cientistas o funcionamento desse grande trunfo, mediante um acordo entre vocês e nós. Existem projetos ou inovações que, para vocês, implicariam um avanço de mais de 50 anos à frente da época atual. São técnicas de manipulação do clima e de comunicação rápida, ante a qual o telefone de hoje será obsoleto, apenas para citar dois tópicos. Vocês não dependerão mais desses aparelhos pesados, retrógrados e limitados. Onde estiverem, ao redor do globo, poderão se comunicar uns com os outros. Temos condições de lhes fornecer conhecimento que possibilitará a construção de aparelhos voadores invisíveis aos radares mais sofisticados da Terra.

"E atenção: a depender da capacidade de seus *experts* entenderem nossa linguagem e nossa ciência, podemos até levá-los ao nosso mundo, onde poderão beber diretamente na fonte, junto aos nossos estudiosos, progressos recentes na pesquisa das viagens no tempo, entre outros temas mais, que fariam de seus cientistas crianças, a julgar pelo que atualmente dominam. Além, é claro, de conhecerem o projeto de uma arma com base na energia atômica, liberada controladamente, e que será utilíssima em seu caso."

A oferta, de contornos irresistíveis, não pôde ser desprezada pelos representantes do governo e de alguns setores da Inteligência dos Estados Unidos. Havia muito em jogo, mas principalmente a possibilidade de um país rival ascender plenamente ao poder, superando a nação norte-americana no cenário global. O *krill* olhava cada um deles, medindo-os, sondando-os, ao passo que outros de sua espécie o faziam mais acintosamente, porque invisíveis aos olhos convencionais.

– E como se mostrarão aos povos do nosso planeta? Sua presença causará uma celeuma sem precedentes, instaurará o verdadeiro caos; todo o paradigma vigente virá abaixo, de um dia para outro, se porventura se apresentarem à população mundial.

– Não queremos que nos vejam ou nos percebam, a não ser em circunstâncias muito especiais, por meio de seus noticiários, sempre em meio a reportagens polêmicas a nosso respeito, que vocês mesmos instigarão. Como veem, não têm alternativa. Desenvolverão uma aliança conosco, tenho certeza! – foi a sentença arrematadora do *gray* ante o grupo de cientistas, militares e agentes do governo.

– Caso declinemos de sua proposta...?

– Que alternativa vocês têm, humanos? Já apresentamos idêntica proposta a outras nações e conhecemos muito bem sua ânsia de dominar, bem como seu potencial de trabalho e produção.

– E o que querem em troca?

O *gray*, então, esboçou aquilo que tentava copiar dos humanos: um sorriso, talvez para se identificar de algum modo, embora carregado de ironia.

– Algo simples, uma parceria. Queremos que construam bases militares, e, nessas bases, trabalharemos em conjunto, seus cientistas e os nossos. Precisamos pesquisar os seres humanos. Nosso objetivo é descobrir se são compatíveis com nosso tipo humanoide. Enquanto isso, incumbiremos determinada equipe de introduzi-los no desenvolvimento de novas tecnologias. Além disso – falou um pouco mais lentamente o *krill* –, levaremos uma comitiva de cientistas selecionados por vocês ao nosso mundo, onde poderão se informar, estudar e ter contato mais intenso com nosso povo. Trata-se de uma troca justa, como pode notar.

– Mas nada convencional para nossos padrões humanos – aventurou-se um religioso presente à reunião.

– E desde quando o seu padrão é válido para medir a vida e a política entre mundos? Desde quando é base para qualquer análise nesse contexto? Pois bem, ofereço tudo isso, mas posso também oferecer o mesmo a outros países, como já estamos fazendo, aliás.

Um silêncio quase sepulcral se fez enquanto

todos trocavam olhares, escreviam às pressas em papéis que passavam de mão em mão. Ninguém se atrevia a pronunciar palavras, pois todos temiam que o ser à sua frente os entendesse. Como medida de segurança adicional, escreviam em idioma diferente, previamente acertado, a fim de evitar ao máximo que fossem compreendidos. O *gray* riu de verdade, afinal, já treinara diversas vezes.

No fim das contas, os humanos não encontraram alternativa senão pensar seriamente na proposta do pacto entre ambos os povos, tão diferentes entre si. O *krill* aparentemente ganhara o jogo e, imediatamente, ordenou que sua nave pousasse num local previamente combinado, ante os olhares atônitos dos cientistas terrestres. Vários dos seres do espaço desceram e cumprimentaram os humanos, que ficaram estarrecidos ante o primeiro contato tão ostensivo com inteligências extraterrestres.

Para o comandante *gray*, os planos mal haviam começado a ser esboçados.

Um mês depois, uma comitiva de mais de 28 homens, humanos do planeta Terra, embarcava numa viagem rumo ao desconhecido, despedindo-se de seus compatriotas com a crença de estar fazendo o melhor pelo país. Por um lado, estavam apreensivos, com evidente medo, mas, por outro, cheios de esperança, pois foram convencidos, pelos dirigentes nacionais e por aqueles que os representavam, de que prestariam serviço não somente à nação, mas também à humanidade. Afinal, comporiam a primeira delegação humana da história a viajar entre as estrelas, segundo acreditavam. Mal sabiam que seria uma viagem sem retorno; o ignorado, o mais profundo mistério os aguardava. Presenciariam uma história bem diferente daquela que lhes fora contada, e não haveria ninguém com quem compartilhar; pelo menos, não durante os 70 anos seguintes, e não da maneira convencional.

Para as autoridades e os governantes norte-americanos, não parecia haver alternativa; estavam à mercê de uma aliança que os prenderia temporariamente ao *krill*. Nada poderiam fazer no momento, contudo, conseguiram adiar por algum tempo a decisão final, apesar de temerem que outras nações saíssem em disparada no tocante ao ganho de conhecimento e tecnologia alienígenas. Inicialmente, a aliança soava coercitiva, talvez desfavorável ao governo e a alguns setores da Inteligência e das Forças Armadas, mas logo depuseram as resistências ao verem materializados, diante de si, alguns equipamentos e conhecerem algumas técnicas, principalmente aqueles que lhes davam a dianteira na questão bélica. Decidiram estabelecer um tratado com as inteligências alienígenas, ao menos por certo tempo. Com esse intuito, diversas bases foram erguidas em redutos secretos do território nacional, onde novas tecnologias eram apresentadas aos terráqueos.

Em outras épocas, outros humanos também haviam passado por experiências semelhantes, ainda que com objetivos distintos. Dentro em breve, porém, mais raças se juntariam aos *grays* ao estabelecerem contatos com os governos terrestres. Mas isso ainda estava por vir.

# 2
# ARREBATAMENTO

"E sucedeu que, indo eles andando e falando, eis que um carro de fogo, com cavalos de fogo, os separou um do outro; e Elias subiu ao céu num redemoinho."
II Reis 2:11[1]

[1] BÍBLIA de estudo Scofield. Tradução de João Ferreira de Almeida Corrigida e Fiel. São Paulo: Bom Pastor, 2013.

EM APROXIMADAMENTE 1800 a.C., a situação da população daquela área da Terra era dramática. Então, os chamados deuses ainda caminhavam entre os terráqueos, de maneira que muitos homens dotados de habilidades psíquicas foram selecionados pelos astronautas, a fim de receberem conhecimento sobre o universo e suas leis; quem sabe, mais tarde, pudessem regressar e contribuir para o grande plano de educação da humanidade e dos povos que a constituíam. Alguns desses eleitos, devido também, mas não somente, a seus dotes parapsíquicos, eram considerados indivíduos especiais. A análise que redundou na escolha dos futuros iniciados – pode-se assim chamá-los – ocorreu numa das bases situadas em torno do planeta Terra e foi fruto de detidas e criteriosas observações. Até mesmo amostras de material genético, colhidas em uma ou outra ocasião, foram usadas como aspecto formador de convicção. Buscou-se levar em conta, sobretudo, a capacidade mental e intelectual dos exemplares da raça humana no que concerne a interpretar fatos e apreender o significado de vivências, metáforas e outros elementos da linguagem simbólica com os quais pudessem ter contato durante as experiências psíquicas.

Um dos *annunakis* em particular, o jovem Enki, foi quem escolheu aquele homem fervoroso – embora fosse um fervor com forte inclinação religiosa –, mas assim mesmo detentor de amplas capacidades. Iniciá-lo na ciência ancestral dos astronautas era algo que poderia, também, ser efetuado numa das bases *annunakis* em torno da Terra; quem sabe a experiência potencializasse os efeitos do aprendizado? Não tinha dúvidas.

Logo os deuses retornariam a seu mundo original. Em breve a janela entre os mundos estaria disponível, facilitando o grande salto, pois o planeta dos astronautas atingiria o ápice de aproximação em relação à órbita terrestre. Àquela altura, já se havia definido que não mais ficariam na Terra, pois os homens se rebelavam constantemente, e, além do mais, a permanência dos deuses no planeta estimulava certa dependência entre humanos e astronautas; uma dependência que se revelou mútua, tendo em vista que os seres do espaço, por sua vez, habituaram-se a dispor dos homens como serviçais. Tão logo surgiu o ensinamento religioso mais elaborado, muitos dos astronautas, aproveitando da veia mística e devocional da população, começaram a abusar dos terráqueos, de tal maneira que, ao cabo de poucos anos, a guerra entre ambos os grupos tornou-se inevitável.

Enki, após assistir às intrigas e às guerras ocorridas entre seu filho Marduck e os seguidores de seu irmão, Enlil, convocou a presença daquele, então radicado em regiões ao sul do planeta. Queria conversar e tomar certas decisões.

– Precisamos urgentemente localizar entre os humanos aqueles que detêm maior capacidade intelectual – principiou Enki. – Particularmente, devemos identificar os que também apresentam habilidades paranormais e dotes psíquicos, ainda que incipientes, semelhantes aos que muitos de nós possuímos. Em meio aos humanos observados e catalogados por nossos cientistas, alguns têm essas faculdades muito mais desenvolvidas que outros, porém são eivados de um misticismo exagerado.

– Sim, nobre Enki. E qualquer manifestação nossa diante deles provavelmente aumentará a certeza de que somos deuses ou, pior, no caso de alguns deles, a convicção de que somos o deus nacionalista a quem costumam adorar.

– Esse é um aspecto que somente ao longo de milênios será solucionado, meu filho dileto. Por ora, cabe dedicarmo-nos àquela seleção, a fim de preparar os humanos, não importa em que latitude do planeta se encontrem, para quando não estivermos mais aqui. Brevemente, a janela de abertura entre os planetas estará disponível, mas até lá já devem ter se passado pelo menos duas ou três gerações de humanos. Convém retirar os selecionados do ambiente da Terra, sempre tendo cuidado com Enlil, pois ele até hoje não se livrou do ódio mortal contra os humanos. Seu objetivo é colocar uns contra os outros, já que não pode exterminar a raça devido à nossa interferência.

– Fico muito mais preocupado com a presença da Entidade, que a cada dia parece mais forte em alguns países deste mundo, meu pai.

– Esse não é um problema que esteja a nosso alcance resolver. Devemos fazer o que nos compete, e, no tempo certo, um dos representantes do governo oculto da galáxia talvez se materialize aqui, neste mundo, a fim de iniciar o processo de libertação dos humanos, que na altura já terão ascendido a uma posição evolutiva melhor, assim esperamos. Por ora, convém localizar os que carregam o gene que identificamos, o gene de nossa raça. Ele é o responsável pelo aparecimento, nos humanos, de habilidades psíquicas e algumas variáveis dessas habilidades.

– Como assim *variáveis*, nobre Enki? Não estou a par das pesquisas científicas do nosso povo em relação aos homens de Tiamat. Estou tão envolvido nos planos de transferir nossa base, a cidade-estado dos deuses, para o sul do planeta e de ali inaugurar um novo reduto de iniciados nas questões da nossa ciência que deixei de lado as pesquisas mais recentes.

– Sabemos, desde há muitos ciclos do nosso mundo, que esta realidade física na qual nos inserimos é apenas a materialização de um entre tantos projetos da mente criadora. Há muitas dimensões, todas vibrando num nível de existência diferente daquele em que está o plano onde nos movimentamos. Diante desse fato, nossa raça desenvolveu habilidades de ver, ouvir e perceber aquilo que está além da membrana psíquica que separa as dimensões. Determinadas raças conseguem viajar entre elas de maneira natural, projetando a consciência em outro nível de realidade; outras, com finalidade análoga, desenvolveram tecnologias cujo princípio de funcionamento nem mesmo conseguimos compreender.

"Alguns humanos que evoluíram depois da nossa interferência genética nas raças símias que aqui encontramos desenvolveram cromossomos e genes próprios da nossa espécie, *Homo capensis*. São esses elementos que lhes conferem a capacidade de ver além da membrana psíquica que separa as dimensões. Alguns formam uma elite entre os terráqueos, cujos integrantes poderiam ser classificados de intermediários entre as dimensões. Mas o processo todo ainda está sendo elaborado por nossos cientistas, que vêm pesquisando o aprimoramento de tais aptidões a cada geração da espécie humana. Talvez as habilidades extrassensoriais sejam o elo que nos liga; talvez os poderes ou dotes paranormais sejam, no futuro, o grande código a ser desvendado pela ciência dos humanos a fim de descobrir sua origem *annunaki*. Quem sabe a existência de cromossomos específicos que tragam estampados, em sua estrutura íntima, a marca dos deuses possa servir para identificar aqueles que ficarão na Terra como nossos representantes. Por isso reitero, nobre filho, que urge identificarmos aqueles dotados de habilidades paranormais ou psíquicas relevantes, a fim de levá-los conosco para as bases fora da Terra e ali prepará-los para a tarefa que lhes caberá realizar ao longo dos milênios."

– Mas, meu pai, os humanos ainda são muito místicos! Veja quanto investimos visando dissuadi-los da prática de adorar nossos compatriotas... quase não surtiu efeito. Entre os mais entendidos e sábios dos humanos, boa parte associou nossa fala à voz de Deus; outros atribuíram nossa interferência, que era de caráter eminentemente político, a eventos sobrenaturais; outros, ainda, criaram a figura de um ente demoníaco para personificar os adversários do nosso povo, mais precisamente os seguidores de Enlil, os quais aspiram à destruição da raça humana. Fico a me indagar sobre a maneira de vencer essa tendência a mistificar e mitificar tudo o que fazemos e sobre como conduzir o povo deste planeta a desenvolver um raciocínio mais lógico, coerente e condizente com a necessidade que eles próprios têm de se desenvolver, de elaborar uma visão de mundo mais científica do que mística. Não sei se seremos bem-sucedidos em nossa tarefa de preparar criaturas de Tiamat para iniciá-las nas questões relativas à nossa ciência.

Enki pensou nas palavras do filho e não podia desprezá-las, contudo, procurou demonstrar esperança, pois tinha convicção de que ao menos certos humanos do planeta Tiamat já eram maduros o suficiente para absorver o conhecimento numa espécie de iniciação.

– Sabe, nobre Marduck, teremos de deixar de lado as interferências dos seguidores de Enlil. A obra a se realizar no tocante à humanidade é muito mais importante e maior do que as intrigas e os jogos de poder envolvendo um mundo que, já se provou, não será nosso lar por muito tempo, de forma que nos compete cumprir nosso papel neste momento da história. Não tentaremos modificar as crenças arraigadas dos humanos; pelo contrário, vamos nos valer de suas próprias crenças em favor dos projetos de educação e preparação da raça. Será lento o processo, mas surgirão frutos. Até porque, convém lembrar, a aparente lentidão se deve também ao curto ciclo de vida dos humanos de Tiamat, bem menor que o de nossa raça, muito embora, devido ao tempo durante o qual nos expusemos às radiações solares ao longo dos milênios em que aqui permanecemos, certamente estaremos bem diferentes daqueles que ficaram em nosso mundo de origem quando para lá retornarmos.

"Mas, voltando a Tiamat, por ora, cabe-nos fazer a nossa parte. Os humanos são uma raça maravilhosa e com um futuro extraordinário pela frente. Que importa que façam religião de nossos ensinamentos? Que importa que nos considerem deuses? Importante é que os ensinemos! O tempo e a própria evolução irão se encarregar de tirar o véu das interpretações religiosas, deixando à mostra a verdadeira face daquilo que lhes ensinamos."

– Parece que, no passado, já tivemos um humano abduzido até uma de nossas bases ou estaria enganado?

– Não, meu filho, não está. Entretanto, não poderíamos dizer que o ser convidado a subir conosco naquela época fosse exatamente um humano. Ele era, na verdade, um *nephilin*, tal como você ou o conhecido faraó das terras do Egito, o sábio Aquenáton. Falo de Enoque,[2] mas também daquele personagem que ficou conhecido como Noé, adotado por Lameque e criado como seu filho, apesar da nítida diferença entre ambos no que concerne ao corpo físico. Quando Noé nasceu, provocou celeuma entre os pais. Lameque foi procurado por um dos

---

[2] Cf. Gn 5:24.

nossos para que adotasse a criança, mesmo sabendo que a mulher havia sido fecundada por um dos nossos, um *annunaki*. Já naquela ocasião, desconfiávamos de que nossos genes fariam grande diferença no comportamento e nas habilidades psíquicas dos seres humanos. Ou seja, essa fecundação de humanos por parte de *annunakis*, posteriormente às primeiras experiências, em tempos remotos, foi uma tentativa de produzir pessoas especiais, com genes selecionados. Essa e outras experiências deram certo, embora, para os pais humanos, certas crianças tenham sido um tremendo desafio.

"Enoque foi o primeiro entre os humanos a receber a iniciação da nossa ciência. Foi levado a conhecer nossas bases em torno de Tiamat e em alguns outros planetas do Sistema Solar e presenciou fatos notáveis, resultado do aparecimento de seres especiais. Note bem, meu filho: com a energia insuflada nas células do nobre Enoque, não obstante seja ele um homem oriundo de Tiamat, ainda hoje ele vive, radicado em uma das luas do Sistema Solar. Muitas vezes sua presença é requisitada, e ele aparece, num país ou noutro, e retorna ao espaço assim que cumpre sua tarefa.

"No caso de Noé, Lameque, seu pai humano, ficou assustado, porém logo compreendeu se tratar de uma criança especial. Sua aparência deixou bem patente aos de sua época que não se tratava de um ser humano comum. Tinha aspecto a tal ponto estranho para os padrões humanos que, ao nascer, causou temor nos próprios pais e, como falei, só foi aceito quando os *annunakis* interferimos. Lameque e a esposa, pais de Noé, também foram abduzidos e preparados para receber o filho especial, que, mais tarde, desempenharia importante papel naquela região do planeta. Tivemos de proceder assim devido ao útero das humanas, nem sempre compatível com o novo ser em gestação, mas principalmente visando recolher elementos genéticos do pai tanto quanto da mãe e realizar algumas experiências antes de a criança nascer. Na verdade, fecundavam-se os óvulos em determinada base em torno de Tiamat, e ambos os genitores eram sedados ou manipulados mentalmente, a fim de não se lembrarem dos fatos vivenciados, prevenindo-se um colapso mental que temíamos ser irreversível. Depois da fecundação, implantávamos o zigoto, com genes nossos e de pais humanos.

"Durante o processo de gestação, também foram para lá levados periodicamente, enquanto dormiam, a fim de cuidarmos do feto. Nossos cientistas aplicavam métodos dos mais modernos de nossa ciência a fim de estimular certas zonas do cérebro da criança, cérebro que ainda se formava, mas cujas regiões era perfeitamente possível localizar e relacionar com capacidades futuras. Não obstante, em hipótese nenhuma nos foi possível modificar a aparência da prole, pelo menos não àquela época. Por isso, as crianças como Noé causavam estranheza em seus pais e conterrâneos, bem como os assustavam ao manifestarem um conhecimento prematuro, coisa que os humanos convencionais não estavam aptos a compreender.

"O mais importante, no entanto, e que lhe diz diretamente respeito, nobre Marduck, é que a vida desses *nephilins*,[3] ou seja, dos seres oriundos da mistura das duas raças, como Noé e outros mais, durava muito mais do que as das gerações humanas regulares. Noé, por exemplo, viveu mais de 900 anos, sempre se entendendo um ano como uma translação de Tiamat em torno do Sol.[4] Assim, filho meu, pode ter uma ideia do tempo de que disporá em meio aos terráqueos; será tão grande ou maior que o de Noé, pois, ao contrário dele, você é da primeira geração após nossa chegada, além de ser fruto de um grande amor e esperado como um presente dos céus..."

Marduck ficou em silêncio por um tempo depois de ouvir do pai parte da história de seu povo. Logo após, perguntou, visivelmente interessado:

---

[3] Cf. Gn 6:4; Nm 13:33.

[4] A tomar-se o texto das Escrituras de modo literal, Noé viveu durante 950 anos (cf. Gn 9:29).

— Como ficarão aqueles que, como eu, não são *annunakis*? No meu caso, nasci neste mundo, mas não sou exatamente humano, como também não sou exatamente *annunaki*. Não viverei um tempo tão longo como os de sua espécie, meu nobre pai, ainda que também não os míseros anos de um terráqueo. Embora não saibamos por quantos séculos deste mundo viverei, como ficarei perante os *annunakis* originais quando chegar o momento de regresso à minha pátria ancestral?

Enki permaneceu calado por algum tempo, imaginando a angústia do filho. Mas já havia meditado no assunto, da mesma maneira como meditara sobre o caso dos eleitos para receber o ensinamento dos deuses de seu povo.

— A decisão caberá inteiramente a você, nobre filho. Se desejar, volverá conosco a Nibiru, assim que o planeta natal estiver mais próximo de Tiamat. Lá será recebido com honras como neto de um governante de nosso povo e filho de Enki. Contudo, caso prefira, poderá permanecer aqui, como uma espécie de referência entre os humanos, até que regressemos, até que possamos rever o plano evolutivo dos filhos de Tiamat. Até lá, poderá ser um grande instrutor desse povo, embora seja aconselhável disfarçar sua verdadeira identidade perante os habitantes do globo, ocultando--lhes o fato de que é, segundo parâmetros locais, quase imortal, pois seu corpo não envelhece na mesma proporção que o deles. Qualquer que seja a decisão, saberei respeitá-la.

"Você conhece nossas bases, situadas em diversas latitudes deste orbe. Elas detêm tecnologia de comunicação, e, através delas, caso decida aqui permanecer, você poderá conversar conosco, entrar em contato com sua família *annunaki*. Por outro lado, você participa da natureza dos dois mundos, e acredito que os cientistas de Nibiru ficariam estimulados em estudar sua estrutura física, por meio da qual você pode manifestar-se no mundo da fisicalidade de Tiamat e, também, numa dimensão mais sutil, embora ainda seja física. Sem dúvida, o desenvolvimento de seu corpo, metade humano metade *annunaki,* despertará a atenção de muitos no nosso mundo."

– Não desejo ser cobaia de nossa ciência, meu pai. Agradeço a consideração e o respeito à minha decisão e a comunicarei oportunamente. Mas agora creio que devemos agir.

– Isso mesmo, meu nobre filho, *nephilin* de dois mundos.

E partiram dali à procura de determinado exemplar humano a ser levado à base fora do planeta, quem sabe, também a uma excursão de aprendizado entre os mundos do sistema de Tiamat.

Depois de conversar muito com o amigo Eliseu, explicando o mistério em torno do dom que detinha, Elias tentava a todo custo esclarecê-lo sobre os eventos futuros e próximos. Contudo, Eliseu não conseguia alcançar a mesma compreensão de Elias. Este fez menção de transmitir parte de seus dons para o amigo Eliseu, muito embora soubesse que tal feito não poderia ser levado a cabo sem a determinação dos deuses. Em conversa franca com o amigo profeta, Elias se abriu por inteiro:

– Tenho tido diversas visões ultimamente, meu amigo, embora eu nem sempre possa dizer que elas provenham do Deus de Israel. E isso muito me preocupa.

– Acreditas que outros deuses têm usado os dons de profecia para interferir em tua missão? Se não é do Deus de Abraão, Isaac e Jacó, o Deus dos nossos pais, tua visão procede de qual deus? Sabes que por isso poderás ser apedrejado, caro Elias!

O profeta ponderou, escolhendo as palavras com as quais poderia se comunicar com o amigo e discípulo de modo eficaz. Procurava ao máximo fazer-se compreender.

– Tenho visto muitas coisas em minhas visões. Homens diferentes, que deslizam pelos ares sem asas; às vezes, vejo-os sobre objetos que não saberia descrever...

– Seriam porventura os anjos de Adonai?

— A menos que esses anjos em quem acreditamos sejam muito semelhantes a nós, com pequenas diferenças... Amigo profeta, tenho pensado muito sobre o assunto, mas sinceramente não tenho resposta satisfatória para o que vejo e ouço. Sinto que algo muito estranho ocorre em mim. É como se minhas entranhas estivessem sendo revolvidas e um novo homem nascesse no lugar do velho homem que sempre fui. Um mundo novo aflora, porém não me sinto preparado para ele.

— A fé no Deus dos nossos pais te sustentará na hora da provação, amigo e mestre.

— Não fala assim, Eliseu. Numa dessas visões, encontrei-me com um homem alto, muito mais alto do que os gigantes estabelecidos em Canaã quando nossos ancestrais vieram das terras do Egito. Acredito que nem Josué nem Moisés descreveram com tanto detalhe a natureza dos seres que encontraram na terra prometida. E eu me deparei com um desses seres.

— Talvez sejam os querubins, tão conhecidos pelo nosso povo...

— Ou não!

Os dois permaneceram em silêncio por algum tempo, caminhando às margens do Rio Jordão.

— Tenho recebido conselhos de diversos desses seres que nós classificamos como sendo a voz de Deus. Mas agora, depois de vê-los de perto, de observar cada detalhe de sua aparência e, mais ainda, de comparar essas informações com os escritos sagrados, fico a imaginar se aquele que chamamos Deus é realmente o Deus que a tudo criou ou apenas um deus particular, adorado e cultuado pelos nossos patriarcas.

Eliseu fixou seu amigo, um dos maiores profetas de todos os tempos, e não foi capaz de comentar sua fala, pois sabia que ambos incorreriam em pecado ou blasfêmia. Elias notou a dificuldade do amigo, porém resolveu arriscar-se:

– Tenho para mim, caro amigo – embora eu nunca possa dizer isso em público, senão seguramente serei apedrejado, segundo manda a lei de Moisés –, que este a quem denominamos Deus, esse ser a quem aprendemos a adorar, em nome de quem falamos ao nosso povo, pode muito bem não ser Deus, o criador, o ser que originou todas as coisas e criaturas. Talvez estejamos ainda à procura desse Deus original, desse Deus que é o pai de tudo o que existe na terra e no céu. Estou convencido de que nossa visão de mundo é por demais limitada para termos uma ideia exata ou mais aproximada com respeito àquele ou àquilo com que lidamos.

– Achas que é uma força contrária, que quer destruir o povo de Israel?

– Não mesmo! Se quisessem fazer isso, já o teriam feito. Seja quem for esse ser ou esses seres –

pois já vi mais de um simultaneamente, juntos –, tenho certeza de que não querem nosso mal. Os conselhos que recebo se atêm à realidade do nosso povo e à necessidade de colocar limite nos abusos de nossos governantes. Por isso, concluo não quererem nosso mal. Se existe algum problema atrás de tudo isso, Eliseu, é nossa forma de ver as coisas, de interpretar o que sucede conosco. Temo que tão cedo não tenhamos condições e conhecimento suficientes para concebermos uma ideia exata do que ocorre. Desse modo, prefiro dizer que estamos sendo guiados pelos emissários do Altíssimo.

– Os anjos!...

– Como queiras, meu amigo, como queiras. Mas te peço, em nome do Altíssimo e de todos os patriarcas mais sagrados: não digas a ninguém o que te falei. Se te confidencio tudo isso é porque sei que me seguirás na tarefa relativa ao nosso povo hebreu. Estás a meu lado exatamente para compartilhar do poder que me foi dado, da minha força e do poder da visão que tenho. Sozinho, talvez tudo isso te fosse impossível. Juntos como estamos nessa jornada, minha força passará a ti. Se na mesma medida, não sei dizer, mas sei que, permanecendo unidos, minha força será transferida a ti, e és tu quem dará continuidade à missão perante nosso povo.

– Não digas assim, meu amigo Elias. És tu o maior dos profetas que Israel já conheceu!

– Talvez o mais rebelde, o mais destemido, mas nunca o maior. Pois sei que depois de mim virá alguém, um ser cuja procedência nenhum de nós conhece. Esse será realmente grande e liderará o mundo rumo às estrelas. Ele, sim, será o verdadeiro profeta, no sentido que nosso povo entende; será o messias. Mas, amigo...

– Fala, Elias, profeta do Altíssimo!

Elias mirou Eliseu enquanto ambos caminhavam às margens do grande rio. Desejou que o amigo o compreendesse.

– Em breve não estarei mais contigo, e então terás de apascentar o rebanho de Israel. Também não posso esconder de ti a verdadeira natureza do meu trabalho. Para os povos ainda ignorantes, nossa fala deve ser de acordo com suas crenças, a fim de que não se iludam em fantasias ou se rebelem de tal maneira que os conduzir se torne impossível e, assim, percam-se também espiritualmente. Todavia, entre nós, profetas, devemos ser francos uns com os outros.

– Não fales assim, meu instrutor e mestre das profecias. Tu me assustas. Será que Jeová não é poderoso a ponto de evitar tua morte? É isso que queres vaticinar? É esta tua profecia?

– Quanto a Jeová, meu amigo Eliseu, não posso, neste momento, te dizer nada; tudo tem sua hora. Mas saiba que não falo de morte, pois que todos morrem em algum momento. Falo de algo mais, de um tipo de coisa que, em nosso tempo, ainda somos crianças para compreender. Trata-se de algo muito maior do que nós mesmos, do que a existência do nosso povo de Israel; muito maior do que nossas crenças.

– Como tenho medo de tuas palavras, caro profeta. Como tenho medo do seu alcance!...

Olhando para o amigo com fisionomia grave, o profeta Elias comentou:

– Sabes muito bem, Eliseu, que confrontei o deus de Israel no monte onde Moisés recebeu as orientações da lei. Foi lá que descobri muito a respeito do ser a quem chamamos Deus. Estou convencido de que Moisés libertou uma força descomunal, que hoje está solta no mundo e se alimenta de sangue, de guerras e das emoções humanas. Acredito que nem mesmo Moisés sabia ao certo o que estava fazendo. Foi no Monte Horeb que pude confrontar os seres que, de certa forma, fazem frente a essa força invocada por Moisés por meio dos rituais que ele aprendeu no Egito. Hoje posso dizer que, depois de defender o culto a Javé, não tenho tanta certeza assim de que eu estivesse certo. Por isso é necessário que eu vá, que eu me retire, a fim de aprender diretamente na fonte dos ensinamentos sagrados. Preciso conhecer a verdade, pois há muita coisa obscura envolvendo nossa história e o culto que prestamos a essa divindade que todos aprendemos a adorar.

– Mas desconfias do próprio Javé, o Deus de nossos pais?

– Não é desconfiança, meu amigo – falava enquanto caminhavam às margens do Jordão. – Tu mesmo não ignoras o volume de sacrifícios que Javé pediu a nossos pais e profetas. Ele chegou muito mais longe, exigindo até o extermínio de populações inteiras que habitavam a terra prometida.[5] Foi um tempo em que correu muito sangue sobre a Terra, e essa responsabilidade repousa sobre os ombros e o destino do nosso povo. Não acredito que estejamos adorando o Deus que criou tudo quanto há, não obstante também não possa dizer com absoluta certeza a quem adoramos. Para nossa segurança, temos de continuar defendendo o culto sagrado a Javé, ainda que eu não tenha mais tanta convicção assim quanto à sua procedência. Caso contrário, corremos o risco de ser os próximos a serem sacrificados.

– Mas, se vais te retirar, a quem devo obedecer? A quem devo seguir?

– Como disse, Eliseu, continua seguindo as tradições, mas sabe que, um dia, a verdade virá à tona, apesar de eu nem sequer desconfiar em quanto tempo isso se dará. Uma coisa é certa: eu voltarei! Voltarei junto com os seres que me leva-

---

[5] Diversos exemplos citados na nota 11, no cap. 5, p. 212-213.

rão, pois eles já anunciaram que devo me instruir.

– E me deixarás assim, à mercê dessa força descomunal?

– Prossegue cumprindo o teu papel, caro amigo. Fala as mesmas palavras de antes, segundo o povo tem condições de ouvir. Somente em um futuro bem distante, nossa gente terá condições de entender a verdadeira natureza dessa entidade a quem aprendemos a adorar. Quando retornar, transmitirei a ti o que terei aprendido. Mesmo que não possa dizer quando retornarei, devo partir.

Tirando o manto que o cobria, Elias ali mesmo procedeu ao ritual de iniciação de Eliseu, conforme as tradições que os guiavam. Palmilharam lado a lado o caminho por tempo razoável, e, por isso mesmo, até os elementos sutis que compunham a estrutura etérica de Elias foram, aos poucos, transmitidos a Eliseu, e este desenvolveu dons e habilidades semelhantes, embora não tão ostensivos quanto os do amigo. Elias estendeu as mãos em frente ao Jordão e, ali mesmo, transferiu ao discípulo suas habilidades, despertando nele, através do conhecimento sobre assuntos tão complexos, o poder da profecia, o dom de ver além da membrana psíquica sutil que separa as dimensões da vida. Eliseu, em seguida, teve a visão; o que viu quando Elias colocou as mãos sobre ele foi algo assombroso. Eliseu caiu ao chão imediatamente, molhando-se nas águas sagradas do Rio Jordão. De olhos fechados, mesmo com o amigo desmaiado, Elias continuava com as mãos sobre sua fronte e, assim, acendia a força oculta de seu espírito, insuflando energias que tinham o poder de despertar habilidades adormecidas. Enquanto isso, um remoinho de fogo descia do alto sem barulho, rodopiando até se colocar logo acima da cabeça do profeta.

Um aparelho desenvolvido pelos deuses, uma *nave* – embora esse termo não fosse conhecido nem fizesse parte do vocabulário da época – pairava iluminada, como que em chamas, logo acima dos dois. Forte vento parecia descer de uma das aberturas da *carruagem de fogo*,[6] como mais tarde foi descrita por Eliseu, que acordava do transe sonambúlico exatamente quando três seres, em quase tudo diferentes dos israelitas, desceram em potentes campos gravitacionais e pairaram ao lado do instrutor de Eliseu.

O próprio Elias fitou os três seres, iluminados pela luz ofuscante que descia da nave, a carruagem de fogo, e balbuciou, deixando a veia religiosa falar mais alto que a razão e o conhecimento:

– Senhor meu! Deus meu!

Eliseu ajoelhou-se diante da aparição, sem perceber a verdadeira natureza do que ocorria. Um

---

[6] Ou *cavalos de fogo*, segundo algumas traduções (cf. 2Rs 2:11).

dos seres, respondendo ao profeta, asseverou:

— Não nos chame de Deus, pois somos apenas seres como você e seus irmãos. Somos os instrutores de sua humanidade e queremos que vá conosco, pois sua hora chegou. A você será dada uma parcela da imortalidade, e terá uma vida muito mais longa do que os de sua geração.

Voltando-se para Eliseu, outro ser informou, enquanto o novo profeta baixava a cabeça em sinal de reverência, temendo afrontar o santíssimo, a sagrada aparição:

— Você permanecerá entre os seus, ao menos por ora. Mas veja bem, homem da Terra: Elias voltará, no mesmo corpo, e ele o usará como emissário perante os reis da Terra. Prepare-se para levar avante a obra de Elias, porque, a partir de agora, ele poderá ir e vir entre nós e vocês e, caso seja necessário, ele retornará por um período de tempo maior, para depois ser novamente tomado dentre os homens e levado às estrelas. Eu sou Enki, um eloim.[7]

Eliseu interpretou a autoria da comunicação como sendo divina, de um dos eloins, os deuses criadores do seu povo, do seu mundo. Assim formulou sua crença a partir de então. Ao ser ilumi-

---

[7] Cf. "As sete castas dos degredados *annunakis*". In: PINHEIRO, Robson. Pelo espírito Ângelo Inácio. *Os nephilins*. Contagem: Casa dos Espíritos, 2014. p. 15.

nado pelas luzes da nave, que permanecia suspensa por meio de raios de antigravidade, ele levou a mão em direção a Elias. Por instantes o tocou, enlevado pela aparição, que, segundo a concepção vigente, representava uma intervenção divina, até que Elias foi sugado pela luz. Elevando-se lentamente do chão, envolto em uma luz que ofuscava qualquer um, Elias, com os três *annunakis*, entrou na escotilha da espaçonave, a qual, então, subiu, num estrondo fumegante. Como se em chamas vivas, deixavam para trás um Eliseu atordoado, às margens do Jordão, a segurar o manto de Elias como se fosse um objeto sagrado.

Após aquele evento, Eliseu se imbuiu de um profundo fervor religioso, esquecendo-se das palavras do amigo Elias. Tomou para si a missão de alertar o povo hebreu e ir contra os desvarios e os desmandos dos reis e das rainhas que encontrasse ao longo do caminho. Fez questão, também, de confrontar Jezabel,[8] a rainha pagã, com o fato de que seu opositor, o profeta Elias, fora arrebatado vivo rumo aos céus, por carros e cavalos de fogo, no intuito de que ela própria se curvasse diante da importância dos pronunciamentos que, antes, este havia feito em nome do Altíssimo.[9] Eliseu deixou-

[8] Cf. 2Rs 9.
[9] Cf. 1Rs 17-21.

-se levar pela aura religiosa do seu povo. A visão da nave elevando-se aos céus ficou para sempre em sua alma, registrada como se fora uma visão divina; a partir de então, seu mentor passou a ser considerado por ele como jamais havia sido. Elias transformou-se, assim, num ícone da vida espiritual e religiosa do seu povo.

A carruagem de fogo rasgou os céus do planeta, descrevendo uma elipse, de tal modo que Elias pôde ver, através de aberturas nas laterais da nave, o planeta abaixo de si. Três seres de estatura muito alta e dois outros, mais baixos, quase do porte do profeta, puseram-se à sua frente. Elias curvou-se imediatamente, como em atitude de adoração. Um dos seres lhe dirigiu a palavra na língua do seu povo:

– Não tema, filho do homem! Você está entre amigos. Não somos nem homens nem deuses, mas apenas amigos seus e de sua gente – referindo-se à humanidade, porém Elias ainda não sabia o que significava o termo *humanidade*; toda a sua vida fora ligada às nações de seu mundo particular.

Elias balbuciou algumas palavras, porém a emoção não o deixou à vontade, e, então, sumiu a sua voz. A nave voava celeremente, saindo aos poucos da atmosfera. Elias pôde contemplar as estrelas sob uma nova ótica, até se aproximar da Lua, que orbitava em torno do planeta, e depois se afastar dela, indo em direção a determinado ponto da órbita de Tiamat. Foram abertas comportas, através das quais viu o espaço profundo. Elias encheu os olhos de lágrimas.

– O céu!... – exclamou feito menino.

– Sim, parte dele – respondeu o *annunaki* ao paranormal, um homem à frente do seu tempo, com habilidades incríveis e, por isso mesmo, visado pelos astronautas e deuses como alguém que deveria ser orientado e iniciado em diversos mistérios. – O céu é muito mais vasto e profundo do que vocês, em Tiamat, possam imaginar; suas mansões são mundos, miríades deles, habitados por aqueles que vocês chamam de anjos, os quais, na verdade, são apenas emissários do Profundo e do próprio universo.

Os mistérios do cosmos para aquela época e aquele lugar ainda eram impenetráveis, indecifráveis, mas não para quem conhecesse uma ciência mais avançada do que aquela vigente entre os homens de Tiamat. Os seres do espaço, astronautas de outro universo, desconhecido por Elias e seu povo, sua humanidade, precisavam de emissários, de gente esclarecida com quem pudessem contar ao partirem da Terra. Como elementos de ligação ou avatares, atuariam no mundo transmitindo o conhecimento recebido a partir dali.

Elias não compreendia nada do que se passava. Ouvira mais de uma vez a voz do *annunaki*, porém não percebia como podiam ser tão diferentes e, ao mesmo tempo, tão semelhantes. Não tinha conhecimento suficiente para entender como eram gigantes se comparados ao povo de Israel e por que havia outros menores; uns quase transparentes, outros mais densos, dotados de uma agilidade incrível. Sobretudo, como era possível ver o mundo tão belo abaixo de si?! Por fim, Elias chegou à conclusão de que fora arrebatado aos céus, muito embora o conceito de *céu* para seu povo fosse algo mais flexível.

Chegaram, enfim, à estação que orbitava em torno da Terra. Para estupefação de Elias, ele encontraria outros de sua raça, outros humanos que também haviam sido abduzidos para o período de aprendizado. Após reunir-se com outros humanos do planeta que para ali foram levados, o profeta ouviu um dos seres de aparência humanoide, dotado de uma rara beleza, manifestar-se:

– Nenhum de vocês será maltratado em nosso meio. Estão aqui porque foram selecionados, e cada um desempenhará um papel junto ao seu povo quando regressar. Não somos Deus, nem deuses, nem humanos como vocês. Somos apenas seus irmãos e, como vocês, estamos aprendendo, de alguma forma, no compêndio do saber universal, a decifrar os caminhos que nos levarão a conhecer melhor nosso fanal, nossa luz. Sendo assim, serão tratados como se fossem um de nós. Se algo lhes faltar, por favor, procurem-nos. Não temos muito tempo ao nosso dispor; convém começarem imediatamente os estudos que farão de vocês nossos representantes neste orbe, que, em breve, passará por profundas modificações.

– Você é emissário de Jeová? – perguntou o profeta hebreu.

– Absolutamente não! Jeová, a quem vocês têm como um deus, trata-se de uma entidade adoecida, necessitada de aplauso, sedenta do sangue dos sacrifícios que vocês realizam; promove guerras e as recomenda a seus súditos, a fim de se alimentar das reservas de energia daqueles que a veneram. Em breve, o Autoevolucionário irá a seu mundo e apresentará uma nova visão, que desbancará as pretensões da entidade e os libertará a todos, para que vejam melhor a grandeza do universo e da vida.

Muitos ali presentes se calaram, sem perceberem o que se queria dizer. O emissário das estrelas não esperou que fosse compreendido naquele primeiro contato, entretanto, sua imagem, sua figura ficaria para sempre impressa na memória espiritual dos humanos abduzidos naqueles idos do ix século a.C. Elias voltaria mais algumas vezes para fazer interferências marcantes na história do seu povo, mas sua verdadeira obra estaria por vir, a partir dali, muitos séculos depois. Ele tinha um papel a desempenhar, envolto em grande controvérsia, embora já não mais fosse conhecido como Elias na ocasião. Que importava? Seria ele mesmo; quando voltasse a entrar em contato com seu povo, teria novos conhecimentos, e lhe caberia uma nova missão na Terra. Até lá, outros mais seriam chamados, outros mais seriam escolhidos.

A partir de então, Enoque, um dos patriarcas do seu povo, deveria ser o primeiro instrutor de Elias e outros mais que ali se reuniam. Ao lado de Enoque, destacava-se uma figura humana, ou aparentemente humana, de barbas e cabelos alvíssimos; na verdade, não eram somente alvos, eram brilhantes, como se cada fio fosse iluminado. Quanto ao semblante da criatura, embora denotasse idade avançada, trazia estranha jovialidade, algo que incomodava por não se saber explicar.

– Sou Moisés, um dos seus conterrâneos! – apresentou-se o ser irradiante para Elias.

– Moisés? O patriarca do povo hebreu? Mas você não morreu? Como pode estar aqui, entre pessoas vivas? – Elias não entendeu absolutamente nada. Não poderia entender, de fato; ainda não tinha conhecimento para tanto.

– Na Terra, nunca encontraram minha sepultura nem localizaram meu corpo, simplesmente porque fui trazido para cá pelos mesmos seres que me transmitiram os ensinamentos necessários àquela época. Fui um habitante de uma estrela distante e renasci na Terra para dar ao povo uma noção a respeito de justiça e, ao mesmo tempo, inaugurar a ideia de um Deus único e justo. Todavia, não cumpri bem minha missão. Aqui, recebi um incremento energético celular, que me preservou a vida por um período de tempo que, na Terra, seria considerado impossível; o mesmo, contudo, deu-se com Enoque e outros mais. O mundo de onde vim, agora, está redimido, porém escolhi ficar próximo à Terra a fim de auxiliar outros, tanto quanto posso, para preparar a humanidade, o povo de Deus, a adentrar uma nova era.

— Então você não experimentou a morte?

— Tanto quanto você, Enoque e mais alguns outros, ainda não. Isso não significa que não morreremos um dia, tampouco que nossa vida foi preservada pelos mesmos seres que, um dia, classifiquei como deuses e que até hoje, na Terra, os homens veneram. Eles detêm conhecimento e recursos para prolongar nossa vida física indefinidamente, mas não eternamente. Por isso você percebe meu corpo ligeiramente diferente, mais brilhante; é o resultado das energias às quais fui submetido quando, ainda na Terra, subi ao Monte Horeb e lá encontrei os seres que nos recebem. Desde então, minha vida foi de algum modo alterada; minhas células foram, de alguma maneira, modificadas por uma exposição intensa ao poder ou à tecnologia dos nossos anfitriões.

Elias não entendia nada de conceitos como *energia*, *célula* e *seres do espaço*. No entanto, a figura do patriarca o comovia muito. Julgou encontrar-se realmente no céu, onde se congraçavam os servidores do Senhor – fato que ele não era capaz de explicar, mas aceitava mediante a fé, pois, acima de tudo, era um homem de fé. E isso bastava até aquele momento. Mais tarde, receberia instruções, conforme prometido. Por ora, preferia não se perder em ideias que não estava apto a compreender; apenas aceitava os fatos. Mas apenas por ora. Daqui a pouco, ele compreenderia tudo.

Para ele, era um milagre o que se sucedera. Elias e muitos ali presentes interpretavam aquela experiência conforme seu sistema de crenças pessoal – foram arrebatados, diriam. Daí a algum tempo, saberiam a verdade; com seu vocabulário mais enriquecido, reputariam aquele evento como algo muito comum: uma abdução, realizada em tempos antigos.

Por seis anos seguidos, Elias ali permaneceu junto aos instrutores, até que teve que retornar à Terra e interferir na vida do povo hebreu novamente; em seguida, foi recolhido em novo período de estudos sobre as potências celestiais. A cada descida à superfície, o profeta não era mais o mesmo. Gradativamente, ganhava acesso ao conhecimento de uma parcela mais e mais ampla da verdade.

Agora entendia melhor. O céu para o qual fora arrebatado não era o mesmo céu dos querubins, dos anjos e dos serafins preconizado pelo credo de sua religião; era o céu no sentido geral, do espaço sideral, de onde se podia avistar o mundo girando abaixo da estação orbital. Depois, deveria retornar como enviado a alguns países do mundo e semear o ensinamento adquirido, até que fosse convocado a uma missão mais importante ainda, porém, no tempo certo.

**Séculos mais tarde,** muito depois desses eventos, o cenário era um vilarejo onde teria se fixado um assentamento de um povo exilado. Eram judeus que haviam sido capturados e banidos de sua terra, no reinado de Nabucodonosor, rei da Babilônia, o qual levou cativa toda a casa real de Jerusalém, com mais de 10 mil membros da elite daquele país. Próximo à antiga Nipur, cidade suméria erguida pelos deuses, num local conhecido como Tel-Abibe, erguera-se uma espécie de escola onde se pretendia ensinar homens com dons paranormais como estabelecer contato com a outra realidade da vida, de acordo com o conhecimento que se tinha na época. Era um celeiro de paranormais, videntes e pessoas com habilidades psíquicas em ebulição.

Tudo ocorria às margens do Rio Quebar – na verdade, um canal de irrigação da região, que buscava no Rio Eufrates a fonte principal de suas águas. Ali, naquela região da antiga cidade de Nipur, uma das principais cidades dos deuses-astronautas sumérios, dedicada a Enlil – e então parte do soberbo reino da Babilônia –, a visão da glória de Deus manifestou-se ao profeta. Era exatamente a época em que Nibiru aproximava-se da órbita de Tiamat, abrindo uma janela de lançamento propícia à aproximação em veículos aeroespaciais, quando os deuses retornariam ao seu planeta de origem. Aquele homem sábio, instruído na cultura do seu povo e conhecedor da política internacional de sua época, teve a visão.

Incomodado pela situação dos dirigentes da nação e por haverem abandonado os ensinamentos considerados divinos, além de terem se entregado ao luxo – o que, de certa maneira, provocara o cativeiro, segundo pensava –, Ezequiel caminhava por entre os salgueiros refletindo sobre os tempos difíceis que vivia seu povo, escravo naquela terra. Não muito distante dali, Daniel, outro profeta do cativeiro, também teria encontros memoráveis, ainda que de menor intensidade.

Foi naquele dia de profundas reflexões, a caminho de Tel-Abibe, quando Ezequiel avistou a grande luz que descia do alto. Por todo lado, objetos cintilantes iam e vinham aproveitando a janela de lançamento, a proximidade do planeta dos *annunakis* com Tiamat. Os veículos aproximavam-se para buscar os remanescentes do seu povo que ainda viviam na Terra dos homens, já que os deuses haviam desistido de continuar caminhando entre os filhos da Terra após as várias guerras entre os próprios deuses e entre eles e os homens. Retornariam ao seu mundo natal.

Foi exatamente nessa época que Ezequiel avistou o movimento de seres e naves, com seus astronautas pousando no solo planetário. Era a reunião dos *annunakis* que retornavam, em seus comboios imensos, para dar o salto em direção ao seu mundo. O profeta procurou descrever mais tarde a aparência dos seres e de seus objetos voadores segundo o vocabulário de sua época. Para a locomoção dentro da atmosfera de Tiamat, foram utilizadas naves com hélices. Tratava-se de uma abóbada, brilhante como cristal; na cabine de comando, pilotos com aspecto semelhante ao dos humanos conduziam as estruturas que transportariam os *annunakis* de diversas partes do planeta até determinado ponto de encontro e, de lá, a seu mundo de origem, em equipamentos apropriados. Ezequiel quedou-se diante do rio, sem poder correr e em completo enlevo ante o fenômeno, o qual não compreendia de todo.

– Querubins!... Os enviados do Altíssimo! – balbuciava ao ver os seres descendo de suas plataformas voadoras. Altos, muito mais altos que os homens da Terra, vestiam-se com trajes que pareciam refletir a luz do Sol ou, quem sabe, a própria luz dos objetos cintilantes que traziam. Eram equipamentos para recolher seus conterrâneos, que, por milênios, esperavam o momento de regressar a seu mundo natal.

Enquanto Ezequiel contemplava, estupefato, os objetos voadores com suas hélices pousarem – para tanto, usando rodas localizadas nos trens de pouso –, ao longe, um barulho ensurdecedor se aproximava, rompendo o estado quase de êxtase em que se achava o profeta. Forte luzir de uma chama que saía pela retaguarda da nave-mãe parecia preencher todo o espaço ao redor. Do alto descia algo descomunal. Brilhantes e chamejantes, os foguetes sustentadores da engenhosa nave pareciam cuspir fogo até a completa aterrissagem, que se deu nas proximidades do Rio Quebar, num local onde se abria uma espécie de planície.

Completamente tomado pelo que via, acreditando se tratar do próprio Todo-Poderoso, aquele homem descreveria, mais tarde, no séc. vi antes da era cristã:

"Olhei, e eis que um vento tempestuoso vinha do norte, uma grande nuvem, com um fogo que emitia de contínuo labaredas, e um resplendor ao redor dela; e do meio do fogo saía uma coisa como o brilho de âmbar. E do meio dela saía a semelhança de quatro seres viventes. E esta era a sua aparência: tinham a semelhança de homem."[10]

Após recolherem os astronautas em seu interior, as naves se elevaram às alturas da atmosfera, deixando para trás um humano atônito, visivelmente transformado pelo inusitado do fenômeno. Depois, naves menores recolheriam, na Mesopotâmia, os demais *annunakis*, os deuses da Suméria, da Babilônia e de muitos outros recantos do mundo. Vinham da região sul do planeta, das terras longínquas da Índia, e outros, ainda, de regiões pouco exploradas do Oriente.

Em uma conferência realizada entre os *annunakis* e outras castas de humanoides que vieram compor posteriormente o corpo de educadores dos homens da Terra – apesar das dificuldades existentes entre eles –, decidira-se que o homem já poderia caminhar sozinho sobre a Terra. Ficariam os iniciados, os representantes dos deuses, os atalaias, que serviriam como referência pra que a humanidade não esquecesse que viera das estrelas. A humanidade deveria caminhar com os próprios pés, embora conservasse, em sua memória celular, gené-

---

[10] Ez 1:4-5 (BÍBLIA Sagrada. Tradução de João Ferreira de Almeida Revista e Atualizada. Barueri: Sociedade Bíblica do Brasil (SBB), 2000. Extraíram-se todas as citações bíblicas dessa fonte, exceto quando indicado de modo diferente.)

tica e espiritual, sua diretriz e sua identidade estelar.

Novamente, em um futuro distante ainda para os padrões humanos do planeta Terra – ou Tiamat, como passou a ser conhecido o terceiro mundo a partir do Sol –, os deuses voltariam, em larga escala. Antes disso, porém, era preciso que a ciência se multiplicasse, que o conhecimento fosse disseminado e que os homens retornassem ao pó; reviveriam em novos corpos, a fim de entender a mensagem que seria, então, distribuída entre as nações do mundo. Contudo, a Terra não ficaria órfã em nenhum momento. Diversas missões, de vários outros mundos, de tempos em tempos aportariam ali e seriam avistadas nos céus do planeta, atestando aos filhos dos homens que não estavam sós.

Entre os patriarcas e os profetas, muitos foram informados, educados, abduzidos e receberam diretamente dos seres do espaço, seus irmãos mais velhos, a parcela de conhecimento que a humanidade da época poderia digerir. Ezequiel, Daniel, Elias, Eliseu, Moisés e muitos outros ergueram reinos, despojaram de seus tronos os poderosos, anunciaram novas eras que marcaram a civilização, movidos pela interferência dos seus irmãos das estrelas.

Conforme o profeta registraria mais tarde, tentando ao máximo aproximar seu vocabulário da realidade que vira:

"E sobre o firmamento, que estava por cima

das suas cabeças [isto é, a cabine do piloto com vidro cristalino], havia uma semelhança de trono, como a aparência duma safira [uma poltrona]; e sobre a semelhança do trono havia como que a semelhança dum homem, no alto, sobre ele [o piloto].

"E vi como o brilho de âmbar, como o aspecto do fogo pelo interior dele, ao redor desde a semelhança dos seus lombos, e daí para cima [vestimentas de astronauta]; e, desde a semelhança dos seus lombos, e daí para baixo, vi como a semelhança de fogo, e havia um resplendor ao redor dele [as vestimentas refletiam raios do sol, ou seja, eram metálicas]. Como o aspecto do arco que aparece na nuvem no dia da chuva, assim era o aspecto do resplendor em redor. Esse era o aspecto da semelhança da glória do Senhor; e, vendo isso, caí com o rosto em terra, e ouvi uma voz de quem falava."[11]

Por outro lado, nem todos que compareceram em Tiamat ou interferiram na história humana eram da mesma raça ou tinham os mesmos nobres propósitos. Entretanto, isso a humanidade saberia somente muitos séculos depois.

---

[11] Ez 1:26-28.

# 3
# O PACTO

"Porquanto dizeis: Fizemos pacto com a morte, e com o Seol fizemos aliança; quando passar o flagelo transbordante, não chegará a nós; porque fizemos da mentira o nosso refúgio, e debaixo da falsidade nos escondemos."

**Isaías 28:15**

**U**MA ALIANÇA nos moldes da que fora celebrada entre os seres do espaço e os terrestres não poderia estabelecer um clima de lealdade entre as partes. Inicialmente, o *gray* e sua comitiva haviam procurado diversos políticos, buscando aliados em países tradicionalmente rivais. Uma vez estabelecida a aliança, valiam-se da própria para pressionar os opositores do país escolhido, exigindo-lhes cada vez mais concessões; ao mesmo tempo, chantageavam o parceiro, ameaçando romper o acordo a qualquer momento e, então, favorecer um adversário. Por algum tempo, a estratégia funcionou; afinal, os governos terrestres, todos no outro lado da mesa de negociação, queriam cada qual obter a tecnologia mais avançada para vencer os demais, impor-se e, assim, modificar a estrutura de poder no planeta.

Logo de início, os cientistas arregimentados para a empreitada ultrassecreta constataram que seria necessário selecionar a tecnologia que queriam desenvolver de acordo com os interesses da ocasião, nomeadamente de caráter bélico e militar. Boa parte da tecnologia concedida não levaria a nada, pois faltavam elementos para os cientistas da Terra compreenderem certos raciocínios, certas conexões e fórmulas. Não bastava simplesmente ter acesso à tecnologia; era preciso aprender certos princípios de uma ciência nova, cruciais na exploração das novas ferramentas. Entretanto, o ritmo das negociações geopolíticas não podia esperar e acabava por atropelar as etapas exigidas pelo aprimoramento do saber científico. O tempo urgia, e a guerra despontava de modo cada vez mais nítido no horizonte. Um novo período se avizinhava, e a corrida voraz por domínio e poder somente seria definida pela nação que conseguisse desenvolver a arma mais letal que algum dia pudesse cair nas mãos de qualquer sociedade humana.

Em meio ao acirramento das tensões, não havia como desprezar a necessidade imperiosa de manter os fatos longe do olhar curioso do público. Muito embora aqui e acolá surgissem comentários e vazassem informações em virtude da participação de pessoal não tão bem-preparado para guardar sigilo, as informações sobre o andamento das negociações entre os mundos estavam satisfatoriamente abafadas.

O *krill* pretendia tirar ainda maior proveito da situação de rivalidade entre as grandes nações. Reuniu-se novamente com líderes norte-americanos, porém agora Dwight David Eisenhower já ocupava o cargo de presidente e estava devidamente ladeado por um grupo seleto de cientistas, representantes das Forças Armadas e do governo, além de agentes de Inteligência e do FBI. O encontro fora marcado por iniciativa do próprio *gray*, que modificara sua aparência propositalmente, com o intuito de convencer ou simular que se tratava de outra raça alienígena. Jogava com a estratégia diversionista, pois sua tecnologia e suas habilidades psíquicas lhe facultavam alternar a própria aparência com outra que copiasse, a fim de manipular e pressionar os agentes governamentais como bem lhe aprouvesse. Ele exigira a conferência com o representante máximo do país por meio de mensagens enviadas telepaticamente a um grupo seleto, dotado de algumas habilidades paranormais, a serviço do FBI.

Resolveram, por recomendação de analistas de segurança nacional, encontrar-se numa das bases secretas, na verdade, uma base aérea no Novo México. O ano era 1954. Como não podia deixar de ser, o presidente dos EUA era alvo de constante atenção por parte da imprensa; sobre ele repousavam os olhos da nação e do mundo. Em virtude disso, o serviço secreto elaborou uma estratégia para disfarçar a saída de cena do então presidente, imiscuindo-se o encontro entre os seres das duas raças em meio a supostas férias de Eisenhower em Palm Springs, na Califórnia, segundo se anunciou.

Meses antes, radares russos e norte-americanos detectaram objetos de grande volume locomovendo-se no espaço, vindo em direção à Terra. Foram confundidos com asteroides no primeiro momento; ninguém lhes deu muito crédito, pois as nações ainda se viam às voltas com os desafios do pós-guerra. Contudo, depois que alguns astrônomos independentes passaram a vasculhar os céus com mais atenção, descobriram-se evidências de que aqueles objetos passaram a orbitar a Terra em latitude próxima à da linha do Equador, o que chamou a atenção de oficiais das Forças Armadas norte-americanas. O silêncio sobre o fato foi imposto imediatamente. Logo se apurou: eram naves *grays,* que se acercaram do planeta em obediência ao chamado de seu líder, desalojado de seu mundo, mas em franco contato com os humanos há décadas, disfarçado, como lhe era costumeiro.

Conquistada a atenção do governo norte-americano, e também de outras potências, um grupo do FBI e outro do exército começaram a usar a linguagem simbólica binária para tentar estabelecer comunicação. Era um código ainda rude, mas na época tido como fruto de tecnologia de ponta. Feito o contato com as naves-mães e, após, realizada a captação das mensagens telepáticas, acertaram o local para o encontro em escala maior. Foi em Holloman Air Force Base, no Novo México, o local da aterrisagem. O representante máximo daquela facção de extraterrestres estava entre os seres que desceram de suas naves. Na presença do chefe de governo e de órgãos de segurança do Estado norte-americano, ali mesmo, depois de intensas negociações, discutiram-se os termos de um tratado de cooperação mútua entre os povos. A Constituição dos Estados Unidos da América foi ignorada ante a possibilidade de um avanço extraordinário no campo tecnológico, mais ainda do que antes havia sido pactuado. Os altos oficiais da administração federal se mostraram inclinados a correr os riscos; contudo, desconheciam as verdadeiras intenções e mesmo a natureza dos seres que aterrissaram em Holloman. A cobiça pela tecnologia superior levou-os a fazer vista grossa e abdicar de suas reservas.

– Nós viemos de uma região do espaço conhecida por vocês sob o nome de Zeta Reticuli, a qual, na verdade, consiste em um sistema binário de estrelas muito semelhantes ao seu Sol, embora algumas características os distingam. Diversas outras raças vivem próximas ali, em mundos diferentes, muitas das quais não guardam nenhum parentesco entre si – informou o emissário dos *grays*, seres cinzentos que então buscavam o pacto com os terrestres. – Nosso mundo está agonizando, devido ao nosso sistema ecológico, que está em colapso. Muito em breve, não teremos mais condições de sobreviver na superfície do nosso planeta.

– E o que propõem, uma vez que são vocês que nos procuram em nosso *habitat*? Que oferecem e que pretendem ao estabelecerem um pacto entre nossas raças?

O *gray*, que nenhum dos humanos seria capaz de distinguir dos demais, dada a semelhança física entre eles, observava com seus olhos escuros cada um dos presentes, fixando o homem que tomava como chefe do planeta. Exprimiu-se com o auxílio de um aparelho, que o traduzia:

– Celebraremos um tratado de acordo com o qual ofereceremos tecnologia bélica, de maneira a estarem muito à frente dos demais em seu mundo. Temos condições de não apenas compartilhar, mas também de ensiná-los a usar tais avanços tecnológicos em outras áreas, incluindo aplicações na área da saúde, por exemplo, assegurando sua liderança no panorama internacional. Muitas doenças que hoje assolam sua civilização poderão ser erradicadas em apenas poucos anos de sua contagem de tempo. Detemos, ainda, a chave para seus cientistas alavancarem as viagens espaciais e ofereceremos recursos para isso.

Um dos agentes do FBI perguntou, desconfiado:

– E o que exigem de nós? Pois sabemos que todo tratado tem dois lados.

Eisenhower olhou o agente de soslaio, com leve ar de repreensão, pois temeu que suas palavras fossem interpretadas erroneamente ou soassem ofensivas ao visitante do espaço. O ser que os olhava profundamente nos olhos, com uma capacidade incrível de dissimular suas intenções e emoções, pronunciou lentamente suas exigências para proceder ao acordo:

– Temos estudado diversas espécies de seres do espaço, uma vez que não podemos mais nos reproduzir, a não ser por meio artificial. Por isso, carecemos de permissão para conduzir experiências científicas com pessoas do seu mundo, dentro da mais perfeita ética. Para assegurar-lhes isso, apresentaremos a vocês o fruto de nossas observações, que se realizarão de maneira completamente pacífica, sem sofrimento para os espécimes de sua humanidade, uma vez que dispomos de recursos para sedá-los e evitar, assim, que sofram qualquer tipo de contratempo ou incômodo. Nossos métodos são absolutamente confiáveis e seguros, pois buscamos entender a fisiologia de outros seres com o intuito de reverter o processo que ocorre conosco. Caso sejam compatíveis os elementos observados, apresentaremos, num segundo momento, uma proposta bem mais ampla, que decerto redundará em benefícios para ambos os lados.

Os homens entreolharam-se, um tanto ressabiados com as condições do *gray*, no entanto, não descartaram a hipótese do trabalho conjunto, tendo em vista os ganhos tecnológicos ventilados. Houve agitação diante da oferta e da exigência dos visitantes, o que gerou comoção e burburinho entre todos. Os alienígenas se olharam e conversavam no próprio idioma, sem que os terrícolas os entendessem.

Como não chegassem a nenhuma conclusão imediata diante do primeiro item do tratado, o ser que alegava desempenhar o papel de intérprete de seu governo mundial pediu a palavra novamente, enquanto três dos presentes se levantaram para trocar impressões mais ao fundo do ambiente.

– Jamais interferiremos nos negócios entre os países com os quais se relacionam, tanto aliados quanto inimigos. Apenas lhes ofereceremos a tecnologia que lhes facultará a supremacia diante das demais nações. Em troca, é de nosso desejo que não interfiram em nossas atividades em seu mundo, muito embora nos comprometamos a apresentar relatórios periódicos e a abrir nossas bases para vocês fazerem suas observações e constatarem as intenções e os métodos perfeitamente éticos que norteiam nossa ciência – o *gray* mentia, porém nenhum dos humanos podia sabê-lo efetivamente, malgrado a larga desconfiança.

Como geralmente se nota nesse tipo de negociação, a desconfiança cedeu lugar ao interesse pelo ganho de forças e recursos que garantissem a supremacia nacional sobre as demais nações da Terra. E se porventura não aceitassem os termos alienígenas? E se outras potências fossem contatadas e celebrassem o acordo com os visitantes do espaço? Avaliaram que não era possível pagar esse preço. Mal sabiam que, a milhares de quilômetros dali, outra espaçonave estabelecia contato semelhante com outra potência da Terra, se bem que sob circunstâncias diferentes. Os *grays* eram hábeis em instigar o jogo de interesses.

– E como farão para estudar os seres humanos? Simplesmente não há como levá-los a laboratórios e, subitamente, vocês se apresentarem como se pertencessem ao nosso povo, muito menos como extraterrestres. Sua aparência é muitíssimo diferente da humana, e tal encontro causaria uma repercussão sem limites, instaurando uma onda de pavor imprevisível e incontrolável diante do inusitado – perguntou o presidente dos EUA ao representante do espaço.

Novamente este voltou seu olhar para os humanos, estudando cada expressão fisionômica ao mesmo tempo que se comunicava mentalmente com os outros de sua espécie – uma vantagem extraordinária sobre os homens de Eisenhower.

– Temos condições de retirá-los do seu ambiente, do local onde os encontraremos, por meio da nossa técnica. Faremos isso repetidas vezes, na mais completa segurança, induzindo seus conterrâneos ao sono hipnótico, de maneira que nunca se lembrem da ocorrência. Como, para nós, trata-se de um procedimento comum e corriqueiro, serão devolvidos a seus lares ao término de cada etapa de pesquisas, sem maiores dificuldades. Reitero que não guardarão lembranças, pois os submeteremos a uma espécie de comando pós-hipnótico de longa duração. Como já foi dito, poderão acompanhar essas experiências a partir de nossos relatórios, que trarão até mesmo dados das pessoas pesquisadas, tais como nome, profissão, residência, localidade onde foram abduzidas e para onde foram devolvidas. O acesso a tudo isso lhes será franqueado. Como prova de nossas intenções, acentuo: a despeito do poder alcançado em nosso desenvolvimento científico, que não ignoram, cá estamos em busca de um acordo pacífico entre nossas raças. Caso tivéssemos outras intenções, não estaríamos aqui, pedindo colaboração e permissão para um trabalho gravíssimo, que diz respeito à sobrevivência de nossa espécie. São bilhões e bilhões de seres, que – senão humanos, pelo menos humanoides – sentem, sofrem, têm emoções e sentimentos, como vocês – mais uma vez, o *gray* mentia, pois não se podia dizer que tinham emoções, ao menos não na conotação humana.

Um agente do governo elevou sua voz pela primeira vez, ainda que ligeiramente trêmula, tentando esclarecer melhor as implicações para os futuros abduzidos:

– Por quanto tempo precisam ficar com um ser humano para realizar suas pesquisas? E qual a quantidade de pessoas que julgam precisar até obterem uma amostragem estatística adequada, que lhes permita chegar a uma conclusão sobre a viabilidade ou não de prosseguirem para a fase seguinte?

O *gray* sentia que fazia progressos na conversa com os humanos. Já identificara claramente o presidente, mediante a reverência que os demais demonstravam em relação a ele, além, é claro, da guarda pessoal, que o tempo todo vigiava a seu redor, devidamente armada. Se não era o governante máximo daquele mundo, como descobrira, por certo liderava boa parte dele. Sondando-os psiquicamente, terminou por concluir: naquele ponto, os humanos já estavam definitivamente inclinados a aceitar sua oferta e estabelecer o pacto.

– Segundo a contagem de tempo de vocês, não mais do que uma hora a uma hora e meia para cada humano. Uma vez que os procedimentos não são invasivos, pois tudo é automatizado em nossas naves e em futuras bases que porventura construamos em conjunto, não há razão para dedicar mais tempo. Além do mais, o que faremos será basicamente escanear os corpos, estudar e registrar fatores genéticos e arquivar automaticamente, em nossos bancos de dados, os resultados das pesquisas.

Eisenhower levantou-se quase repentinamente para confabular com seus conselheiros. O *gray* acrescentou, antes que o comandante em chefe se retirasse:

– Sabemos quanto é difícil para qualquer raça receber representantes do espaço pela primeira vez assim, de maneira ostensiva, em seu mundo. Portanto, deixaremos vocês à vontade por algum tempo e apresentaremos, depois, uma lista dos itens ou o esboço do possível acordo entre nós. Fiquem à vontade para discutir enquanto retornamos ao interior de nossa nave.

Levantaram-se, transmitindo, assim, a impressão de que não pressionavam ninguém a fazer nada contra seus princípios, de que não agiam de modo coercitivo. O estratagema funcionou, pois os militares e os demais agentes do governo se impressionaram com a elegância do gesto, embora não medissem adequadamente as consequências de aquiescer ante a violação da integridade de seus cidadãos em troca de conhecimento e informações alienígenas. Ao mesmo tempo, indagavam-se: como rejeitar a oferta? Não poderiam, de maneira nenhuma! Quem sabe um meio-termo fosse o desejável? A mente de Eisenhower fervilhava quando consultou alguns de seus oficiais mais próximos e confiáveis. Não decidiria sozinho sobre situação tão importante, inusitada e com tamanhas implicações.

O dia se passou célere diante de tantas discussões, telefonemas e conferências realizadas, quase todas, com ânimos exaltados. Nunca haviam presenciado algo tão fantástico, tão singular. A semana igualmente foi das mais tensas e intensas, principalmente quando descobriram, pela agência de inteligência, que a União Soviética também havia sido contatada; não restavam dúvidas a esse respeito. Quando pensavam que o xadrez não poderia se complicar mais, outra peça se moveu no tabuleiro, isto é, outro elemento-surpresa veio à tona, antes mesmo da resposta aos *grays*.

Uma nova espaçonave foi avistada. Eram entidades biológicas extraterrestres de outro sistema, que também já haviam feito contato anteriormente, ainda antes de 1941, quando do ingresso dos Estados Unidos e do Canadá na Segunda Guerra Mundial. Esses visitantes também apresentavam aspecto humanoide, mas eram muito mais parecidos com os seres da Terra. Diferentemente dos *grays* liderados pelo *krill*, no entanto, não propuseram nenhuma barganha; tão somente pleitearam a não proliferação nuclear, não apenas dos EUA, mas do planeta como um todo, numa campanha eventualmente encabeçada pela maior potência ocidental. O serviço de radares norte-americano detectou a nave aproximando-se da órbita terrestre dois dias antes da data em que o presidente transmitiria a decisão final aos *grays*.

A abordagem se dera por meio de emissão de

luzes, conforme previamente estabelecido entre as partes. No contato primordial, ficou patente que o código binário seria a melhor maneira de, mutuamente, decifrarem a linguagem. Daquela vez, porém, o código fora transmitido a partir de computadores rudimentares, que acionavam luzes de cores diversas, acendidas em uma escala correspondente à das notas musicais segundo um princípio comum. A partir de então, ambas as partes aperfeiçoaram a metodologia, e, quando deste novo encontro, a equipe terrena já sabia como estabelecer uma linguagem mais complexa e eficaz que pudesse ser entendida por todos. Era um estágio mais avançado do sistema de comunicação que vigorava no caso dos *grays*, com os quais se estabelecia contato de modo diferente, embora também facultado pelo código binário, mas explorado de outra forma.

Um dos oficiais americanos presentes àquela comitiva batizara os primeiros visitantes de *etherians*. Eram eles mais altos, esguios, de cabeça ovalada. O discurso, antes como agora, não contemplava a troca de tecnologia; com efeito, comportava um apelo à conscientização, por parte dos terrestres, quanto ao perigo inerente ao aumento do arsenal bélico.

Novo local foi escolhido para o contato *tête-à-tête*. Ao abrigo de uma montanha conhecida e sugerida pelos americanos, a nave desceu suavemente e em completo silêncio, ladeada por mais quatro menores, que orbitavam em torno da primeira. Mantinham-se fora do alcance de radares e invisíveis aos olhares humanos, em virtude dos escudos de proteção. Logo desembarcaram os representantes daquela missão, liderada pelos seres muito parecidos com os da espécie humana terrestre. O nome *etherian* não fazia jus ao aspecto das entidades biológicas que tiveram contato anterior com Eisenhower, o qual, desta vez, fazia-se acompanhar de uma comitiva ainda mais numerosa. Entre os membros, dois convidados de países aliados, sendo um deles ministro de Defesa.

Mas não foram apenas os terráqueos que compareceram em número maior e mais abrangente. Seres de pelo menos nove raças distintas vieram transmitir o novo alerta aos humanos, incluindo *grays* cujo aspecto externo em nada destoava em relação ao dos comandados pelo *krill* – exceção feita aos olhos, que, em vez de pretos, eram amendoados. Desceram e apresentaram-se, tendo à frente um ser de cabeça cônica, ainda que perfeitamente humano nos demais aspectos. Do alto de seus 2,5m ou mais de estatura, sobressaía entre todos; na outra ponta, os *grays* mediam cerca de 1,6m.

– Viemos em paz, homens da Terra! – principiou o ser de cabeça cônica, cuja cabeleira parecia querer disfarçar. – Trazemos a saudação dos povos de nosso concílio de planetas, os quais cumprimentam com entusiasmo nossos irmãos da Terra.

– Saudações, visitante das estrelas! – respondeu um dos membros da comitiva, convidando-o a sentar-se num local preparado após o primeiro contato e que levava em conta sua altura. Os demais seres não precisavam de cadeiras especiais, pois, apesar das aparências diversas, tinham estatura semelhante à humana.

– Fomos alertados sobre a nave dos *grays,* os quais há alguns anos têm feito contato com países de seu mundo, até mesmo com aqueles que protagonizaram a destruição na última grande guerra desencadeada na Terra.

Já na primeira fala, o ser, cujo nome não era facilmente pronunciável pelos terrestres, deixou-os profundamente intrigados e perplexos. Afinal, fizera referência aos regimes do Eixo, entre eles, o nazismo e o fascismo. Se aquilo fosse verdade, o *krill* jogava um xadrez dos mais sórdidos no tabuleiro Terra, e mesmo as nações mais importantes não passavam de meras peças. Eisenhower não sabia o que dizer, mas queria manter seus pensamentos atentos ao que mais o visitante trazia de informação. Muitos ali presentes estavam tão maravilhados diante dos seres de outros mundos que não perceberam ou não atentaram para o alcance das palavras do *etherian*, na verdade, um *annunaki*.

Eisenhower ficou calado, mas, ciente da capacidade telepática do visitante, provavelmente análoga à dos outros que o acompanhavam, forçou os pensamentos em direção a ele, a fim de não dar ainda mais elementos a respeito da intrusão do ser diabólico que já propusera um pacto com os americanos. O visitante do espaço percebeu o esforço mental do líder humano e procurou ser discreto, embora não pudesse evitar o assunto completamente. Por isso, nomeou o segundo em comando entre eles para conduzir a conversa, um *gray* de outro sistema solar, enquanto ele próprio se afastava, a convite do presidente americano, o qual era acompanhado por dois agentes, que o seguiam bem de perto. Os mesmos agentes do FBI estiveram presentes desde o primeiro encontro com os extraterrestres, ainda com o presidente anterior, Harry Truman, ocasião em que Eisenhower era o chefe de Estado-Maior. Afastado dos demais, o *annunaki* falou aos três homens, embora soubesse que se dirigia eminentemente ao comandante da nação:

– Vocês correm enorme perigo caso este *gray* resolva fazer contato com vocês – o visitante preferiu dissimular as informações que detinha. Eisenhower permaneceu em silêncio, omitindo a negociação em andamento, uma vez que não poderia simplesmente desprezar, como representante máximo da nação, a oferta de tecnologia feita pelo *gray*.

– Então quer dizer que os tais seres já se encontravam aqui muito antes do fim da guerra e fizeram acordos com outros países, inclusive com aqueles não aliados?

— Exatamente. As mensagens de rádio na Terra são facilmente captadas por nossas estações orbitais, que as retransmitem às bases situadas no planeta que conhecem como Marte e nos satélites que chamam Titã e Ganimedes, e também a estações retransmissoras localizadas em alguns fragmentos do grande cinturão entre o quarto e o quinto planeta – o visitante se referia ao cinturão de asteroides entre Marte e Júpiter.

— Foi dessa maneira que conseguiram, então, essa informação?

— Não somente assim. Existem outras forças em jogo no Sistema Solar. Estamos em contato com os guardiões, seres de outra dimensão, os quais já estão no encalço do *krill*, que é uma espécie de renegado do seu mundo e que aqui veio a fim de colocar em prática suas experiências e retornar à sua pátria com um trunfo na mão. Pretende assumir o domínio do povo terrestre. Ele comanda uma pequena flotilha de naves que não pode ser ignorada, embora para nós não constitua necessariamente obstáculo. Fato é que os guardiões de seu povo nos autorizaram a entrar em contato com vocês diretamente e pedir sua ajuda no que tange à paz na Terra.

– Que espera de nós? Somos uma potência global e saímos ainda mais fortalecidos da guerra. Não obstante, não teríamos condições de enfrentar imediatamente um ser como esse *gray*, a menos que nos auxiliem, emprestando-nos armas com as quais possamos enfrentá-lo.

O *annunaki* de cabeça côncava entendeu as pretensões de Eisenhower. Afinal, o terráqueo era um político obstinado, e as negociações não eram apenas com um ser humano comum, mas com um estrategista. Antes de servir ao Estado-Maior de Truman, ele comandara as forças aliadas na Europa durante o período crítico da Segunda Guerra, sob as ordens de Roosevelt. Agora, como presidente, ele falava e agia como chefe militar em plena Guerra Fria. Já no primeiro ano de governo, pusera fim à instabilidade política que há anos assolava o Irã, que chegou a ser ocupado pelos aliados durante a guerra, entre 1941 e 1945, ao fim da qual teve de lutar contra a insurreição separatista de dois Estados declarados independentes ao norte, mediante apoio soviético. O conflito se estendeu até fins de 1946. Em 1953, a CIA ajudou a articular um golpe que depôs o governante, afastando por décadas o país da esfera de dominação soviética. No mesmo ano, Eisenhower reiterava as ameaças contra a China – que apoiava a Coreia do Norte – acerca do uso de arsenal nuclear a fim de dar cabo da Guerra da Coreia.

Estava determinado a encerrar o confronto, que se estendia desde 1950. Por essas e outras razões, seu foco era a expansão do arsenal atômico americano, estratégia que via como a grande cartada para assegurar a paz, por meio da pressão diplomática, em pleno contexto de escalada da Guerra Fria.

Sabendo de tudo isso, o *annunaki* apenas lamentou, pois percebeu que não iria obter auxílio do presidente daquele país. Ele tentara uma vez antes, com o presidente Harry Truman, igualmente sem resultado. Eisenhower sabia que era sondado pelo extraterrestre, e não havia como dissimular seus pensamentos.

– O que propomos é a não proliferação atômica do planeta. Vocês correm enorme risco de espalhar a guerra por todo o seu mundo, inclusive levando destruição muito além das fronteiras de seu planeta. Já apresentamos a mesma recomendação a autoridades do Canadá, do Reino Unido e dos demais países com arsenal nuclear.

– Como presidente, não posso prometer uma coisa dessas. Principalmente sabendo que nossos inimigos, neste exato momento, provavelmente desenvolvem mais e mais armas e expandem seu arsenal nuclear, que nos deixará à mercê deles.

– Posso afirmar, humano, que o *krill* jamais dará a vocês algo tão poderoso assim, por temer que se voltem contra ele próprio. Na melhor das hipóteses, ficarão com tecnologias obsoletas do mundo dos *grays*. Eventualmente, poderão empregar algumas delas em suas Forças Armadas, mas nada que fizesse frente a qualquer invasão de seres do espaço.

– Contudo – redarguiu o presidente –, já avançamos alguns estágios em determinada tecnologia que nos dá grande vantagem sobre as demais potências terrenas.

– Sabemos disso, homem da Terra – ponderou o *etherian*. – Vocês capturaram a nave que se acidentou no deserto de seu país e estudam a tecnologia ali encontrada. Não obstante, o que são capazes de recriar a partir do que encontraram é ainda muito pouco para combater quaisquer dos seres do espaço que detêm tecnologia suficiente para vir ao seu mundo. Lamento que seu interesse seja muito mais nacionalista do que global; enquanto isso, seu mundo efetivamente corre perigo. É tudo quanto podemos dizer sem nos alongarmos.

"Seja como for, saibam o seguinte – dizia, à medida que caminhava de volta à nave e, telepaticamente, convocava os demais a regressarem ao interior do veículo espacial. – Caso venham a desenvolver um aparato que coloque em perigo iminente seu mundo, estaremos atentos. Sobre cada uma das suas bases, avistarão nossas naves patrulhando; acima de cada arsenal militar, vigiaremos atentamente, a fim de evitar a destruição máxima.

E não será apenas um dos povos federados do espaço; serão várias raças a observar seu mundo. Detemos conhecimento e tecnologia suficientes para desarmar todo o seu arsenal e impedir tanto a fusão como a fissão nucleares. Assim, terrestres, cuidem bem do seu mundo e atentem para o estrago que lhe podem causar. Com o clicar de um de nossos aparelhos, podemos fazer toda a energia elétrica do planeta entrar em colapso, a partir de ondas eletromagnéticas potentíssimas, ou bloquear toda a comunicação por rádio, por exemplo, se isso for necessário para tolher uma hecatombe de proporções planetárias."

Uma vez dado o alerta aos americanos, o *etherian* entrou na espaçonave, deixando para trás, perplexos, os cientistas e os agentes dos serviços de Inteligência. Para acentuar as possibilidades que os visitantes detinham, tão logo a nave se elevou, girando lentamente – a princípio em torno do próprio eixo para, depois, elevar-se mais velozmente –, todas as luzes se apagaram, e até mesmo a cidade mais próxima sofreu um blecaute por cerca de cinco minutos, deixando ainda mais preocupados os representantes da comitiva.

Assim que a energia elétrica retornou, as comunicações por rádio foram restabelecidas; foi quando souberam da amplidão do blecaute. Logo trataram de conceber uma explicação plausível, que pudesse ser apresentada ao público. O FBI emitiu ordens expressas para que fontes da imprensa, e até mesmo alguns veículos, divulgassem outra história, muito diferente da que se desenrolara ali. Eisenhower convocou imediatamente uma reunião com seu Estado-Maior, a fim de decidir em oculto sobre a oferta do *krill*, embora agora estivesse convencido de que o visitante não cumpriria sua parte no acordo. Diante das evidências, formulou um plano alternativo e colocou-o em execução imediatamente.

Quando o *krill* retornou, decorrido o prazo acordado para que os homens pensassem, a visita dos *etherians* permaneceu em sigilo, a despeito das habilidades telepáticas dos *grays*, que não eram ilimitadas. Os homens de Eisenhower sabiam que ambas as raças extraterrestres falavam uma língua diferente e, então, poderiam tirar o máximo de proveito disso. Estava definido: os Estados Unidos da América resolveram expor certo número de seus próprios cidadãos em troca de tecnologia alienígena. Avaliaram que isso era melhor que exporem a própria nação à ameaça de que os inimigos incrementassem seu arsenal com armamentos inéditos, fruto de pactos com os *grays*. Aviões invisíveis, armas químicas, propulsores mais potentes, armas de radiação ou a laser, entre tantas possibilidades, poderiam elevar a nação à posição de liderança global absoluta.

Eisenhower deixou fartos documentos, criptografados, gravados nos diversos meios disponíveis, para conhecimento dos futuros presidentes dos Estados Unidos, além, é claro, de tomar providências para assegurar que a prova inequívoca – uma amostra da nave outrora capturada – permanecesse acessível se porventura algum de seus sucessores duvidasse da veracidade dos fatos.

O resultado foi que tanto os *grays* não cumpriram os termos do acordo como Eisenhower também descumpriu as declarações pactuadas. Assim sendo, apenas por pouco tempo permaneceram unidos, enquanto o tratado entre ambos os povos foi útil. O *krill* se retirou furioso da última conferência com os terrestres, na qual não mais se avistou a presença do presidente, que perdera o interesse naquele tipo de contato. Afinal de contas, o pouco de tecnologia compartilhada já era suficiente para que a nação permanecesse à frente das demais no que tangia às descobertas científicas e a outros avanços.

O *krill* não se conformara, evidentemente. Tentou estabelecer com a União Soviética uma aliança profícua como a que tivera com a Alemanha nazista, mas sem tanto êxito. Assim, passou a articular seus planos de dominar por meio da própria nação norte-americana, a despeito do rompimento do tratado. Afinal, o que os humanos poderiam oferecer de útil em relação a tecnologia e ciência? Rigorosamente nada. Quanto ao discurso interno das forças de segurança nacional nos EUA, acentuou-se o fato de que os humanos seriam abduzidos em número limitado, para propósitos estritamente médicos, visando-se monitorar o desenvolvimento humano e compará-lo com a situação atual da raça *gray* – objetivo que não se mostrou verdadeiro. Do mesmo modo, também não se cumpriu que os *grays* devolvessem os humanos ilesos e ao local de origem, sem memória das abduções, como prometido; tampouco isso aconteceu.

O *krill* tratou de pôr em prática um plano sórdido, junto com seus correligionários. Uma vez que não prezavam raças como a dos humanos, que consideravam inferiores, meros objetos de estudo para seus fins inconfessáveis, começaram a realizar abduções em diversas partes do mundo, mas principalmente no continente norte-americano. Ali, após os devidos exames, médicos constataram que muitos abduzidos haviam sofrido intensa tortura; outros tiveram órgãos inteiros extirpados, quando não foram mutilados, tudo para as experiências dos *grays,* que, irados, resolveram deixar seu rastro. Perante a população, no entanto, a imprensa acabou colaborando para disfarçar a presença alienígena na Terra, sob forte pressão governamental.

Apesar dessas experiências infelizes, convém

esclarecer que nem sempre as abduções realizadas por outras raças pautaram-se por objetivos inescrupulosos e acarretaram consequências nefastas para os povos a elas submetidos. Até os dias de hoje, ocorrem casos em que, em dadas circunstâncias, determinada raça extraterrestre identifica indivíduos com forte potencial para o desenvolvimento de genes que favoreçam a eclosão de habilidades paranormais, por exemplo. Em situações menos raras, as abduções consistem no sequestro tão somente do corpo astral do indivíduo, ou seja, realizam-se mediante o repouso do corpo físico em leito. O estado de materialidade de quem conduz a experiência influencia o método escolhido, a depender dos seus corpos físicos, se são de matéria etérica ou se apresentam fisicalidade análoga à dos corpos terrestres. Há ainda abduções em que apenas o corpo mental é o alvo, o qual se desloca no tempo e no espaço em consonância com os propósitos estabelecidos pelos visitantes extraterrestres. Nesses casos, em regra não ocorrem mutilações, nem sequer procedimentos invasivos, a não ser observações e exames levados a efeito com o emprego de técnica alienígena, visando ao desenvolvimento intelectual, psíquico e das demais faculdades humanas.

Grande parte das abduções ocorre tendo em vista não as próprias pessoas abduzidas, mas sua descendência, pois se quer detectar o momento em que os genes farão novas faculdades ou habilidades eclodirem, o que se dará, com maior probabilidade, em gerações futuras. Em casos assim, os descendentes da pessoa abduzida poderão ser monitorados à distância pelos interessados no desenvolvimento humano. Olhos atentos, que nem sempre se fazem visíveis, investigam habilidades que farão da espécie humana uma raça com variadas possibilidades de avanço, ou de retrocesso, a depender do direcionamento dado à história.

**Nesse ínterim,** o *krill* localizou um dos lugares mais inóspitos do planeta. Lá, numa caverna, encontrou, alojados em estado de animação suspensa, 24 seres que, deduziu, estavam em missão na Terra. Apenas seus corpos jaziam ali, pois suas consciências atuavam mais além. Tentou quanto pôde violá-los, entretanto, nem mesmo sua tecnologia foi capaz de romper a proteção dos 24 esquifes que guardavam os corpos dos seres cuja origem ele ignorava. Ainda que não lograsse aniquilar os espécimes das raças misteriosas, as quais pareciam antiquíssimas, resolveu instalar-se ali, de onde manteria contato com os outros de sua gente.[1]

---

[1] Indagado se os 24 seres citados neste trecho porventura seriam os 24 anciãos mencionados na Bíblia (cf. Ap 4:4; 5:14; 19:4), o autor espiritual esclarece que não, apesar da coincidência (cf. PINHEIRO,

Como o *gray* detinha a habilidade psíquica de disfarçar sua aparência física, fato ignorado por muitas outras raças e que lhe concedia sensível vantagem, modificando-a, ele se misturaria aos homens e se materializaria aqui e acolá, lançando mão de habilidades que os terráqueos desconheciam. Poderia atuar diretamente, em corpo físico, tanto quanto em desdobramento, isto é, projetando sua consciência enquanto seu corpo jazia ali, preservado por meios tecnológicos. Outros de seu grupo também agiriam entre os meros mortais de Tiamat.

Uma vez que, a fim de cumprir seus objetivos, ambicionava poder e domínio em grau superlativo, o *krill* estabelecera estratégias ou alvos e pontos fulcrais, a saber: intervenção nas famílias e nas dinastias mais ricas, manipulação da estrutura financeira e monetária dos países mais influentes, bem como ingerência sobre a cúpula das organizações religiosas. Em suma, ele se imiscuiria no mundo, iludindo os que acreditavam imperar – os humanos poderosos –, os quais converteria em marionetes sob seus desígnios.[2] Enquanto seu corpo

---

Robson. Pelo espírito Ângelo Inácio. *O agênere*. Contagem: Casa dos Espíritos, 2015. p. 359).

[2] Neste parágrafo e no anterior, fica claro o alcance da ação – ou ao menos da ambição – do *krill*. Ele não pretende "meramente" planejar uma invasão, mas, para tanto, traça planos de interferência profunda

permaneceria nas alturas do Himalaia, em uma caverna aonde os terrestres muito dificilmente chegariam, ele agiria discretamente, camuflado, usando dotes paranormais que pouquíssimos humanos conseguiriam sequer compreender.

Apesar da investida e dos planos inescrupulosos do alienígena, o que ele não sabia era que os agentes da justiça, os guardiões da humanidade, o seguiam, observavam-no e o *goniometravam*, isto é, realizavam um protocolo de medições e monitoramentos ao qual assim se referiam. Desse fato ele não poderia saber, mas apenas conjecturar a respeito. Será que já haviam detectado sua presença no orbe? Era provável. Enquanto não sofresse ne-

---

nos rumos da sociedade terrena, em esferas tão amplas como política, economia e religião. Mais elementar do que especular por que se dá ao trabalho – talvez prefira o domínio por meio da estratégia à utilização de força – é compreender como fica nesse cenário o papel dos dragões, os senhores do submundo (cf. Is 27:1; 51:9; Ez 29:3; 32:2; Dn 14; Ap 12:7-9 etc.). Afinal, nos anos de 1950, estavam em plena forma (cf. PINHEIRO, Robson. Pelo espírito Ângelo Inácio. *A marca da besta*. Contagem: Casa dos Espíritos, 2015. p. 81-83; 510-616). É claro que os interesses do *krill* se chocam com os dos dragões; segundo o exposto, ambos seriam rivais, a menos que se aliassem. Indagado a respeito, o autor espiritual confirmou a hipótese de que os dragões usariam o *krill* como uma espécie de médium involuntário para seus objetivos tenebrosos.

nhum cerceamento, porém, continuaria traçando e executando seus projetos. Na verdade, não parecia acreditar que pudessem tomar qualquer providência para o impedir.

Durante o tempo em que os guardiões da humanidade agiam e realizavam buscas por bases das sombras em todos os recantos do planeta, tanto quanto nas dimensões próximas, a fim de mapear iniciativas dos dragões e de alienígenas, os *etherians* resolveram agir também, à sua maneira. A nave deslocou-se de um canto a outro do globo. Dirigiu-se à Cordilheira dos Andes, onde havia uma base rudimentar, mas suficientemente equipada, de entidades de outros mundos. Pousara ali, e logo um dos *etherians*, um *annunaki*, resolveu sondar os arredores. Outro ser, de aparência quase tão humana quanto a dos habitantes da Terra, também desembarcou em busca de homens com os quais pudesse estabelecer contato e aliança, a fim de promover ajuda e esclarecimento aos terráqueos. É claro que nenhum deles poderia simplesmente se mostrar à multidão, repentinamente; no entanto, localizaram um grupo de pessoas interessadas em estudar certos fenômenos e os geoglifos desenhados nas chamadas linhas de Nazca, no Peru.

Foi em meio a esse grupo que a dupla de extraterrestres resolveu se manifestar. Aguardaram os estudiosos dormirem para, somente então, realizarem investidas. Acampavam naquela noite, pois o calor era muito e, ademais, não existia resquício de civilização por perto. A alternativa seria dormir a céu aberto, mas preferiram levantar a cabana. Aproveitando o silêncio do grupo, que dormia profundamente depois de um dia intenso, um dos seres principiou, fazendo experiências para ver qual daqueles cidadãos o perceberia de maneira completa; quem sabe registrasse seus pensamentos. O *annunaki* guardou certa distância, observando e realizando medições com um aparelho que escalonava ondas cerebrais de entidades biológicas estrangeiras nos mundos que visitavam. Pretendia mensurar a capacidade psíquica de cada um dos homens.

Entrementes, o colega de aparência mais humana, que lembrava até certo ponto um escandinavo, deslizou até a tenda onde todos dormiam. Diante dela sentou-se, cruzando as pernas, e elevou-se ligeiramente no ar, a mais ou menos 40cm do solo. Nessa posição, emitiu uma onda forte de pensamento, de maneira a abranger todos ali dentro. Realizava uma varredura mental. Imediatamente, um dos homens sobressaltou-se e sentou-se no leito improvisado. O visitante abriu os olhos, à espera de uma reação, enquanto assumia lentamente posição em pé, ainda a alguns centímetros do solo. Silêncio absoluto. O homem dentro da tenda perscrutava em silêncio; tentava perceber se havia algum animal nas proximidades ou se alguém se aproximava. Nada. Resolveu deitar-se novamente e dormir. Mal pegara no sono e o ser do espaço, uma vez mais, dirigiu potente rajada mental ao interior da tenda, agora, visando ao homem que acordara. Este novamente levantou-se, agora, coberto de suor. Seu sistema nervoso dera o alerta. Definitivamente, algo acontecia.

Resolveu não sair da tenda até apurar o que se passava. Chamou seus companheiros e fez sinal de silêncio para eles, dando a entender que algo diferente ocorria ali fora. O ser do espaço levitou, usando recursos de sua tecnologia, e então pairou exatamente acima da tenda. Os homens abriram lentamente a parte de lona que correspondia a uma porta e olharam para fora, um a um. Nada viram além das luzes das estrelas, àquela hora da noite, e silhuetas que bem podiam ser da vegetação ou do relevo, pois que estavam numa região montanhosa. As sombras da noite pareciam se projetar no solo enquanto a lua nova aparecia, radiante, no céu do hemisfério Sul.

O homem do espaço fitava os terrestres, interessado em sua reação, mas em absoluto silêncio. Ao longe, o *annunaki* observava também, de um local onde não poderia ser visto, ainda mais àquela hora da madrugada. Apenas seu discreto aparelho ligado captava as radiações mentais e as emoções do agrupamento humano. Um tempo relativamente longo se passou, e todos os homens estavam convencidos de que havia algo no ar, mas resolveram não deixar a tenda. Conversavam baixinho, como quem teme ser ouvido por alguém.

– Algo está acontecendo, mas sinceramente... – falou um dos homens – não tenho coragem de sair.

– Confesso que julguei ouvir algo – disse quem originalmente captara a sondagem mental do extraterrestre. – Não sei se foi um som ou algo dentro da minha cabeça, mas que ouvi, ouvi.

– Fiquemos quietos mais um pouco; fiquemos todos em alerta. Assim que percebermos algo diferente, sairemos todos ao mesmo tempo.

– Gritando? – perguntou outro amigo.

– Deixe de ser bobo! Somos homens e...

– Sem nenhuma arma, por sinal!

Olharam-se, curiosos, como que esperando um ou outro apresentar uma ideia melhor. Como ninguém respondia nem nada suspeito escutavam, deitaram-se e aquietaram-se. Novamente a rajada mental, mas direcionada com exclusividade. Apenas o alvo a percebeu:

– Acorde, terráqueo! Somos visitantes do espaço e viemos em nome da paz profunda, em nome do Profundo, a fim de fazer contato. Não se assuste – escutava à medida que se levantava, atônito, pois a voz ressoava com clareza dentro de sua cabeça. – Precisamos conversar; temos uma tarefa para você.

O homem, meio ofegante, resolveu perguntar mentalmente:

– Quem é você? Posso chamar meus amigos?

– Sou apenas um visitante do espaço e estou, neste momento, acima de você, sobre a tenda em que habitam. Mas não, não chame seus amigos, mesmo porque eles não acordarão, pois os induzi a um estado de sono profundo, do qual não sairão até meu comando.

– Você vem em nome do bem ou do mal? – elaborou o pensamento, deixando sobressair sua veia religiosa, como a maioria dos homens, mesmo quando se dizem ateus.

– Bem e mal são criação sua, terrestre; são fruto de suas crenças, e, segundo o ponto de vista de quem advoga determinada causa, é controverso dizer se é do bem ou do mal. Não é assim?

– Posso sair da tenda?

– Com cuidado, para não se assustar.

O homem saiu, mas imediatamente não viu nada nem ninguém. Olhou para cima da tenda e nada; não havia nenhum ser pairando no ar ou um disco voador ali, à espera. Quando voltava seu olhar para outra direção, veio atrás de si, em meio à escuridão da noite, um homem alto e corpulento, com cerca de 2m de altura e cabelos e olhos claros, vestindo uma roupa que parecia reluzir, ou seja, parecia ter luz própria. O ser era humano com certeza, mas, além da aparência humana, havia algo mais que o terrestre não conseguiu distinguir de imediato.

– Sou eu quem o chamou, homem da Terra! E aqui estou para lhe fazer uma proposta. Precisamos que seja nosso intérprete, que leve nossa palavra ao máximo de pessoas possível, pois sua humanidade precisa ser esclarecida e, de alguma forma, preparar-se para os eventos futuros. Amanhã, a esta mesma hora, nossa nave será avistada vindo das montanhas. Você, caso queira, poderá subir conosco para iniciar seus estudos e a preparação para a tarefa que, esperamos, virá a desempenhar.

– E meus amigos que dormem na tenda? Acaso poderão ir comigo?

– Tenho de consultar os outros, pois não venho sozinho. Somos de uma confederação de seres e mundos e tomamos decisões importantes em conjunto. Mas traga-os também; no mínimo, verão nossa nave e, quem sabe, reconhecerão nossa existência. Ao menos você não passará por mentiroso ou lunático!

O ser elevou-se ao ar, por meio de seus equipamentos – muito embora invisíveis ao terráqueo –, e levitou até o monte onde o *annunaki* o aguardava. Lá chegando, modificou sua aparência novamente e reassumiu o aspecto natural do seu povo.

O *annunaki* o olhou como a indagar sobre o primeiro contato, que então ele passou a relatar.

Na noite seguinte, conforme prometido, a nave veio silenciosa, rebrilhando em diversas cores, revolucionando no local. Outras naves, bem menores, pareciam bailar uma em torno da outra, todas em redor da maior delas, em velocidade alucinante. Paravam repentinamente, ora aqui, ora ali, e depois subiam em disparada. A nave principal pairou acima dos homens, que ficaram alarmados ante tanta beleza, um espetáculo de luzes e cores como nunca tinham visto. Um deles desmaiou e foi socorrido por outro. Da nave saiu um foco de luz muito intenso, que envolveu o homem convidado. Ele foi sugado pela luz e, quando despertou, estava deitado em uma espécie de maca adaptada ao tamanho do seu corpo.

Em torno dele, vários seres, dois exatamente iguais, muito altos, com mais de 2,5m de altura. Os demais pareciam ser de raças diferentes. Os painéis da nave eram de uma simplicidade que impressionou o visitante.

– Bem-vindo à nossa realidade, homem da Terra. Aqui você é bem-vindo.

O homem, observado com extremo interesse pelos seres que o recebiam na nave extraterrestre, começou a tremer ao ouvir a voz de um dos seres sem que este movimentasse os lábios pequenos.

Estava ao mesmo tempo curioso e chocado, com medo e assustado. De maneira insuspeita, arranjou coragem onde não existia, ainda que temesse cirurgias, implantes e outras coisas do gênero, como ouvira nos relatos sobre abduções. Era um homem de ciência e, como tal, queria entender tudo à sua volta; queria conhecer a que viera e por que fora escolhido para estar ali.

– Somos aqueles sobre quem você pesquisa há alguns anos. Observamos sua trajetória em busca de conhecimento e da verdade sobre a origem e o destino de sua própria espécie. Portanto, cá estamos, como amigos, para descerrar diante de si o véu da realidade. Cuidemos, homem da Terra, para que esta experiência não venha a servir de tropeço para o trabalho que realiza. Por ora, é preciso segredo em muitos aspectos do nosso encontro – olhando para ele, estendeu-lhe a mão, num gesto muito humano, auxiliando-o a se levantar da maca em que estava deitado.

– Não vão me submeter a nenhum exame?

Um dos seres sorriu ante a pergunta.

– Não somos da mesma espécie de inteligências que fazem experimentos com os humanos ou com seres de quaisquer outros mundos. Nossa tarefa é procurar pessoas com habilidades psíquicas e extrassensoriais, mesmo que ainda em desenvolvimento, a fim de prepará-las, ou a seus filhos, depois delas, para serem referência de conhecimento entre os humanos.

O homem olhou para todos, talvez desapontado, mas contente, ao mesmo tempo, por não ser visto como cobaia de laboratório pelos homens do espaço.

– Levante-se, e lhe mostraremos nosso plano. Caso deseje participar conosco, será preparado para levar o conhecimento. Sua memória não ficará afetada, mas somente aos poucos o que lhe ensinaremos emergirá, no momento oportuno, a fim de que fale e escreva sobre nós e sobre o alerta que endereçaremos à humanidade.

A partir dali, as abduções daquele homem ocorreram de tempos em tempos, pelo menos uma vez a cada ano e meio, até que não mais foi necessário que os *etherians* levassem-no em vigília à sua base ou à sua nave, mas somente em espírito, desdobrado.

Bem mais tarde, ele entenderia o que o apóstolo João escreveu em seu livro sagrado: "Eu fui arrebatado em espírito no dia do Senhor, e ouvi por detrás de mim uma grande voz, como de trombeta".[3]

---

[3] Ap 1:10.

# 4
OUTRA FACE DA HISTÓRIA DE JESUS

"E ainda muitas outras coisas há que Jesus fez; as quais, se fossem escritas uma por uma, creio que nem ainda no mundo inteiro caberiam os livros que se escrevessem."
**João 21:25**

"**T**EMOS DE FICAR ATENTOS e considerar os processos de reprodução do homem terreno. Ao conhecermos melhor a estrutura do seu DNA, podemos fazer uma programação mais detalhada sobre a forma como o representante cósmico se corporificará no mundo." – assim principiou um dos seres do espaço diretamente responsável pela programação futura do corpo do Messias planetário. Mais de mil anos antes do nascimento do avatar da nova era, que seria conhecido como Filho do homem,[1] já se iniciaram os preparativos, as pesquisas e a programação genética da encarnação ou corporificação daquele ser, bastante conhecido em outros mundos. O orientador evolutivo da humanidade era membro do seleto grupo de evolucionários, ou seja, as consciências cósmicas que já não vivem em mundos materiais e têm seu *habitat* entre as estrelas – em muitos casos, pode-se considerar, em universos paralelos, de uma estrutura energética diferente daquela em que vibra o universo físico dos homens da Terra.

Na verdade, os universos paralelos, ou multiversos, podem ser comparados a outras dimensões onde existem planetas, sistemas estelares inteiros,

---

[1] Cf. Mt 12:8; Mc 2:28; 13:26; Lc 17:30 etc.

sistemas de vida que vibram em faixa diferente da frequência do universo físico. Em tais universos, não se encontram simplesmente duplicatas dos seres vivos que vivem no mundo, muito pelo contrário, há civilizações inteiras, outras consciências, e, em alguns deles, os mesmos indivíduos que partiram da Terra no processo de descarte biológico final ao qual os terrícolas dão o nome de morte. A dimensão que os abriga, tida como imaterial, não é tão imaterial assim. É todo um universo, cujas distâncias não podem ser medidas em termos de anos-luz, tampouco suas leis podem ser compreendidas tendo-se por base as leis do mundo propriamente físico.

Logo, em determinado planeta do universo físico, pode não haver vida cuja fisicalidade e cuja materialidade sejam análogas às da Terra, entretanto, o mesmo orbe pode vibrar numa dimensão ou num universo paralelo – um multiverso – no qual exista toda uma civilização estruturada em matéria quintessenciada[2] ou, até, de natureza absolutamente distinta da matéria conhecida e reconhecida como tal pelos terráqueos. Para os mais apegados a conceitos espiritualistas, a linguagem empregada para definir o outro universo talvez

---

[2] Cf. KARDEC, Allan. *O livro dos espíritos*. 1ª ed. esp. Rio de Janeiro: FEB, 2005. p. 210, item 257; p. 85-87, itens 29-33.

seja *o outro lado da vida*; quem está habituado à linguagem da ciência do espírito ou às teorias da física contemporânea há de preferir expressões como *universo paralelo* ou *multiverso*. Tais universos são interligados e não ocupam lugares distintos no espaço, mas situações distintas, frequências diferentes, ou seja, interpenetram uns aos outros em dimensões diversas. Em certas circunstâncias, tais mundos estabelecem sintonia, interligam-se e podem ser mutuamente acessados por seus habitantes, desde que estes disponham de um sentido especial, extrassensorial, apropriado à captação de tais vibrações e sistemas de vida. Em um ou outro mundo tecnicamente mais adiantado, há até tecnologia capaz de substituir as faculdades extrassensoriais.

Em determinada dimensão do multiverso, em realidade e frequência correspondentes à posição do Sol, que ilumina a vida dos terrícolas, os seres que dirigem o sistema de vida da Terra e dos mundos vizinhos conversavam entre si. A linguagem era totalmente diferente daquela empregada pelos habitantes do terceiro planeta, uma vez que não precisavam de palavras articuladas para se entender.

– Diante da realidade do ser transcendente, uma consciência tão evoluída, devemos contar com certas dificuldades. A fim de minorá-las, convém fazermos uma programação correspondente a pelo menos um milênio dos anos terrestres antes que assuma o corpo carnal.

– O renascimento de seres da categoria de consciências cósmicas deve obedecer a um planejamento detalhado; exige tremenda mobilização de recursos, providências de engenharia genética, bem como a seleção criteriosa de genes para compor o veículo físico. Tamanha antecedência se explica por não se tratar de um espírito comum, embora, na Terra, ele deva levar uma vida tão normal como a dos demais habitantes.

Diante da tarefa assumida pela ciência sideral, importava que os responsáveis pela seleção dos genes adequados, os quais deveriam imprimir as informações genéticas no corpo do avatar cósmico, ficassem atentos a diversos aspectos, particularmente aos elementos que lhe ofereceriam instrumentos sensíveis à manifestação do psiquismo. Sentenciou um dos engenheiros genéticos advindos de um dos sóis da região centrogaláctica:

– Como o surgimento de um avatar cósmico num mundo de extrema materialidade não é algo corriqueiro, teremos de mobilizar recursos incomuns no que tange à sua corporificação no mundo dos homens. Evidentemente, o corpo que ele animará deve ser adequado ao trabalho que desempenhará no planeta, ou seja, deve conter as informações genéticas correspondentes à necessidade de um ser que produzirá uma transformação social e espiritual sem precedentes na humanidade, como nenhum ser jamais realizou em Tiamat.

Um dos cientistas cósmicos, especialista em corporificação ou encarnação de consciências evoluídas, acrescentou:

— A materialização do ser que chamamos de Autoevolucionário no planeta Tiamat não foi algo decidido intempestivamente. Decerto foi difícil para as consciências que dirigem a galáxia tomar a decisão acerca da corporificação de um dos luminares que compõem o seleto grupo de consciências responsáveis pelo destino dos mundos. Com efeito, a corporificação desse avatar cósmico exigirá um tempo dilatado, segundo padrões humanos – já se falou em mais de mil anos a partir deste momento –, a fim de se aprimorar a genética e imprimir as informações necessárias no DNA do corpo em elaboração prévia. Hão que ser consideradas as diferenças existentes entre o processo de corporificação no mundo em que encarnará e nos orbes mais evoluídos, de onde vem e onde vibra numa existência imaterial. São diferenças marcantes, é claro, e por isso há o tempo necessário à fixação das informações que dotarão o futuro corpo físico.

Outro ser, pertencente a uma constelação onde habitam seres redimidos da Via Láctea, observou:

— Sabemos que dificilmente encontraremos um humano que ofereça um código genético de acordo com a necessidade e a frequência em que vibra a mente do orientador evolutivo da humanidade. A fim de contornar isso, a ciência sideral deve ser empregada em nível máximo.

— Consideremos também — falou um dos membros da equipe de cientistas siderais — que, no mundo-prisão, deveríamos contar com o auxílio de um de nossos representantes, lá elevado à condição de faraó. Era sua missão estabelecer a cultura ou a ideia de um deus único, preparando terreno para a estrutura da mensagem ou das diretrizes da política do Reino que o avatar cósmico levará aos habitantes. Entretanto, Aquenáton não obteve êxito, sobretudo após seu filho, desprovido da devida firmeza, ceder à pressão dos sacerdotes e, em última análise, à veia mística predominante, que decerto apresentará entrave ao desenvolvimento da política dos mundos evoluídos, em alguma medida.

— Isso está sendo levado em conta. O avatar deveria se corporificar no Egito, um dos setores mais promissores do terceiro planeta. Contudo, diante do fracasso apontado, foi escolhido outro lugar, em região vizinha. Porém a mensagem a ser levada aos terrícolas encontrará grande resistência ali, além de dificuldades de toda a sorte para se estabelecer e ser efetivamente compreendida. Na verdade, nossas avaliações estimam em no mínimo 3 mil anos o prazo necessário para eliminarem as interpretações místicas, liberarem-se dos resquícios de religiosidade primitiva e alcançarem uma espiritualidade ampla. Nessa época, a ciência estará apta a dar as mãos aos conceitos do avatar. Diversos representantes cósmicos renascerão ao longo da história, ajudando a preparar o caminho para o entendimento da ciência cósmica e das bases políticas do Reino, isto é, das regiões mais evoluídas da galáxia.

Observando os esquemas evolutivos do gênero humano e, depois, o projeto do corpo espiritual e físico do ser que nasceria dali a aproximadamente mil anos, na Palestina, um dos seres ligados ao esquema evolutivo da constelação de Sirius fez o seguinte comentário:

– Pelo que temos notado nos melhores espécimes do gênero humano, durante a procriação, os espermatozoides nadam em direção ao óvulo das fêmeas em grupos aproximados de 250 milhões de unidades. Nossos estudos revelam que o gameta carrega informação genética, que deve ser o alvo ao projetarmos o processo encarnatório do ser cósmico. Ao nos concentrarmos ali, seremos capazes de selecionar o melhor material e forjar a qualidade desejada no futuro corpo.

– Acreditamos – acrescentou outro cientista de Sirius – que precisaremos de 14 gerações humanas[3] para aperfeiçoar o material genético e imprimir as informações que determinarão adequadamente o corpo do avatar, de modo que tenha à disposição um cérebro humano compatível com a frequência elevada de sua mente e um corpo que consiga reter o espírito, ou melhor, que o espírito evolucionário consiga moldar, a fim de permanecer o máximo de tempo sem que o veículo físico se desintegre.

— Teremos de decidir se o pai do avatar cósmico poderá ser um pai humano — obtemperou o representante de um dos mundos redimidos da região central da galáxia — ou alguém de outro mundo mais evoluído, que ofereceria sua semente para fecundar uma fêmea humana. Isso é significante diante das leis da reprodução em vigor na Terra. Não há como fazer uma corporificação nesse mundo como ocorre em outros que conhecemos; é preciso haver a união entre os gametas masculino e feminino. Tal é a lei vigente, e, como sabemos, nada pode derrogá-la.

— Sinceramente, não compreendo essa preocupação desde já, pois estamos a mais de mil anos terrestres do renascimento do avatar.

Outro ser do espaço, agora proveniente de Antares, adiantou-se:

— Convém programar tudo desde já. Se fos-

---

[3] Cf. Mt 1:17.

se hoje, para se ter uma ideia, teríamos dificuldade talvez intransponível em selecionar um humano com material biológico adequado ao renascimento de alguém dotado de tais habilidades e comprometido com um projeto de tamanha envergadura. Vejamos o que ocorreu no país conhecido como Egito. Sabemos que tudo foi preparado anteriormente para que nascesse da descendência direta de Aquenáton; todavia, a esposa a quem cabia a incumbência de engravidar, que era uma *nephilin*, não gerou filhos homens. Em face da importância do cromossomo Y, fornecido exclusivamente pelo pai, o projeto inviabilizou-se. O faraó ainda escolheu entre suas concubinas a que lhe geraria o filho do sexo masculino, mas ela trazia elementos que comprometeram a seleção genética. A mulher não oferecia o patrimônio genético necessário ao corpo do ser cósmico, tornando toda a linhagem inapropriada.

– Que sugere então? Digo, considerando o caso da necessidade ou da decisão a respeito do pai biológico do Messias...

– Segundo as informações às quais tive acesso – comentou o engenheiro sideral –, virá um espírito feminino diretamente de Sirius a fim de imprimir sua identidade energética no corpo que servirá ao nascimento do avatar. Desempenhará um papel fundamental nesse processo, pois detém o poder e a ciência de transferir, diretamente de seu espírito para o feto, as marcas genéticas que lhe são peculiares. Assim, não nos cabe somente selecionar o tipo genético do pai, como também, com o máximo de detalhes e cuidado possível, o da futura mãe, que por certo será um espírito externo ao ambiente terrestre, um ser da esfera virginal, uma consciência preparada em todos os sentidos para ser mãe. Não será uma mãe comum, mas uma mãe de espírito de escol, isto é, daquelas que alcançaram um grau superlativo de evolução no contexto-padrão de nossos mundos. Como o espírito feminino que virá advém de um universo que vibra em dimensões bem superiores àquelas vigentes na realidade onde nascerá, sua mente deterá plenas condições de influenciar inclusive o DNA do pai biológico durante a gestação, empreendendo as derradeiras modificações necessárias à produção de um corpo humano capaz de permitir a corporificação do ser das estrelas. Sem o concurso de uma mente desse porte e a tal ponto adestrada, a despeito de nossa ciência, seria tremendamente improvável o êxito no processo encarnatório de um membro dileto da administração sideral, ao menos no estágio atual da evolução do homem terrestre.

Os seres das estrelas se entreolharam, compreendendo que teriam um trabalho hercúleo pela frente. Não seria corriqueira e simples a seleção genética da família que geraria o corpo do futuro Messias. Mas as discussões não pararam por aí. Existiam diferenças importantes entre a constituição orgânica dos terráqueos e a dos filhos das estrelas; não era possível ignorar essa realidade. Portanto, teriam de aprofundar-se em pormenores da reprodução humana, embora, em última instância, as decisões estratégicas coubessem aos dirigentes espirituais da galáxia.

– Algo podemos conceber, de acordo com os elementos fornecidos pelos *annunakis*, que estudaram a fundo a genética humana: segundo afirmam, não se observa na descendência nenhuma mudança no cromossomo Y, que é transmitido de pai para filho do sexo masculino geração após geração, salvo em casos excepcionais, que envolvem mutações e outros fenômenos. Assim, em regra, as informações impressas no cromossomo Y migram inalteradas, de modo que o macho humano herda o mesmo cromossomo Y de seu pai, sucessivamente, até o ancestral masculino mais distante. É fundamental considerarmos essa informação da ciência *annunaki* ao planejarmos a genealogia do Messias.

– Isso significa que toda a carga genética do cromossomo Y será passada intacta à descendência do patriarca escolhido, chegando mesmo ao pai do Messias planetário?

– Exatamente. Portanto, se a informação genética contida no cromossomo Y do patriarca for inadequada ou falha, o risco de que os descendentes e também o pai do avatar tenham um código genético aquém do necessário é algo que não podemos descartar.

– Não obstante, já temos aqui o resultado de uma seleção prévia apontando quem será o ancestral primeiro do avatar cósmico – informou um dos técnicos responsáveis, advindo de um dos mundos de Órion, provocando certa surpresa. – Foi necessário trazer vários dos homens pesquisados para nossos laboratórios, durante várias e várias noites quando dormiam. Abduzimos mais de 50 homens da Terra, provenientes principalmente do Egito, identificando os descendentes de Tutancâmon, herdeiro de Aquenáton, tanto quanto da região conhecida como Palestina, buscando a descendência direta de Abraão. Houve também sondagens em outros locais, como no subcontinente indiano. Não foi fácil examiná-los e, depois, subtrair de suas mentes as lembranças das experiências que visavam eleger o alfa entre os machos da espécie. A tarefa estendeu-se por mais de 50 anos terrestres, até encontrarmos alguém que conjugasse material genético de melhor qualidade e com possibilidade de ser influenciado, tendo em vista o melhoramento dos genes.

"Malgrado os esforços empreendidos – continuou o cientista –, corremos o risco de a administração sideral escolher método distinto daquele que apresentaremos, oportunamente, para embasar sua decisão."

Depois de todos meditarem as palavras do ser de Órion, foi-lhes apresentado o resultado das pesquisas genéticas:

– Davi: esse é o nome do patriarca por meio do qual se desenvolverá a linhagem que, no futuro, oferecerá o corpo adequado à corporificação do avatar, conquanto ainda tenhamos de trabalhar bastante sobre seu material genético. Durante pelo menos os próximos 20 anos do tempo terrestre, aproveitaremos seus momentos de sono para trazê-lo até nossa base. Serão inúmeras abduções ao longo dos anos. Somente assim conseguiremos aprimorar a carga genética que transmitirá a seus descendentes. Isso não eliminará, evidentemente, a necessidade de acompanharmos cada nova geração, fazendo correções no DNA, no limite que nos permitirão a ciência sideral e o estágio de progresso alcançado por nós.

"O alfa de nossa seleção não é exatamente alguém que pode ser considerado bom e esclarecido. Ao contrário, trata-se de um espírito muito altivo, rebelde e com tendências crônicas de ser um algoz daqueles que tem na conta de inimigos. Como se nota, não visamos a seu estágio evolutivo espiritual, senão não o escolheríamos; importa-nos o material genético, acima de tudo. Não obstante, ao longo das gerações futuras, nossa diligência será requerida, a fim de não deixarmos impressas, na totalidade, as características genéticas ancestrais no produto final, o veículo físico do avatar. Ou seja, não deixaremos de interferir no código genético de toda a linhagem; nossa ciência sideral é suficientemente desenvolvida a ponto de induzirmos ajustes e melhorias.

"No desempenho dessa função, terá papel primordial o migrante de Sirius que servirá de mãe ao messias planetário; deveremos trabalhar em sintonia. Trata-se de um dos mais legítimos representantes, que deverá vir para a região da Terra em breve, a fim de atualizar-se quanto ao sistema de vida terrícola e de lançar mão de suas habilidades no preparo da própria corporificação. Também será capaz, com a mente evoluída e o conhecimento de que dispõe, de forjar as modificações últimas, no momento em que absorver os gametas do pai e antes que seja fecundado o óvulo do corpo feminino que gerará o messias."

— Até onde deduzo de suas explicações, filho de Órion, existe um risco concreto de a programação encarnatória do avatar cósmico falhar.

— Com efeito, há. No que concerne ao gênero humano da Terra, não há garantias; por isso, os administradores da Via Láctea têm um segundo plano, que ainda desconhecemos, uma vez que não podem ficar nas mãos de circunstâncias que possam comprometer um projeto de tal envergadura.

– De qualquer modo, devemos começar tão logo possível a preparação do homem selecionado, embora contando com eventuais problemas e considerando o risco de ter a programação abortada. De fato, o Messias planetário não poderá nascer em um corpo que não reúna determinadas condições essenciais ao desempenho de seu papel missionário no mundo dos homens.

"Observemos o homem Davi, que é hoje um pastor de ovelhas.[4] Importa promover mudança na função que realiza, pois precisa desenvolver certas habilidades em seu espírito. Esse aspecto influirá de modo determinante no futuro os corpos gerados a partir do seu material genético. Para tanto, implementaremos um plano de abdução, incialmente com periodicidade anual, e então delinearemos sua reprogramação genética. É verdade que o orientador evolutivo da humanidade trará em sua memória conhecimento suficiente para modificar as propriedades do seu corpo físico, mas isso terá de partir de uma estrutura atômica e celular minimamente preparada, sob pena de não conseguir integrar-se de maneira plena ao tipo humano, que é ainda muitíssimo atrasado na escala evolutiva – e não me re-

---

[4] Cf. 1Sm 17:15,20.

firo ao aspecto consciencial, mas à fisiologia que os humanos têm atualmente no planeta. Nossa equipe deve acompanhar todos os lances desse processo, até que o avatar renasça no mundo. Aí, então, entrará em cena uma nova equipe, a fim de se certificar de que ele dispõe dos elementos para cumprir sua tarefa da melhor maneira possível."

Até a hora do nascimento, tanto quanto posteriormente, embora houvesse outros aspectos do grande plano, era crucial assegurar elementos, instrumentos e recursos de defesa, proteção e equilíbrio, bem como todo tipo de apoio espiritual e da ciência sideral, a fim de favorecer e preservar a aproximação vibratória entre o avatar e o elemento humano. Eis uma missão que os espíritos naturais da Terra não teriam capacidade ou condições para levar a cabo. Em razão disso, convocaram-se inteligências de outros orbes para conduzir a programação encarnatória de Jesus, seres mais adiantados e experientes, que detinham conhecimento científico nem mesmo hoje familiar aos homens da Terra, quanto mais àquela época.

Podemos, então, resumir os eventos prévios à encarnação do Messias da seguinte forma: Cristo, como Autoevolucionário, uma das consciências cósmicas diretamente comprometida com a formação e o projeto educativo de vários mundos, incluindo a Terra, é puro espírito; ele e os cientistas cósmicos conhecem o código genético de todas as coisas vivas do planeta; portanto, a equipe que o assessora, composta por seres mais antigos e experientes da Via Láctea, conhece a informação impressa na contraparte astral do DNA e sabe como modificá-la, pois que é, em certo sentido, imaterial e assemelha-se aos dados armazenados em um computador – nesse caso, um computador biológico dotado de memória genética, que, mais tarde, converte-se em memória celular.

A programação genética do Messias foi meticulosamente elaborada em determinado meio ou dimensão. Para decodificar a informação em âmbito físico – isto é, no DNA –, apresentavam-se aos seres do espaço apenas dois caminhos visando ao futuro corpo de uma das consciências cósmicas. O primeiro consistiria em produzir ou manipular os genes em laboratórios extraterrenos, fora do planeta, imprimindo-lhes a programação genética e amealhando recursos do plano cósmico. Na etapa seguinte, competiria insuflá-los na mãe, por meio de um processo artificial de fecundação – inseminação artificial, como é conhecido –, fundindo ao óvulo da mãe um gameta selecionado de um pai extraterrestre, ou mesmo terreno, conquanto preparado em outra dimensão, a partir de uma seleção genética adequada à formação de um corpo condizente com a estirpe sideral do grande avatar cósmico.

A segunda opção, adotada pelos orientadores siderais, resumia-se em aprimorar, em subsequentes gerações, o material genético humano, até produzir um tipo específico que seria o pai biológico terrestre. A engenharia genética extraterrestre se exprimiria, com as devidas informações cuidadosamente sintetizadas, no ato de fecundar o óvulo da mãe terrena, ligando o zigoto a um espírito de estirpe espiritual, proveniente de outra esfera dimensional ou universo paralelo. Ambas as possibilidades eram viáveis e até naturais ao projeto de encarnação do avatar, considerando-se o estágio da ciência de outros mundos mais evolvidos.

De forma análoga ao que se dá com espíritos da Terra que desempenharão tarefas específicas, missionárias, cuja programação espiritual[5] contempla até a figura dos pais, com tanto mais razão, no caso de um avatar cósmico, as providências devem ser muito mais minuciosas e rigorosas do que nos casos convencionais. Uma vez que esse avatar não tem seu processo evolutivo desencadeado nem consumado no âmbito do planeta em questão, entra naturalmente em cena a participação de entidades especializadas de outros orbes, de outros mundos mais desenvolvidos – que a tradição re-

---

[5] Cf. "Escolha das provas". In: KARDEC. *O livro dos espíritos*. Op. cit. p. 216-226, itens 258-273.

ligiosa registra como *Espírito Santo*,[6] o que poderia ser lido como *espíritos santos* ou *santificados* –, a fim de programar a encarnação especial. Nesse caso em particular, levavam em conta o fato de que o homem comum, tanto quanto os espíritos aqui em evolução, não estava nem mesmo está apto a servir de matriz biológica à corporificação de espíritos tão elevados como as consciências cósmicas que dirigem os destinos da galáxia, do sistema, e não apenas do orbe.

Em dado momento, o próprio ser cósmico que na Terra viria a ser conhecido sob o nome de Jesus deveria participar ativamente do processo de seleção das matrizes energéticas e espirituais de seu corpo físico. Precisaria ele reviver, em sua memória espiritual e em sua consciência, as informações arquivadas há milênios, no psiquismo profundo, a respeito do que era viver em corpos materiais. Afinal, tal realidade se tornara absolutamente latente, recôndita, já que suas últimas existências físicas, além de remotas, ocorreram em ambientes onde a matéria grosseira era completamente desconhecida, ou melhor, desnecessária e até inoportuna ao estágio evolutivo e às habilidades com

---

[6] "Eis que em sonho lhe apareceu um anjo do Senhor, dizendo: José, filho de Davi, não temas receber a Maria, tua mulher, pois o que nela se gerou é do Espírito Santo" (Mt 1:20).

as quais conviviam tais inteligências.

Numa linguagem moderna, ainda assim religiosa e espiritualista, são chamadas de consciências crísticas. A realidade além-física e de outro universo, onde vivem, vibram e transitam espíritos desse porte sideral, justifica a metáfora empregada pelo evangelista a fim de descrever o grande avatar cósmico que assumiria a figura do Nazareno: "No princípio era o Verbo, e o Verbo estava com Deus [ou *com os deuses*, os *eloins*]; e o Verbo era Deus".[7]

De volta ao raciocínio anterior, pergunta-se: onde, na Terra, entre os espíritos mais evoluídos do globo, a equipe de seres galácticos seria capaz de achar quem conhecesse dos intricados processos de corporificação de consciências da mais alta estirpe sideral, sobretudo num contexto material denso? Quem porventura poderia auxiliar espíritos de um plano existencial do qual se tinham apenas parcas notícias? Ainda hoje, na realidade do século XXI... É fácil perceber que somente entre os seres das estrelas – e, mesmo assim, de sistemas de vida altamente evoluídos – existem inteligências dotadas de conhecimento científico tão avançado, portanto, capazes de assessorar no processo que, no planeta Terra, foi denominado *mistério da encarnação*. *Mistério* exatamente porque nenhum hu-

---

[7] Jo 1:1.

mano, nem os mais brilhantes cientistas da atualidade, sequer imagina como é a realidade cósmica daqueles seres, tampouco no que consiste sua corporificação em mundos inferiores.

Para o renascimento dos espíritos da Terra, em grande parte dos casos, os técnicos em processos reencarnatórios tratam apenas de supervisionar os fenômenos genéticos naturais do planeta, o que é favorecido graças ao intenso magnetismo que o corpo carnal exerce sobre os espíritos de evolução primária, os quais se sentem, devido à própria materialidade, atraídos irresistivelmente a um corpo físico. Contudo, o mesmo não se dá com aqueles cuja evolução transcorreu em mundos completamente diferentes da Terra, no que tange à estrutura física, espiritual e energética; mundos que, muitas vezes, já nem existem mais na imensidão. É o caso de seres que já abandonaram a roda das reencarnações há milênios ou eras, vivendo agora entre as estrelas, entre universos, completamente alheios ao estilo de vida material e carnal do planeta Terra e de mundos com semelhante estrutura. Extraterrestres por natureza, pois não procedem deste orbe, consciências da estirpe de Jesus requerem, a fim de se corporificar, planejamento muitíssimo e minuciosamente elaborado, ainda que, evidentemente, não permaneçam o tempo inteiro restritas aos limites ditados pelos corpos somático e psicossomático que formaram para suas tarefas nas dimensões física e astral.

— Fizemos várias tentativas, ao longo de diversas gerações, desde o pastor Davi, feito rei logo depois — retoma-se a discussão entre os especialistas séculos mais tarde. — Nossos técnicos da ciência sideral chegaram à conclusão de que o material genético dos humanos, por si só, não seria suficiente para formar um corpo como o que é requerido: um organismo que suporte a pressão, a frequência e a intensidade energéticas de uma consciência cósmica que vibra num patamar de existência de outro componente dimensional, sem par na realidade terrestre, qual ocorre com o grande avatar.

— Importa acompanhar de perto o crescimento da menina que será a mãe do Messias — falou uma das inteligências que estavam envolvidas diretamente no processo de preparação do futuro corpo. — Como ela procede de um meio cósmico extraterreno, com certeza poderá nos perceber a presença e saberá interpretar-nos a participação. Deve receber uma série de cuidados especiais, até mesmo quanto à alimentação. Inspirar seus pais, Ana e Joaquim, a conceder-lhe uma atenção particular também será necessário, a fim de preservá-la.

— Não há dúvidas. O espírito, muito esclarecido, provém do espaço, mas o corpo de que se valerá é humano. É preciso vigiar para que nada de errado suceda com o organismo materno que receberá a consciência do representante estelar.

– Não obstante, considerando-se a cultura vigente, não será fácil para o homem que oferecerá parte do material genético. O pai precisa ser preparado para não sucumbir diante da desilusão, da tentação de entregar a mulher aos sacerdotes do seu povo quando a descobrir grávida. José não tem conhecimento nem condições para saber como será a operação que retirará sua semente e a unirá ao óvulo da mãe. Esses elementos devem ser levados em conta no planejamento, pois a sociedade hebraica onde vivem é bastante arraigada a leis antigas e rígidas.

Os seres cósmicos – ou anjos, diriam os religiosos – entreolharam-se enquanto o grande plano era concluído em suas minúcias.

– Vamos trazê-lo para junto de nós! Preparemo-lo durante o sono e, se possível, conversemos com ele, em linguagem que é capaz de entender...

– Certamente nos confundirá com anjos ou com o próprio deus nacional do seu povo...

– Não importa! Desde que não ofereça resistência nem cause dificuldades à mãe, nosso objetivo será atendido. Vamos arrebatá-lo e trazê-lo à nossa base, a fim de que conheça o plano cósmico ao menos em parte.

– E quanto à mulher, Maria?

– Para seu povo, será chamada bem-aventurada. Não podemos esperar que a humanidade deste tempo, tampouco de alguns milênios futuros, compreenda a verdadeira natureza do trabalho e da representatividade de um avatar cósmico. Transformarão tudo em causa religiosa e decerto deturparão os ensinos do Nazareno; a menina que lhe dará a luz provavelmente será elevada à condição de um ser místico, angelical, segundo as melhores concepções com que a humanidade terrena for capaz de explicar. Com relação a esses pontos, não nos compete fazer nada, ao menos por ora. Não podemos perder de vista nosso objetivo, que é a segurança da mulher que ficará sob nossa guarda, bem como a preservação de suas condições fisiológicas.

"Falaremos com ambos de acordo com os preceitos que nortearam sua educação nesta vida terrena, cuidando para não chocarmos seu sistema de crenças e valores. José oferecerá material genético já aprimorado, mas, ainda assim, promoveremos o incremento necessário a seus gametas em nossos laboratórios. Colheremos os espermatozoides com nossa tecnologia, quando o abduzirmos, e trabalharemos na intimidade mais profunda possível com as informações que lhes desejamos imprimir. Então, por meio das propriedades da luz que nossa técnica é capaz de explorar, os gametas serão transportados diretamente ao ventre materno, preparado por espírito egresso de mundos redimidos da Via Láctea. Com sua mente adestrada, o espírito feminino terá conseguido, desde a gestação do próprio corpo, submeter com tal êxito a matéria densa do organismo à própria tutela que logrará moldar o útero físico a fim de receber a presença do avatar. Sem dúvida, ela reunirá condições de conduzir todo o processo tão logo terminemos nossa parte."

– De fato, trata-se de um espírito realmente especial. Não podemos condenar os terrícolas se a venerarem devido à sua natureza incomum e às suas habilidades.

– Sim, e desempenhará papel fundamental, pois deverá organizar a vida doméstica e tudo o mais no entorno da criança, a fim de que esta amadureça suas habilidades psíquicas num corpo humano especialmente moldado, mas nem por isso alheio aos desafios inerentes à densidade da matéria terrena; muito pelo contrário.

– Não podemos esquecer que o avatar também modelará o próprio corpo, conforme sua vontade, pois participará do processo durante os nove meses de gestação comuns aos habitantes da Terra. Se ele detém conhecimento a respeito de todas as formas de vida desenvolvidas no planeta, que dirá sobre o processo de corporificação. Conjuntamente com a mãe, executará os últimos ajustes, segundo as necessidades que perceber. Essa não é uma tarefa de corporificação qualquer, e, no limite, qualquer trabalho que fizermos será passível de aprimoramento; afinal, a perfeição não pertence à realidade terrena atual. Além do mais, o espírito a ser incorporado à humanidade por meio de processo tão material não procede da Terra. Ele próprio participa ativamente de tudo quanto planejamos e, se o fazemos dessa forma, é porque nos requereu o auxílio de acordo com nossa especialidade.

Sem mais delongas, os doutos em ciência sideral tomaram a resolução:

– Temos de trazer José imediatamente ao nosso meio.

Era à tardinha quando o homem dormia sobre um monte de feno, descansando do trabalho realizado. Uma aragem fresca fazia com que o calor daquelas plagas fosse amenizado, conferindo certa sensação de frescor não muito comum.

Um disco solar destacou-se no alto, aparentemente duplicando o sol, dirigindo-se para o local onde José se encontrava. Pairou por algum tempo sobre a cidadezinha e foi avistado por grupos de pessoas que julgaram se tratar de anjos, que desciam do céu em nome de Javé, a deidade nacional. Os mais afoitos, religiosos e místicos, diziam que algo especial estava para acontecer; era um sinal, um prenúncio. Talvez Roma finalmente fosse vencida, e, enfim, a Judeia se libertaria do jugo das águias dos césares.

O disco iluminado mostrou cada vez mais detalhes ao se aproximar progressivamente do local onde o homem repousava, adormecido. Os dirigentes do carro de fogo – como depois seria denominado o veículo – aguardaram o entardecer transformar-se numa penumbra para logo em seguida se consumar na noite. Então, sob os olhares atônitos de dois homens do povo que passavam pelo local ermo naquele início de noite, dois seres desceram do estranho aparelho, que projetava forte luz a seu redor. Caminharam enquanto eram acompanhados pelos olhares dos homens, agora escondidos na saliência de uma rocha. Dirigiram-se diretamente a José; aparentemente depositaram algo sobre sua fronte e passaram uma das mãos sobre o corpo adormecido. O sono transformou-se em uma espécie de transe mais profundo. Ao sinal de um dos representantes de outro mundo, ou suposto anjo de Jeová, o carpinteiro elevou-se, até ser absorvido pelo disco iluminado, com seus contornos perfeitamente visíveis.

Acordou diante de anjos, um grupo de cientistas, engenheiros geneticistas, especialistas em magnetismo, enfim, um colegiado de sábios iluminados pelas luzes da nave, que irradiavam das paredes, envolvendo todos os tripulantes e o passageiro recém-desperto numa luminosidade que, naquela época, a humanidade não saberia descrever nem compreender, a não ser classificando-a como sendo a glória do Senhor, o esplendor de seres envolvidos na luz de *shekhinah*.[8] Tudo estava em conformidade com as tradições religiosas, as quais foram profundamente respeitadas pelos emissários dos mundos da imensidade.

— Homem da Terra! — declarou uma voz.

— Fale, meu Senhor! — respondeu o homem do século I.

— Trazes em ti uma semente de vida de que precisamos para fecundar alguém muito especial. Para tanto, buscamos tua ajuda, pois a mulher que desposarás estará preenchida pela força de um ser especial, um espírito santo. Ela será fecundada diretamente por um poder superior, cuja grandeza, por ora, não és capaz de avaliar. Ele é um eloim, segundo a concepção do teu povo. E Maria veio especialmente para cumprir essa tarefa, que não pode ser efetuada por nenhuma outra mulher.

— Mas ela é apenas uma menina, meu Senhor! E as tradições do nosso povo? Que falarão de nós dois?

— Serás chamado de pai do Altíssimo, pois o ser que descerá sobre o ventre de tua mulher é

---

[8] Cf. Ex 40:35.

como nenhum outro que a Terra já conheceu; é o Messias que guiará o teu povo e a humanidade rumo às estrelas. Ele é o próprio ser que organizou a vida no teu mundo.

— O filho de Deus? De Javé?

— Que seja assim, conforme crê!

— Que devo fazer, meu Senhor? Digo, após merecer essa honra a mim concedida...

— Adormecerás, José, e, quando acordares, já teremos tua semente envolvida nas irradiações da própria luz sideral. Mais tarde, volveremos a ter contigo, mas, por ora, guarda em segredo este nosso encontro. Somente depois de muitos dias, quando estiveres vivendo com tua Maria, é que falarás com ela a esse respeito. Contamos com tua discrição e, sobretudo, com teu apoio, pois serás a referência terrena de que o menino precisará para se desenvolver e se envolver com a sociedade. Albergarás Maria e a tratarás de maneira especial, pois ela, assim como tu, foi escolhida para receber sob seus auspícios o espírito mais sublime que a Terra jamais conheceu.

— Será Emanuel, o deus conosco?[9] O próprio Javé que se fará carne e habitará em nosso meio?

— Poderá ser chamado, sim, como um deus, pois sua posição corresponde à ideia que teu povo

---

[9] Cf. Mt 1:20.

faz a respeito dos deuses, os eloins. O conceito de Deus para nós é muito diferente daquele que foi ensinado em tua cultura. Contudo, o espírito santo que nascerá não é filho de Javé, não compartilha com ele o mesmo sistema de vida e de política, e é superior àquele que considerais o deus do vosso povo. Somente bem mais tarde, em outra época, o poderás compreender.

Sabiam que o homem não se lembraria dos pormenores. Estava muito excitado, mental e emocionalmente, diante daqueles que interpretava como anjos. Logo que um dos seres, refletindo as luzes irradiadas pelas paredes do aparelho voador, tocou-lhe a fronte, José adormeceu. Mais tarde, acordaria em outro lugar. Não saberia explicar como fora transportado de sobre o feno, onde adormecera, até ali, onde despertara, a mais de 30km de distância, numa aldeia vizinha, sobre a relva. Apenas acordou com as reminiscências de um encontro que tivera com os anjos do Senhor. Lembrava-se das luzes, da voz de trovão dos anjos de Javé, da glória de *shekhinah*, de Adonai, que iluminava todos, inclusive a si. Levantou-se e, quando conseguiu identificar o local, percebeu estar na aldeia onde morava Isabel, prima de sua pretendida, Maria. Não poderia explicar como fora arrebatado em espírito pelos anjos. Deveria guardar silêncio por ora, era tudo que concluíra, ao menos enquanto não encontrasse explicação mais plausível para o fato de ter surgido ali, magicamente distante de casa. De qualquer maneira, a recordação do encontro com os anjos do Senhor em sua carruagem de fogo – como mais tarde descreveria o equipamento aéreo iluminado – ecoava em seu coração e sua mente.

Passados muitos anos, o próprio ser cósmico, já na roupagem de Jesus da Galileia, afirmaria perante seus discípulos e representantes do Reino: "Vós sois de baixo, eu sou de cima; vós sois deste mundo, eu não sou deste mundo".[10]

**MARIA ERA REALMENTE** uma alma especial. Desde a infância, sabia que viera incumbida de uma missão especial, embora, em vigília, não guardasse a visão de todas as implicações. Com efeito, entre as mulheres nascidas dos homens da Terra, ainda não havia uma que possuísse tamanha capacidade de adaptar-se a circunstâncias tão extraordinárias quanto a encarnação de um ser em tudo superior à humanidade terrena. Sem a contribuição de um espírito assim, redimido, de seu conhecimento acerca do processo encarnatório, seria impossível albergar uma consciência tão desenvolvida e, ao mesmo tempo, tão consciente como a daquele que ficaria conhecido como Jesus de Nazaré.

[10] Jo 8:23.

O próprio avatar cósmico travou contato diversas vezes com Maria-espírito, a fim de se entrosarem a respeito da descida vibratória dele à medida que se aproximava o grande evento. Ela ofereceria a matriz uterina, que funcionaria como uma câmara de materialização pessoalmente administrada, controlada até os pormenores pela força do espírito maternal, consciente da envergadura do trabalho que lhe fora confiado. Simultaneamente, receberia a influência do avatar das estrelas, que se corporificaria, egresso de um universo em tudo superior.

A consciência cósmica de Jesus, aliada à mente poderosa de Maria – um ser classificado como de ordem angelical, dada a procedência dentre as estrelas de outra constelação –, dirigiria o processo de aglutinação das células físicas e da respectiva parte etérica do soma que ganharia forma no mundo. No útero materno, sob o influxo do pensamento de Maria, um ser proveniente de um sistema de vida bastante diferente do terrestre rememoraria, ao longo das etapas da gestação, a ideia de um organismo físico e astral. O grande avatar cósmico não trazia o registro de um corpo como o dos homens do terceiro mundo, que jamais envergara; era preciso conformar a grandeza de seu espírito a um corpo material, algo que tivera sob circunstâncias absolutamente distintas, em tempos imemoriais.

Maria também auxiliou pessoalmente, e de modo deliberado, a descida vibratória da luz que continha a semente de vida geratriz do corpo especial, que deveria vibrar numa frequência altíssima e diferente, embora conservasse os padrões terrestres no tocante à genética e ao fenótipo. Essa luz sideral desceu sob a orientação dos seres mais excelsos e mais antigos da Via Láctea.

A Terra transformou-se temporariamente no palco de vida mais importante da galáxia ao receber a visita de um dos mais representativos filhos das estrelas. Para ali se dirigiram emissários da ciência espiritual, da ciência cósmica de diversas constelações. Inúmeras vezes, discos alados, iluminados varreram os céus do planeta, pois transportavam os mais experientes seres, que vinham supervisionar a encarnação de um membro da elite espiritual galáctica.

Registros históricos romanos e de outros povos citam aparições de sóis noturnos, luas, escudos iluminados e voadores, além de outras formas incomuns para a época. Era a chegada dos filhos da Via Láctea, que vinham assistir o avatar no processo de descenso vibratório da consciência sideral, recepcionar o ser que vivia entre os sóis, um deus, segundo a crença de vários povos de então.

Quando Maria expandiu sua consciência, abriu-se por inteiro, ao passo que seu corpo repousava sobre o leito simples. Enquanto isso, a consciência crística reduziu-se vibratoriamente ao máximo, visando adaptar-se ao formato dos seres da Terra. O avatar assumiu a forma humana, reduzindo sua vibração de tal maneira que se apropriou das matrizes espirituais de quem o recebia como mãe; absorveu os registros genéticos da semente de José e compôs para si um molde espiritual, adaptando-se por completo à câmara representada pelo útero materno. Como a aura do divino avatar abrangia a mesma extensão do Sistema Solar, foi necessário que empreendesse um esforço enorme para conformar-se à realidade do embrião, um ser adequado ao ambiente terrestre. Transcorreram-se mais de mil anos de adaptação, e, assim, era chegada a hora em que assumiria a feição humana entre os homens.

Maria, por sua vez, recebeu o influxo da luz sideral, e seu espírito, fecundado pela consciência cósmica, alcançou um grau de elevação tal que poderia ser classificado como nirvana. Ela se viu preenchida pela mente do governador espiritual do mundo, quem se amalgamara com o planeta ao derramar-se na nebulosa original, a qual, em seguida, explodiu, por não comportar a grandeza da mente organizadora do método evolutivo do Sistema Solar. Ao longo do descenso vibratório, enquanto a semente viva se materializava, primeiramente albergada pelo psicossoma de Maria, cujo espírito precisava ficar consciente durante todo o processo, a sublime consciência reduziu-se de tal maneira que apenas uma parcela, necessária para fazer fecundar a semente de vida, manifestou-se no corpo especial daquela mulher quase divina.

Considerando-se a natureza do ser que se materializava em seu útero, em conformidade com o processo regular de nascimento na Terra – isto é, a união dos gametas masculino e feminino –, e tendo em vista ser ele quem organizara toda a vida e o sistema evolutivo do mundo e do Sistema Solar, delimitado pelas dimensões de sua própria aura, efetivamente era possível dizer, segundo o entendimento da época, que Maria era a mãe de Deus, ou de um deus. Desse modo ficou conhecida e assim o será por um tempo dilatado da história do orbe.

As luzes dos céus rodopiavam de um país a outro. Na Índia, na Pérsia, nas regiões mais distantes das Américas, de onde os últimos deuses se retiraram para as estrelas, bem como em toda a extensão do Império Romano, avistavam-se naves brilhantes, carruagens de fogo com seus tripulantes. Seres iluminados, chamejantes apareciam e desapareciam, pois que envoltos em potentes campos de força capazes de rebater a matéria densa do planeta. Por onde se mostravam, sua aparição era interpretada de acordo com as crenças e a cultura regionais.

Era essencial garantir que o menino tivesse

os recursos para sobreviver nos primeiros anos de vida. Importava eliminar quaisquer possibilidades de contágio pelo novo corpo, o que contemplava destruir larvas astrais e criações mentais inferiores, levando a cabo um processo de higienização nas cercanias de onde o avatar nasceria. Resguardar mãe e filho, pai e família de qualquer investida maléfica de seres inferiores era igualmente imperioso. Desse modo, revolucionavam de uma latitude a outra as naves cósmicas, muitas delas materiais, e outras tantas etéricas. Tratava-se de um empreendimento da mais alta ciência sideral, que não poderia ser menosprezado ou visto como a reencarnação convencional de um espírito qualquer do planeta.

– Vamos procurar os estudiosos da ciência celeste. Conseguimos identificar três filhos da Terra que estudam os céus à noite a fim de interpretar os códigos das estrelas. Eles devem se dirigir às imediações da cidade onde o menino nascerá, oferecendo-lhe ouro, prata e outras riquezas que servirão para a família se manter por algum tempo, até a criança alcançar resistência e autonomia no novo meio onde transitará.

– A fim de que dê certo, duas naves se deslocarão até o Oriente e de lá partirão em velocidade reduzida, de modo que os homens acompanhem seu percurso até o local onde o avatar estará sob os cuidados de Maria. Um grupo de representantes de

Antares, Sirius, Aldebarã e Órion, além da região centrogaláctica, uniu-se para traçar o percurso do Extremo Oriente à Palestina, pensando em conduzir recursos para a manutenção da família que alberga a criança cósmica.

Pequeno grupo de viajantes, representantes dos governos terrestres, seguia a orientação das naves cósmicas:

– Vejam! Uma estrela parece nos guiar o caminho. Ela transita lentamente nos céus, parecendo aguardar que a sigamos.

– Mas estrelas não se deslocam, Gaspar; sabemos disso. Se essa observação viesse de um leigo, até poderia admitir, mas, vinda de você, meu amigo real?

– Sei disso, nobre Baltazar, uma vez que estudamos os astros há mais de 20 anos. Estrelas realmente não caminham, voam ou se deslocam nos céus. E os astros que caem à Terra fazem um percurso, digamos, de cima para baixo, nunca de um lado para outro, demonstrando inequivocamente, nesse caso, uma condução inteligente. Além do mais, o veículo iluminado comporta-se de forma que parece estar sendo guiado, indo em uma direção precisa. Astros decerto não se comportam dessa maneira.

– Já ouviram falar nos carros voadores de nossas tradições, isto é, os vimanas dos deuses? Presumo que sim. – interveio o terceiro dos reis.

– Convém ter o cuidado em não falar a palavra *deuses* na terra aonde iremos visitar a criança. Lá não entendem que, em nossa cultura, a palavra *deuses* adquire uma conotação diferente da que tem para eles. Segundo me informei, são uma nação governada pelos sacerdotes, ou seja, trata-se de um governo essencialmente religioso. Por isso, tenhamos cuidado com as palavras que lá ganham outro significado.

Pensando sobre a observação do governante do país vizinho, Baltazar continuou, após as devidas reflexões:

– Para mim, a estrela que nos guia mais parece os lendários veículos com os quais os deuses cruzam os céus, mas que, de alguma maneira, assinalam a nós o caminho que nos conduz à criança, ao Messias, que deve estar prestes a nascer.

– Por isso insisti para que levássemos o que de mais precioso temos para presentear a criança. Na verdade, fui visitado por um dos deuses há algumas noites, tenho convicção. Ele me levou o espírito enquanto meu corpo repousava, e vi tudo conscientemente. Fui conduzido por um carro voador, um vimana, a um local distante, onde pude ver com antecipação o menino envolto em luz. Mas o mensageiro das estrelas me falou que a criança seria de uma família pobre e que nós teríamos a missão de ser os provedores para auxiliar a manutenção da família e da criança.

– Agora entendo por que você insistiu tanto, a ponto de trazermos o ouro mais puro e precioso de Ofir, o incenso de olíbano, de Sabá, um dos mais procurados pelos sacerdotes egípcios e utilizado, também, no culto sagrado no templo dos Israelitas. São tão valiosos presentes que poderão ser trocados por mantimentos ou qualquer outro produto necessário à manutenção da família, cuja procedência social é humilde.

– Aliás, o olíbano não fica a dever à mirra especial que extraímos em minha terra. Ela passa por um processo de preparo que a torna tão valiosa quanto o ouro em diversas nações orientais. Entendo agora a urgência, meu amigo. Conte-me sobre esse arrebatamento misterioso e seu encontro com um vimana dos deuses...

Ao mesmo tempo que conversavam entre si, aproveitando o longo trajeto a ser percorrido, eles acompanhavam a direção apontada pela luz da nave, que marcava o trajeto a ser seguido pelos três representantes dos reinos humanos, enquanto outro veículo se preparava para demarcar o local do nascimento, como se fosse um farol a sinalizar o ponto de encontro dos seres que acorreriam de outros recantos da Via Láctea. Afinal, avizinhava-se o nascimento de um dos dirigentes espirituais mais expressivos daquela galáxia. Tudo era parte da preparação do ambiente; mediante a projeção da luz sideral, higienizava-se o local onde, dentro em breve, repousaria o corpo da criança cósmica. Com o foco de luz higienizador, projetado diretamente pela nave sobre a gruta,[11] evitariam que qualquer bactéria ou outro ser invisível pudesse comprometer tanto a mãe quanto o rebento. Tudo fora milimetricamente planejado pela equipe científica, que estava a postos para os lances finais do processo de encarnação do embaixador das estrelas.

A atuação desses seres iluminados, em corpos que diferiam da materialidade dos corpos terrenos, não visava transmitir ensinamento científico, para o qual os povos da Terra ainda não estavam prontos; com efeito, visava assegurar uma infraestrutura social, energética e espiritual para a chegada do grande missionário das estrelas. Como espíritos, os representantes de outras terras do espaço, indiferentemente se estivessem ou não revestidos da materialidade que constitui os corpos terrestres, trabalhavam em conexão com a mente cósmica de um dos mais

---

[11] A tradição costuma reportar o local de nascimento de Jesus a uma manjedoura (cf. Lc 2:7), embora a controvérsia em torno dos fatos da natividade seja enorme. Nesse ponto o autor espiritual insinua ainda outra coisa... A dúvida é provavelmente insanável, mas vale assinalar a divergência e a novidade da informação.

eminentes responsáveis pela evolução do planeta.

Foi assim que se materializou no mundo o desejado de todas as nações;[12] na figura do homem de Nazaré, fez-se carne um dos mais diletos emissários das estrelas distantes da ilha sideral. Num braço esquecido da Via Láctea, num recanto quase obscuro, girava em torno daquele sol, pouco representativo em termos cósmicos, o planeta que temporariamente se transformaria no centro nervoso, no cenário de vida mais intrigante, no local para onde se voltariam os interesses de todos os seres redimidos daquele quadrante do espaço. A Terra se transformaria na capital sideral de vários sistemas durante o período em que albergaria o membro do mais seleto grupo de consciências, coordenadoras do sistema evolutivo de vários mundos.

---

[12] Um dos nomes do Messias, segundo algumas traduções (cf. Ag 2:7).

# 5
# O LADO OCULTO DO HOMEM DE NAZARÉ

"Ainda tenho outras ovelhas que não são deste aprisco; também me convém agregar estas, e elas ouvirão a minha voz, e haverá um rebanho e um Pastor."

João **10:16**

ERA UMA TARDE como outra qualquer. Maria assumira a condução do despertamento da memória extrafísica do garoto que atendia pelo nome de Jesus. Como pai biológico, José era a referência paterna durante a adaptação da criança ao ambiente terrestre, para onde viera devido à tarefa entre os humanos. Até os 17 anos – adulto, portanto, já há 4 anos, segundo a cultura vigente entre os judeus –, dedicara-se a entrosar-se no meio social, familiarizando-se com certos aspectos do cotidiano. Não obstante as implicações decorrentes da encarnação de um espírito de tal envergadura, vivia sua vida como um humano qualquer, um jovem comum e incomum ao mesmo tempo. Sua mente não se restringia aos limites do corpo físico; malgrado se esforçasse para parecer o mais comum possível, em sua intimidade, extrapolava largamente as fronteiras do cérebro ou dos sentidos humanos. Desde cedo, descobrira que, no intuito de manter a coesão molecular e a integridade do corpo sem que este se diluísse ou se desintegrasse ante a altíssima frequência de seu espírito, devia submeter-se a jejuns prolongados, durante os quais empregaria conhecimento e força mental para aglutinar os fluidos ambientes em torno do próprio organismo físico. A prática mostrou-se eficaz ao prevenir a desagregação ou a desestabilização celular, uma vez que a capacidade da mente era substancialmente superior à do cérebro para contê-la ou decifrá-la. Expandia a alma com frequência, libertando-se facilmente dos limites corpóreos, que ofereciam severos entraves à plena manifestação da consciência estelar.[1]

Como a tarefa do Filho de José e Maria era também de educador, não deixava que os amigos e a parentela, principalmente os irmãos que lhe sucederam, porventura se sentissem humilhados ou diminuídos diante de sua individualidade, que em tudo sobrepujava a dos demais. No intuito de disfarçar os momentos de expansão da consciência, a mãe desempenhava um papel especial, pois o auxiliava a ajeitar as situações nas quais inadvertidamente se expunha, apesar do notável esforço em

---

[1] O espírito Alex Zarthú já afirmou, respondendo a uma pergunta por meio de Robson Pinheiro, que nem por um instante sequer Jesus ficou inconsciente de seu papel de governador solar durante a encarnação. Confrontados com esse dado, Ângelo Inácio e Estêvão – espírito de quem o autor se socorreu para produzir este capítulo e os demais que abordam aspectos da vida de Cristo – explicam que manter a consciência daquele papel não equivale a usufruir, em plenitude, de todas as faculdades de que dispunha até então. Ou seja, se o vínculo ao corpo físico acarretou restrições naturais à ação e à manifestação da consciência de Cristo, o mesmo pode ser dito com relação à memória extrafísica, que não ficou completamente imune ao constrangimento imposto pelo mergulho na matéria densa. Em-

não chocar desnecessariamente, e antes do tempo, aqueles com quem convivia.

Foi numa das tardes em que se refugiava em determinada montanha, numa encosta conhecida apenas por sua mãe, que o jovem nazareno, estirado, deixou-se libertar dos liames do corpo, suavizando a pressão causada pelo encontro de dois mundos irreconciliáveis: de um lado, a frequência vibratória elevadíssima do avatar cósmico; do outro, a materialidade densa do corpo e da própria natureza física terrestre. Quando abandonava o corpo, a pressão aos poucos cedia; costumava, em alguns momentos, suar sangue, devido ao esforço em permanecer corporificado. Todos esses fatores subsistiam, apesar de o corpo ter sido projetado e trabalhado durante um período tão extenso, previamente, fato que para

---

bora não haja, quanto ao grau, como comparar a situação experimentada por Jesus com a vivida pelo homem comum, fato é que o avatar teve de se socorrer, ao longo da infância e da juventude, de recursos conhecidos por sua mãe – entre eles, algo semelhante ao passe magnético, cuja técnica os essênios dominavam – a fim de recobrar o máximo possível da memória extrafísica integral, tanto em vigília quanto em desdobramento, bem como da potencialidade mental. (Sobre Jesus e os essênios, Kardec escreveu pequena nota. "Introdução. Notícias históricas". In: KARDEC, Allan. *Imitação do Evangelho segundo o espiritismo*. Edição histórica bilíngue. Brasília: FEB, 2014. p. 36-37, 422-423.)

os humanos do planeta, ainda hoje, em pleno século XXI, configura-se quase incompreensível.

Uma luz se destacou do corpo jovem que repousava dentro da pequena saliência que poderia ser chamada de caverna, incrustada num rochedo nos arredores da cidade de Nazaré. A luz forte se projetou do corpo sem assumir aspecto humano, porém, brilhando numa conjunção de cores iridescentes, deu forma ao corpo mental do ser que em tudo era superior aos habitantes do terceiro mundo. Ao lado do corpo, que, por muito pouco, não se desmaterializou quando daquele fenômeno, divisavam-se dois seres elevados, em roupagem fluídica de feição humanoide, iluminados e irradiando, de dentro de si, a mesma luz que jorrava do corpo jovem naquele momento. O corpo físico tornava-se transparente, quase semimaterial, nas ocasiões em que ocorriam a expansão e o afastamento da consciência, que, no reino do espírito, readquiria autonomia mais próxima da que usufruía antes de incorporar-se à espécie humana, em forma de homem. Somente de modo gradativo a luz imaterial ou de uma materialidade inusitada se definiu, pairando acima do corpo que jazia ali.

Naquele momento, ele estabelecia contato com outras formas de vida superiores e comunicava-se, em questão de segundos, pela força do pensamento evoluído, com emissários do Reino, isto é, do mesmo sistema de vida do qual provinha. Lentamente assumia feições humanas, como os espíritos da Terra, à medida que aglutinava fluidos espirituais, astrais e etéricos mediante a força do pensamento. Ao lado, as entidades iluminadas aguardavam silenciosamente. Fora da gruta, diversos seres permaneciam de prontidão, evitando interferências de milícias e hostes da oposição, ou seja, submissas aos seres da escuridão, que intentavam dominar o planeta a partir das regiões inferiores. O corpo jovem era vigiado e protegido por guardiões superiores, os quais, muito provavelmente, seriam chamados de anjos pelos habitantes da Galileia e dos arredores, na linguagem e no vocabulário que lhes era próprio, com profundas influências religiosas.

— Bem-aventurados, meus amigos! Sempre é bom saber que estão a postos, sobretudo agora que a política do Reino está prestes a ser inaugurada neste mundo. Para tanto, é fundamental o apoio das hostes celestes — falou a voz inarticulada do representante da política do Reino aos seres que o aguardavam, enquanto o corpo ali permanecia, no mesmo ambiente.

— Trazemos notícias sobre as diversas regiões do planeta, reinos, nações e comunidades onde conseguimos localizar antigos iniciados que vieram a este mundo justamente neste momento histórico único. Acreditamos que serão úteis ao fomento do pensamento evolutivo da humanidade, não somente na Judeia, mas em várias partes do globo.

– Essa providência, nobre Miguel,[2] auxiliará bastante o projeto das consciências que orientam a evolução planetária – a linguagem do ser cósmico, quando fora do corpo, era totalmente diferente daquela utilizada em vigília, no contexto social, religioso e familiar em que vivia. Isso se dava porque, com os amigos das estrelas representantes do Reino, no sistema de vida ou na política superior, estava livre das convenções humanas próprias daquele século que escolhera como ideal para sua encarnação.

– Caro avatar, nossa pesquisa, como sabes, começou alguns anos antes de tua imersão na carne, por meio de registros do mundo espiritual. Vários representantes de outros sistemas solares[3] as-

---

[2] Cf. Dn 10:13; 12:1; Jd 1:9; Ap 12:7. O personagem aparece em diversos livros do autor (cf. PINHEIRO. *Os nephilins*. Op. cit. p. 90ss. PINHEIRO. *A marca da besta*. Op. cit. p. 605ss).

[3] À primeira vista, esta informação soa estranha. Se os *annunakis* de Nibiru tiveram papel central na formação da cultura terrestre, nesta hora seria necessário convocar espíritos de outras paragens, em vez de recorrer àqueles ou a outros ancestrais do próprio Sistema Solar? Questionado, o autor espiritual esclarece que os *annunakis*, àquela altura, estavam tão imersos em conflitos entre suas castas que não tiveram condições de colaborar diretamente com o projeto encar-

sumiram corpos físicos no planeta Terra a fim de preparar diversas comunidades para o advento da era que viestes inaugurar. Entre outros, identificamos os que haviam sido preparados desde a manifestação de Aquenáton,[4] um dos nossos entre os humanos. Cabia a eles simplificar o sistema religioso, de forma a facilitar a compreensão dos princípios do Reino.

— Preciso visitá-los e também a outros, em variados lugares. Para isso, aproveitarei momentos como este a fim de deslocar minha consciência a outros recantos do mundo. Uma vez nesses ambientes, poderei materializar-me temporariamente e ser percebido pelos emissários do Reino encarnados em corpos humanos.

— De fato, acredito que isso não será difícil, nobre mensageiro – falou o espírito que, na Terra,

---

natório do Cristo. Recrutaram-se seres de outras procedências, muitos dos quais passaram despercebidos até pelos *annunakis* radicados cá na Terra. Além do mais, Nibiru era pouco adiantado em questões espirituais e científicas frente ao que vigorava em mundos de Órion e outras constelações, sobretudo ao se levarem em conta as exigências da empreitada. Requeriam-se cientistas mais experientes e espíritos mais maduros, que não estivessem envolvidos em disputas, para a missão de preparar o futuro corpo de Jesus.

[4] Faraó egípcio (c. 1350 a.C.).

ficou conhecido sob o nome de Enoque[5] –, pois o corpo humano do qual se utilizas foi cuidadosamente preparado, a fim de que pudesse responder a teu comando mental superior. Devido à fisicalidade deste mundo, sabemos que podes reagrupar as células do corpo espiritual, que preparaste durante o último milênio, antes de corporificar-te na Terra, com o intuito de materializar-te temporariamente, empregando fluidos doados por seus seguidores.

– Exatamente – respondeu Jesus, desdobrado, ao interagir com Miguel e Enoque. – E como devo obedecer às leis deste mundo, às leis naturais próprias desta dimensão, peço que localizem três doadores de energia entre aqueles que seguirão comigo na execução do grande plano. Assim, terei energia disponível para materializar-me noutros lugares enquanto meu corpo repousa sob a guarda de seus emissários, nobres amigos.

– Já recebemos relatórios de alguns agentes teus, que em breve te auxiliarão a disseminar os princípios do Reino cá, na Judeia. Para a função elegemos Simão, e, além dele, entre os irmãos de tua família consanguínea, há um excelente doador de fluidos com o teor necessário. Outro acaba

---

[5] Enoque, filho de Jarede (Cf. Gn 5:18-24), o que "foi trasladado para não ver a morte" (Hb 11:5), personagem também de volume anterior desta série (cf. PINHEIRO. *O agênere*. Op. cit. p. 63ss).

de corporificar no mundo também; é bem mais experiente que os demais e contribuirá não só como doador de energia, mas será um amparo valioso. Chamar-se-á João. Poderás recorrer a esses três em maior intensidade, muito embora tenhamos selecionado outros mais. No hemisfério sul do planeta, há várias comunidades em desenvolvimento, onde estão inseridos amigos e representantes de outros mundos que te poderão auxiliar; naturalmente, agem segundo as restrições impostas pela cultura e pelos sistemas de crença vigentes.

Pensando um pouco, enquanto olhava o próprio corpo desacordado, disse a Miguel:

– Sei que esses três foram preparados para me auxiliar e não são espíritos procedentes deste orbe, embora aqui estejam há milênios, contribuindo para influenciar a mentalidade da população e torná-la receptiva ao momento em que vivemos, de sementeiras das ideias novas. Mesmo assim, por ora não é bom que saibam que serão chamados diretamente por mim. Oportunamente, irei visitá-los enquanto dormem e lhes falarei pessoalmente. Enquanto isso, nobre amigo – dirigia-se a Miguel, em particular –, procura preservá-los de investidas de seres sombrios. Devemos prover a todos os nossos futuros agentes e emissários um reforço na segurança pessoal e dos familiares, embora não esteja ao alcance evitar que sofram os impactos vibratórios inerentes à realidade deste planeta, tampouco seja objetivo privá-los das oportunidades de aprendizado decorrentes dos desafios de cada qual. João, que já esteve corporificado no Egito sob o nome de José,[6] além de ter desempenhado papel relevante em meio ao povo hebreu na época do cativeiro da Babilônia [c. 598-538 a.C.], em outra vida mais recente, será de extrema importância no grande plano, principalmente quando eu retornar à luz das estrelas. Além de apóstolo, ele será o esteio da mulher que me adotou o espírito como mãe na Terra.

– Assegurarei pessoalmente que sejam amparados – respondeu Miguel, o príncipe dos exércitos, ao seu superior hierárquico.

Depois dessas palavras, Jesus olhou outra vez para o mundo muito além das paredes das rochas que abrigavam seu corpo físico. Seu olhar parecia devassar o infinito ou, quem sabe, observar a situação das diversas nações do mundo àquela época. Ele se preparava para uma jornada de reconhecimento em diversos lugares do planeta, em que visitaria redutos e povos em desdobramento ou, como se dizia à época, arrebatado em espírito. A luz do Messias preenchia todo o ambiente, pois fora do corpo extravasava tamanha intensidade de magnetismo que não se poderia esconder essa luz sideral

---

[6] Cf. Gn 37-50 (c. 1715 a.C.).

em nenhum ambiente físico do planeta. Voltando seu olhar para os amigos ali presentes, comentou:

– Pouco a pouco, as crenças se alijarão de elementos materiais, de símbolos e misticismos exagerados e se espiritualizarão ao longo dos séculos. Talvez seja melhor dizer que se desmaterializarão e alcançarão melhor compreensão da ciência sideral, à medida que os homens e a humanidade toda se melhorarem. Não tenho dúvida quanto a isso. Preocupo-me, no entanto, no tocante à capacidade de entendimento da mensagem que trago por parte dos povos que visitarei arrebatado em espírito.

– Estamos providenciando o detalhamento da situação evolutiva de cada povo – informou Miguel a seu comandante –, principalmente daqueles que habitam a porção oriental do planeta. Contudo, temos de contar com o fato de que, por alguns milênios ainda, o homem terreno se deixará influenciar largamente pelos mitos e pela política mais próxima possível da materialidade, dos interesses imediatos e do ganho a qualquer preço; enfim, terá sua atenção capturada pela vida social e pelos conceitos disseminados por vultos da escuridão que aqui se fazem representar.

Enoque permanecia quieto enquanto Miguel expunha seu pensamento ao ser cósmico conhecido com o nome de Jesus pelos habitantes daquele recanto do planeta.

Após alguns minutos de silêncio, em que suas mentes se entrelaçavam num complexo sistema de comunicação somente conhecido por entidades elevadas, retomou o príncipe dos exércitos celestes:

– Um dos teus representantes, o conhecido profeta Elias, depois de receber um benefício de extensão da sua vida física por parte da tecnologia dos nossos representantes entre as estrelas,[7] resolveu voltar ao planeta na época dos macabeus [séc. II a.C.]. Foi gravemente ferido devido à sua postura de apoiar Matatias na revolta contra os dominadores da época.[8] Ele próprio está no mundo agora, sob nova roupagem física, e auxiliará diretamente no preparo da população antes que comeces tua tarefa com os judeus. Elias é um dos emissários da justiça e hoje, como João,[9] atuará diretamente como agente da justiça, antes que inicies teu ministério nestas terras. Enquanto isso, providenciaremos recursos entre outros povos do planeta para que os visites e faças o que tens de fazer, difundindo a mensagem a outras nações.

---

[7] Cf. 2Rs 2:1-11.

[8] Cf. 1Mc 2 (livro deuterocanônico, ou seja, considerado canônico apenas pelas igrejas católica e ortodoxa, portanto, ausente das bíblias que se filiam à tradição protestante).

[9] Refere-se àquele que ficaria conhecido como João Batista, quem o próprio Jesus diz ser "o Elias que havia de vir" (cf. Mt 17:11-13; Is 40:3).

— Efetivamente, preciso visitar outros povos durante os próximos anos, antes de iniciar meu ministério em meio aos judeus, principalmente aquelas comunidades a quem minha palavra chegará, no futuro breve, por intermédio dos agentes da política divina. Acredito ser necessário moldar de modo mais intenso os fluidos do corpo físico, submetê-los ao comando mental, pois nem sempre poderei simplesmente me deslocar em espírito, num fenômeno de bilocação; terei de desmaterializar o corpo por completo e rematerializá-lo em outras latitudes do planeta, num fenômeno de transporte. O grande plano assim prevê, pois devo interagir mais diretamente com nossos parceiros em outros países do mundo.

Ponderando um pouco mais, numa frequência vibratória de pensamento dificilmente compreensível para qualquer habitante do planeta, arrematou o avatar cósmico, ainda fora do corpo físico:

— Tenho outras ovelhas que não são deste aprisco![10]

Novamente o silêncio se fez, enquanto Miguel e Enoque olhavam um para o outro. Era o momento de abordar outro tema, deveras controverso e indigesto em face da situação política e religiosa do povo hebreu. Com isso em mente, Miguel assinalou:

---

[10] Cf. Jo 10:16.

— Nossa preocupação mais abrangente envolve a entidade conhecida como Jeová. Decididamente, sua presença afeta em larga escala o modo de vida nesta terra. Ao mesmo tempo, apresenta-se como um eloim, e, lamentavelmente, sua farsa tem sido exitosa até o momento, pois logra enganar a maioria absoluta. Além de sugar as energias do povo, faz-se representar por um sistema sacerdotal complexo e promove um governo teocrático cujos fundamentos e cuja pretensão são profundamente discutíveis.

— Não ignoro isso, nobre amigo – respondeu o avatar encarnado, pensativo. – Convém ter cuidado, principalmente após a conclusão da minha tarefa neste universo dimensional. Aqueles que então nos representarem no mundo, precisarão compreender com clareza que a política do Reino não requer bajuladores e adoradores, muito menos sacrifícios humanos.

Enoque resolveu interferir na conversa, talvez expressando o mesmo que pensava Miguel, o mais alto representante da justiça no planeta:

— Devemos convir que essa deidade, adorada pela nação inteira, parece não se saciar após todos os séculos em que estimulou a matança de quantos não comungassem com o sistema por ela implantado nesta parte do mundo.

— Mas não somente aqui, na Judeia, caro Enoque; o mesmo ser se faz passar por um demiurgo em outros lugares, empregando nomes diversos e sendo representado pelos próprios dragões e seus aliados, exigindo sacrifícios de animais e humanos.

— Não vos inquieteis quanto a isso, amigos das estrelas — respondeu Jesus, em sua forma além-física. — Faz parte do grande plano modificar por completo o conceito da divina paternidade e esclarecer não apenas os habitantes da Judeia, mas também, por meio de outros emissários, os de diferentes recantos do mundo a respeito da verdadeira natureza do Criador. A mensagem que trago é tão robusta e verdadeira que, no decurso de poucas décadas, será abolida por completo a ideia de sacrifícios na Judeia e, mais tarde, a mesma convicção se espalhará pelo globo. Apresentarei a verdadeira face de Deus, que é todo misericórdia, e, principalmente, das leis e dos princípios que regem o sistema de vida superior o qual denominamos Reino. Em breve, o mundo conhecerá uma ideia diferente a respeito do Criador, e o sistema antigo perecerá. Evidentemente, a libertação total consumirá alguns milênios. Se é inquestionável que a verdade liberta, somente o tempo para fazer a verdade brilhar em toda sua pujança.

— A simples ideia de libertar esta humanidade da prática sistemática de sacrifícios tirará da entidade Yaveh sua principal fonte de alimentação, que são fluidos animalizados. Assim, diante da iminente necessidade de se abastecer sobretudo com as emoções dos chamados fiéis – avaliou Enoque –, parece-me que dia a dia cresce sua dependência por adoração e veneração, as quais estimula como forma de se nutrir. É como se Yaveh procurasse transmutar sua *dieta*, vamos assim dizer, o que explica a sede e o apelo por seguidores cada vez mais fiéis e, até, fanáticos.

– Pelo que consta, nobre general – dirigiu-se Miguel a Cristo, utilizando linguagem militar para reverenciar o comandante supremo, a quem devia respeito e que personificava a máxima autoridade –, a entidade já deu ordens diretas para perpetrar diversas matanças sob a inspiração do suposto Deus,[11] emulando-o na figura do demiurgo Yaveh, isto é, passando-se pela verdadeira Inteligência Suprema. Suas ordens fizeram com que, na ignorância, os israelitas dizimassem comunidades intei-

---

[11] "E indignou-se Moisés contra os oficiais do exército, chefes dos milhares e chefes das centenas, que vinham do serviço da guerra, e lhes disse: Deixastes viver todas as mulheres? Agora, pois, matai todos os meninos entre as crianças, e todas as mulheres que conheceram homem, deitando-se com ele. Mas todas as meninas, que não conheceram homem, deitando-se com ele, deixai-as viver para vós" (Nm 31:14-15,17-18). "Por isso [o Senhor] fez vir sobre eles o rei dos caldeus, o qual matou os seus mancebos à espada, na casa do seu santuário, e não teve piedade nem dos mancebos, nem das donzelas,

ras durante o período do seu êxodo. Francamente, não sei se conseguiremos libertar esta humanidade desse tipo de simbiose mental e emocional entre a deidade e seus seguidores.

— Não te aflijas, príncipe da justiça! Ao formarmos o planeta, em tempos remotos, inserimos em seu contexto limitações e ferramentas cósmicas que podem ser acionadas em caso de abuso intolerável ou de subversão das leis éticas em grau que imponha a intervenção direta. A Terra terá seu tempo, e seus habitantes, também. Na hipótese de que, durante esse período, os filhos da Terra não se resolvam ou sua política de fato ameace o equilíbrio do cosmo, diversas ferramentas entrarão em cena como fatores limitadores do mal e das maldades, independentemente de quem seja o artífice ou o detonador de tais elementos.

"Causa-me mais preocupação outro fator. É certo que minhas palavras serão modificadas, adul-

---

nem dos velhos nem dos decrépitos; entregou-lhos todos nas mãos" do rei Nabucodonosor (2Cr 36:17). "Passai pela cidade após ele, e feri; não poupe o vosso olho, nem vos compadeçais. Matai velhos, mancebos e virgens, criancinhas e mulheres, até exterminá-los; (...) e começai pelo meu santuário. Então começaram pelos anciãos que estavam diante da casa. E disse-lhes: Profanai a casa, e enchei os átrios de mortos; saí" (Ez 9:5-7). Outros exemplos notáveis: Ex 12:23; Dt 2:34; 3:6; Js 2:18-19; 6:17-21; 1Sm 15:3.

teradas, até, e aqueles que no futuro se apresentarão como apologistas da verdade serão os primeiros a desenvolver um sistema contrário à política superior que nos é tão cara."

– Nesse caso, como proceder para evitar que os humanos desvirtuem o conteúdo daquilo que tu, como um dos administradores do sistema, trazes para este orbe? Como impedir a degeneração dos paradigmas que estabelecerás e que, assim, definirão os valores futuros de uma nova civilização?

– Não de uma nova civilização, Miguel, mas da civilização. Por muitos séculos, a mensagem será mal compreendida. Com um agravante: os maiores antagonistas do Evangelho, isto é, dos princípios que vim anunciar, serão os mesmos que alegarão defendê-lo. Mas até para isso existe uma solução esboçada, que entrará em vigor no momento oportuno. Nada ficou sem ser considerado no grande plano. Assegura-te de que teus soldados celestes, as hostes do Reino e do bem, estejam a postos, pois minha vinda não significa o fim do sistema antigo e contrário ao progresso neste mundo; antes, é o início do fim ou um novo início, uma batalha diária em que teremos de enfrentar as potestades, os principados e os representantes das trevas nas duas dimensões da vida.

"Mirando a renovação total da Terra, teremos pela frente ao menos dois mil anos consumidos apenas para as ideias germinarem e se espalharem de uma latitude a outra, ainda assim, com sérias limitações. Após a fase de sementeiras, serão no mínimo mais mil anos de reconstrução, de trabalho intenso, em que se definirão os valores e os conceitos baseados na política que esposamos em forte contraposição à política dos homens e dos seres que os inspiram. Embora muitos aleguem atuar em meu nome, afirmem me seguir os passos e me representar, podemos ter a certeza de que a maioria dos nossos verdadeiros agentes neste planeta não será composta pelos que professarão me seguir. Somente pouco a pouco a verdade se revelará, mesmo a verdade sobre aqueles que dizem ser do bem e da luz. Nessa altura, muitos se surpreenderão perante a capacidade dos homens que se dizem do bem de combater o próprio bem e o progresso em nome do poder, do ouro, da riqueza, dos valores corruptíveis, enfim... O futuro reserva grandes surpresas sobre o papel de cada um. Tanto os homens de bem acabarão por defender a política do mal quanto aqueles que serão designados como maus farão coisas boas para o mundo."

— E há alguma previsão sobre quando a Terra poderá se libertar do atavismo secular que a mantém entre os mundos primitivos? — perguntou Enoque aos dois seres, Jesus e Miguel, o príncipe dos exércitos celestes.

— Tudo depende da resposta humana ao investimento que fizermos neste mundo. Mas não acredito que seja muito menos do que daqui a uns três mil anos ou revoluções em torno do Sol, ou seja, alguns minutos, perante a eternidade. Até que a grande tribulação[12] chegue aos espíritos da Terra, a mensagem da política divina não amadurecerá de maneira suficiente, a fim de conscientizar os povos do planeta de que são irmãos. Mesmo essa estimativa pode ser frustrada se porventura entrarem em ação os mecanismos contentores da discórdia e da destruição.

— E o que significam exatamente esses mecanismos, Senhor?

Jesus, projetado de seu corpo físico, o qual adormecia no solo da gruta, novamente olhou para fora, para o mundo, com aquele olhar que a tudo perscrutava, e sentenciou:

— Poderá haver diversas interferências, à semelhança daqueles dispositivos que mencionei antes, caro amigo Enoque, desde a revolta do próprio planeta diante das atitudes humanas, regurgitando o homem de seu sistema vivo, caso este não se dê conta de sua responsabilidade perante os sistemas de vida que o albergam, até outros casos ain-

---

[12] Cf. Mt 24:21.

da mais drásticos. A Providência Divina dispôs mecanismos de contenção visando à defesa de outras comunidades do Sistema Solar e do cosmo, a uma distância suficiente para impedir que a brutalidade humana, mesmo sob disfarce de civilidade ou outro qualquer, possa acarretar severo prejuízo a outras comunidades planetárias. Existem várias moradas na casa do Pai,[13] e disso podeis testificar, pois sois filhos das estrelas, e não deste mundo; já caminhastes entre as estrelas do firmamento como luzes imortais. No entanto, a sabedoria com que foram instauradas e organizadas as leis do universo dita os limites das atitudes humanas. Ante a grandeza da criação, tem-se que considerar que um planeta não é mais importante do que uma constelação, e muito menos se comparado a uma galáxia ou família cósmica. Isso posto, convém lembrar: se porventura entrarem em ação os mecanismos de contenção da ignorância, a qual se manifesta como maldade entre os espíritos aqui abrigados, os corpos poderão ser substituídos por outros, em outros mundos. Nessa eventualidade, os espíritos que temporariamente os habitam permaneceriam em circuitos diferentes de aprendizado, em outras terras do universo.

– Então não temos garantia nenhuma de que

---

[13] Cf. Jo 14:2.

sua tentativa de estabelecer o Reino neste mundo funcionará, meu caro Senhor? – tornou Enoque.

Jesus trazia os olhos marejados de lágrimas enquanto ouvia as perguntas de seus companheiros de imortalidade.

– Não temos, meus amigos. Somente à Providência Divina compete estabelecer os limites adequados ao aprendizado de um mundo, de uma civilização. O amor, e apenas o amor, pode prolongar o tempo que lhe é consagrado, mas a justiça sideral tem seus limites, que, embora possam ser dilatados, nunca são alterados a ponto de comprometer o aprendizado.

Miguel, que sabia de mais detalhes do que Enoque, procurou não cruzar os olhos com ele, respeitando a solenidade daquele momento de diálogo em que Jesus, fora do corpo físico, falava como governante do Sistema Solar, e não como o jovem ali deitado. Após alguns instantes de silêncio, Enoque ousou perguntar, antes que dessem por encerrada a conversa:

– Existe alguma alternativa caso o homem da Terra não se renove conforme o planejamento das instâncias superiores que coordenam a evolução do Sistema?

Olhando de maneira sensível para os dois imortais, Jesus respondeu, porém com palavras mais lentas, que pareciam ressoar na mente dos dois seres ali presentes:

– Sim, existem alternativas. Sempre existem. Podemos optar por algo muito comum em mundos inferiores: promover uma nova miscigenação de raças no futuro. Caso o processo educativo e de implantação da política do Reino não surta os efeitos desejados, outro povo, outra raça de filhos das estrelas poderá vir até o terceiro planeta e fazer contato direto com seus habitantes, inaugurando uma nova etapa na história da civilização.

– Qual ocorre neste momento histórico, com a tomada desta terra pelos romanos? – voltou a perguntar Enoque.

– Exatamente! Embora, nessa hipótese, a humanidade toda, no futuro, assumiria papel semelhante ao da Judeia, e os visitantes do espaço, talvez, o dos romanos... Trata-se de uma alternativa derradeira, antes que o mecanismo último de preservação energética da galáxia entre em ação; uma tentativa final, que provocará o recomeço da civilização terrestre, novamente miscigenada com outros filhos das estrelas.

Após breve silêncio, numa pausa necessária, Jesus continuou:

– O mais importante agora, no entanto, é que temos alguns milênios pela frente, e, se estamos aqui conversando sobre o futuro deste mundo, é porque nos movem a esperança e a fé na humanidade. Investiremos, juntos, o máximo que pudermos, tendo em mente que não estamos numa jornada que visa implantar uma religião. Com efeito, a empreitada no palco Terra é muito mais ampla, pois se trata de uma luta entre forças da luz e da escuridão em prol do estabelecimento de um sistema político de dimensões cósmicas. Como sabem, não vim procurar adoração nem adoradores, mas trabalhadores que se esforcem por modificar a face do mundo, a começar, primeiramente, por dentro de si. Tudo isso, de modo que, se a política do Reino não se estabelecer na alma das pessoas, em vão serão arregimentados adeptos, seguidores, apologistas ou adoradores; tudo deve principiar e convergir para o íntimo de cada ser.

"Professar minhas palavras, meramente, e supor que isso basta para integrar o bem e tornar-se um de nossos representantes neste mundo é um engano; tal gesto, por si só, não determina o lado em que a pessoa está, tampouco a política que abraça.[14] Palavras belas, posições sociais ou hierárquicas e conquistas de ordem humana, mesmo na esfera religiosa, não indicam o papel que se desempenha perante as leis do universo."

Falando assim, refulgiu em pura luz, rodopiou o espírito – mais precisamente, o corpo mental su-

---

[14] Cf. Mt 7:20-23.

perior – em torno do ambiente e saiu gruta afora, como se fosse um cometa, rasgando os céus ao se dirigir a outro campo de trabalho, em outro continente. Lá, provavelmente aglutinaria os fluidos da atmosfera em torno do corpo mental e formaria um corpo físico temporário, numa espécie de materialização, empregando técnicas então desconhecidas pelos humanos. Valendo-se do recurso de ectoplastas, os quais ofereciam energias para que o avatar cósmico caminhasse entre os homens do país visitado, disseminaria seu ensinamento e reuniria pessoas, buscando encontrar quem pudesse representá-lo entre outros povos e outra gente.

Enquanto isso, o corpo do jovem Jesus de Nazaré repousava sob as vistas de Miguel, Enoque e dos demais guardiões do bem, denominados anjos pela população das redondezas. Fitando o corpo de apenas 17 anos de idade do rapaz ali deitado, Miguel comentou:

– Ele é um homem como qualquer outro deste mundo. Apesar dos embates que teremos de enfrentar sob seu comando, ele próprio é o elemento principal, o qual mais despertará contra si as forças da oposição. Além disso, terá de lidar com a natureza animal de um corpo humano, com todas as reações físicas comuns a um jovem de sua idade, além de outras, que aparecerão ao longo dos anos. Ele deve viver como homem, na terra dos homens, senão sua encarnação será um fiasco, um teatro apenas.

— Mesmo após mais de mil anos de proximidade com o ambiente terrestre, a fim de rememorar o que é ter um corpo físico num ambiente material como este que nos cerca, não é fácil coordenar as mudanças hormonais, os instintos mais primários da natureza humana e, enfim, atender a um sem-número de situações cujo registro ele já não guarda na memória espiritual.

— Exatamente. Ser humano no planeta Terra encerra todas as consequências, tanto boas quanto más, que a encarnação e o corpo físico acarretam. No caso do avatar cósmico, as coisas não são diferentes, pois ele se submeteu livremente às leis deste mundo e da sociedade onde cresce e vive. Portanto, devemos muni-lo de todos os recursos possíveis, a fim de que se sinta amparado pelos que o amam e fazem parte de sua família espiritual. As lutas que enfrentará não serão somente contra os adversários do progresso e da humanidade, mas também aquelas inerentes ao homem comum, que vive numa sociedade ainda distante de conceitos mais elaborados de civilidade. Além das reações de um corpo humano, dotado de características naturais, também deverá lidar com o momento político e econômico que a Judeia atravessa.

— Ou seja — concluiu Enoque —, o desafio requer um ser especial e suporte familiar à altura de sua envergadura espiritual.

– No mínimo, o amparo e o apoio de uma mãe que efetivamente o compreenda.[15]

Fitaram ambos o corpo do jovem Jesus, deitado à sua frente, e notaram que suava abundantemente; até mesmo algumas gotas de sangue vertiam em meio ao suor, atestando o esforço, mesmo de longe, que o espírito fazia para permanecer ligado ao corpo de natureza material da espécie humana.

Depois de percorrer alguns países do planeta em corpo mental superior, enquanto a base física repousava dentro da gruta nos arredores da cidade onde vivia o Messias, a sua consciência reuniu-se com alguns de seus seguidores, ou melhor, com os espíritos daqueles que o representariam, mais tarde, perante o mundo. Os habitantes das estre-

---

[15] Afirmativas como essa se repetem ao longo do texto, cujo teor se justifica, entre outros motivos (cf. Lc 1:26-53), pela proveniência extraterrestre e superior do espírito Maria de Nazaré. A despeito disso, o Evangelho é escasso de exemplos que denotam compreensão, da parte dela, acerca da missão de Jesus. Kardec assim o constata (cf. KARDEC, Allan. *O Evangelho segundo o espiritismo*. 1ª. ed. esp. Rio de Janeiro: FEB, 2011. p. 297-298, item 7, cap. 14). Talvez as palavras proferidas nas bodas de Caná dessem margem a inferir de tal modo: "Fazei tudo quanto ele vos disser" (Jo 2:5). Entretanto, passagens que sugerem o contrário são numerosas (cf. Mc 3:20-21; 30-35; Jo 2:4). A que se poderia atribuir a aparente incompreensão, especialmente se

las – seus emissários mais próximos, corresponsáveis pelo trabalho de tamanha envergadura com os povos da Terra – congregaram os futuros discípulos, encarnados naquele recanto quase esquecido, bem como diversos indivíduos arrebatados ou em desdobramento de outros países, os quais foram transportados em naves etéricas – ou *carruagens de fogo*, conforme a descrição e o vocabulário da época, consagrado nas Escrituras. Passariam à posteridade relatos sobre línguas de fogo, carruagens, vimanas, discos alados e outros veículos, além de homens vestidos de sol, reluzentes como o fogo e com roupagens fulgurantes, que os teriam arrebatado em espírito por meio do fenômeno que, mais

considerando a hipótese de que Lucas deve ter se baseado sobretudo nos relatos dela para escrever seu Evangelho? Pode-se alegar que a cultura vigente consagrava à mulher papel bastante secundário – aspecto confrontado por Jesus em várias ocasiões (cf. Mt 5:27-32; 15:22-28; 19:3-10; 26:6-12; Lc 8:43-48; 24:10-11 etc.). De fato, às mulheres, o Novo Testamento dedica menções geralmente concisas. Pode-se até especular um pedido de discrição por parte de Maria. No fim das contas, importa a Ângelo, ele reitera, escrever sobre a história oculta de Jesus, a face desconhecida, e aparentemente fazer apontamentos novos. Hoje certamente há mais abertura para se rever o papel da mãe de Jesus, não no âmbito místico – consagrado não apenas na religião católica, no culto à Mãe Santíssima –, mas como mulher, com contribuição prática à encarnação do Messias.

tarde, ficaria conhecido como abdução extrafísica. Provenientes de vários países, os seres foram reunidos para ouvir da boca do próprio emissário das estrelas sua mensagem. Sob o comando de Miguel, os seres do espaço, guardiões planetários e da eternidade, convocaram os futuros representantes do homem de Nazaré, a forma humana sob a qual se ocultava uma parcela da consciência do avatar das estrelas, o Cristo cósmico.

Foi num recanto bucólico da Galileia, uma planície em dimensão próxima àquela onde os humanos transitavam em seus corpos materiais, que eles se reuniram. Em torno deles, os seres iluminados, vestidos de fogo, rebrilhavam em virtude de suas roupagens especiais; seriam conhecidos pelos futuros discípulos como anjos e querubins, de acordo com a interpretação religiosa da época. Centenas de seres da mais alta estirpe da galáxia assumiram o comando da segurança energética e espiritual do grupo de homens da Terra que para ali foi conduzido a pedido de seu representante máximo. Ao longe, Maria agora também velava, na dimensão física, pelo corpo adormecido do jovem Jesus, enquanto ele permanecia livre das amarras fluídicas que o prendiam ao corpo físico e projetava-se conscienciamente à próxima dimensão.

– O universo – começou a falar como Mestre, o educador daquelas almas –, um conceito que ainda não é compreendido nesta época, age em sintonia com todos os mundos existentes, ou melhor, com outros universos, outras matrizes de vida. Cada planeta representa uma célula desse imenso organismo universal, contribuindo com a harmonia do conjunto. Nada é irrelevante; nada é insignificante no contexto do universo, de qualquer universo. Tudo o que existe, desde a planta, o plâncton e a bactéria até a poeira e todas as formas visíveis e invisíveis, tudo cumpre seu papel no equilíbrio geral. O universo oferece o ambiente necessário para a consciência se desenvolver – falava ele, dirigindo-se aos espíritos muito mais do que a seres comuns, a homens, no sentido habitual do termo; Jesus endereçava suas palavras às consciências imortais. – Entretanto, quando uma parte, seja uma célula ou um planeta, rompe essa estrutura de harmonia, entram em ação elementos reguladores do equilíbrio universal. Com base nessa concepção, minha interferência neste mundo não visa à formação de um sistema religioso, tampouco à compreensão sobre o modo de se relacionar com uma entidade criada e moldada conforme caprichos humanos, ainda que a tal entidade se dê o nome de Deus, quanto mais pontificar que ela representa o máximo grau no que concerne ao desenvolvimento humano. Não! Minha vinda a este mundo objetiva muito mais do que definir quem é seguidor e quem é perseguidor, quem é de Deus ou quem é do demônio, quem está do lado do bem ou do mal.

Sob a interferência dos enviados das estrelas, do magnetismo que estes irradiavam a todas as mentes, cada um dos presentes acolhia e assimilava as palavras do Cristo cósmico segundo sua capacidade de interpretação, muito embora, sob aquele influxo energético a impregnar as palavras do avatar, elas crescessem e ganhassem importância vital para cada ouvinte.

– Existe uma política universal, um sistema de harmonia do conjunto da vida em si. Venho representar aquele organismo vivo e inteligente que a tudo dirige para um fim determinado – o sublime embaixador da Via Láctea falava com enorme carisma, enquanto sua vibração e seu pensamento devassavam as almas dos eleitos para levar sua palavra e sua sabedoria ao mundo dos terrícolas.

– Agora, consideremos alguns aspectos. A Terra, nesta época, abriga um contingente substancial de povos de diversos mundos, a maioria, em estado vibratório distinto daquele em que se encontram os humanos da superfície. Isto é, a maior parte dos enviados das estrelas vive e vibra em frequência diferente da material, embora existam também aqueles que habitam corpos físicos. Tendo em vista essa realidade – acentuava cada palavra, cada pensamento –, minha vinda não tem como objetivo atingir apenas seres humanos deste mundo, mas exemplares de diversas raças humanoides do cosmos, criaturas cujas culturas são de uma diversidade incrível e que, no entanto, ora se reúnem sob o mesmo céu avistado da crosta.

Aguardando por um instante que todos assimilassem suas palavras e as compreendessem, continuou, cheio de energia:

– Sendo assim, entendam que a mensagem que trago não é algo simples, que se possa considerar de cunho religioso ou mesmo espiritual, segundo a compreensão das pessoas deste século. Venho como porta-voz de um conhecimento afinado com a necessidade das forças criativas e evolutivas de encetar uma interferência reguladora no mundo. Minha obra abrange todos os seres albergados neste orbe – mais de 50 raças de distinta procedência cósmica –, cá reunidos devido à tentativa de evitar um desastre ambiental de natureza cósmica, sideral. Isso não poderá ser compreendido agora, talvez nem sequer em mais de dois milênios no futuro.

"Os seres reunidos na Terra são cidadãos do universo. Entre eles, há dominadores, defensores de sistemas antagônicos entre si, mas que apresentam um denominador comum: seus mundos originais integram, em linhas gerais, a mesma categoria política. Se tomarmos a galáxia como um ecossistema de dimensões cósmicas e levarmos em conta o número de mundos dos quais advêm os formadores de opinião aqui degredados, juntamente com o contingente de espíritos que originalmente iniciaram sua evolução neste planeta, concluiremos que será possível atingir uma vasta gama e numerosas criaturas numa só encarnação cá na Terra."

Manifestava-se com tal veemência e autoridade que era impossível aos espíritos arrebatados não assimilar a importância do conhecimento que o avatar cósmico enunciava ao expressar seu pensamento.

– Quanto à salvação à qual quero me referir, nunca poderá ser tomada como mera salvação do mal, da danação eterna, conceito arcaico inventado por fariseus e outros arautos da religiosidade terrena. Não se trata, em nenhuma hipótese, da salvação no sentido místico-espiritual apenas. Entre outros aspectos, trata-se de salvar os planetas aqui representados por seus habitantes em degredo da destruição de seu ecossistema, sem falar da corrupção moral e de valores a que se entregaram. Em suma, objetiva-se salvar os seres da escolha infeliz de um caminho que, fatalmente, levará o universo e as leis da vida a acionarem o mecanismo de contenção ou de reequilíbrio das forças evolutivas caso os espíritos aqui reunidos não reeduquem sua visão.

"A atitude dessas criaturas ao tratarem o ambiente em torno de si denota os valores pelos quais se pautam. Todo comportamento é reflexo de uma situação interna, o que permite deduzir que os imigrantes desterrados são almas necessitadas de reajuste perante as leis divinas.

"O universo é um sistema que seleciona os seres que o habitam mediante o comportamento ético e a moral cósmica, bem diferente da moral a que estais acostumados, segundo vossa cultura regional ou terrestre. Ao ser pensante compete o próprio aprimoramento, bem como o da comunidade onde vive e, por extensão, do planeta onde habita. Nesse contexto, os valores do espírito adquirem importância capital quando do seu amadurecimento, e, assim, promove-se interação positiva com o entorno. Para ser um dinamizador das forças evolutivas do universo, o espírito precisa desenvolver o que chamais de virtudes, de valores morais, de maneira a permanecer na escola cósmica como aprendiz e, ao mesmo tempo, construtor de um sistema cada vez melhor. O homem precisa aquilatar o efeito de suas atitudes, o peso de sua interferência no sistema, e assumir responsabilidade por seus atos. O mesmo princípio é válido para o habitante de outros orbes.

"Os mundos de onde advêm esses espíritos rebeldes, os degredados filhos de Eva, estão sob séria ameaça, à semelhança do que se desenha no horizonte da Terra, considerando-se a presença e a ação deles próprios. O organismo vivo em que consiste cada um desses mundos reagirá, no momento oportuno, com absoluta certeza. Reagirá à ação destrutiva de seus moradores, daninha a ponto de ameaçar o equilíbrio planetário de seus orbes de origem. O mesmo vale para a Terra. Caso os exilados não modifiquem radicalmente a maneira como se relacionam com o sistema de vida e com os próprios irmãos, provavelmente serão expelidos pelo próprio mundo, regurgitados ainda outra vez do lar planetário. No entanto, na hipótese de novo degredo, tudo indica que forças mais intensas serão acionadas para agir em defesa do universo, do cosmo. Afinal, ao falarmos de ecossistema, referimo-nos à ecologia integral, ou seja, nas dimensões tanto externa quanto interna.

"A presença, no cosmos, de seres que alcançaram profunda desarmonia íntima pode ser interpretada como bactérias num imenso organismo vivo – os mundos onde habitam. A fim de readquirir o equilíbrio do organismo em questão, do mesmo modo como se abordam as infecções, devem ser alijadas aquelas bactérias que agridem o corpo. Seja um planeta ou uma galáxia, existem leis e ferramentas que agem como fatores reguladores da vida que ali se desenvolve. Quando o equilíbrio é quebrado, quando os seres vivos e conscientes ultrapassam os limites estabelecidos pelas leis naturais e divinas, tais fatores entram automaticamente em ação, por diversos meios. Em última análise, o organismo planetário reage à presença de seres que comprometem o plano evolutivo e os combate, defendendo-se.

"Eis que nesta dimensão vos falo de coisas celestes, de acontecimentos universais, enquanto em vigília vos digo daquilo que respeita à vossa realidade íntima, pessoal e urgente, isto é: a necessidade de vosso espírito de aprimorar-se. Quando em corpo físico, abordo assuntos espirituais com fortes implicações terrenas; fora dele, comento fatos celestiais, de alcance cósmico.[16] Os dois ensinamentos se complementam, ao invés de se anularem; um depende do outro. O desenvolvimento moral, íntimo e dos valores do espírito – tais como fraternidade, bondade, respeito, justiça e outros mais – vos preparará para entender e viver a moral cósmica, que vai muito além. Ambos os ensinamentos se completam ou, melhor dizendo, constituem etapas distintas e cruciais de uma realidade mais ampla.

"Os espíritos da Terra, bem como aqueles que para cá foram transferidos visando se agruparem numa grande família cósmica, congregam-se a fim de que a mensagem sideral a qual chamam de Evangelho possa atingir a todos ao mesmo tempo, isto é, ao maior número de raças cósmicas, de diversos

---

[16] "Se vos falei de coisas terrestres, e não credes, como crereis, se vos falar das celestiais?" (Jo 3:12).

troncos humanoides. Aqui, onde se reúnem os filhos da discórdia, será dada a oportunidade final, antes que os mecanismos da vida nos próprios orbes de onde partiram – mecanismos que os organizadores da vida universal inseriram em cada mundo e galáxia – entrem em movimento, expurgando este ou aquele quadrante do espaço ao eliminarem o organismo afetado, num doloroso processo de cirurgia cósmica."

Tanto os humanos presentes, arrebatados ou abduzidos em espírito, quanto os seres das estrelas, guardiões planetários a serviço de Miguel, ouviam com extrema atenção, embora nem todos pudessem entender a linguagem e o alcance ou o sentido das palavras que escutavam, devido a limitações de cultura e conhecimento. Contudo, em seus espíritos, a mensagem ficaria gravada para sempre: a mensagem da urgência da postura íntima perante a realidade universal!

– Os espíritos exilados neste planeta – continuou o ser cósmico –, em vez de colaborarem para a organização e o desenvolvimento das civilizações das quais foram expatriados, tornaram-se agentes de destruição, tanto de suas comunidades quanto do ambiente físico e espiritual por onde transitam e vibram, em baixíssima frequência. Por isso, meu ministério não é somente entre os seres corporificados neste mundo, tampouco se restringe à Judeia, a Samaria ou à Palestina. Meu corpo físico precisou ser trabalhado intensamente, até as matrizes energéticas, a fim de que oferecesse recursos para que pudesse se desmaterializar e se materializar oportunamente, facultando meu deslocamento por diferentes recantos do globo; além disso, foi preparado para que eu pudesse abandoná-lo, arrebatando-me aos limites estreitos da matéria, e visitasse os espíritos em prisão,[17] em outras dimensões da vida.

"Quase a totalidade dessas inteligências é composta por degredados de diversos mundos, portanto, é preciso levar, em regime de extrema urgência, a mensagem destinada a eles. Seja qual for sua sorte – sejam eles novamente expatriados ou, então, readmitidos no sistema de vida de onde vieram –, falar-lhes é da mais alta importância. Portanto, não posso restringir minha mensagem e meu ministério apenas aos que vivem no corpo físico, até porque correm sério perigo os orbes de onde vieram aqueles seres, na maioria governantes, líderes e indivíduos que tiveram papel determinante na sua história, com grande impacto social. Tais mundos estão na iminência de sofrer a ação dos mecanismos cósmicos de equilíbrio, que podem chegar a erradicá-los do cenário da vida universal, se for necessário, reabsorvendo os ele-

---

[17] Cf. 1Pe 3:19; Jd 1:6.

mentos constituintes desses planetas e reagrupando-os novamente, num processo de destruição e reconstrução.

"Caso os cidadãos não reconsiderem seu comportamento nem se integrem à política universal, eles mesmos, bem como o orbe onde habitam, poderão ser tratados como moléstia pelo ecossistema cósmico. Ao dizer *política universal* não me refiro à política humana, tampouco à minha vontade, mas a algo muitíssimo maior: o ordenamento natural do universo e as leis que coordenam a evolução. Se porventura a maioria dos seres em um mundo se deixa arrastar por uma política que colide com a harmonia universal por um período excessivamente longo, segundo critérios que somente à Providência compete determinar, não há como deter o curso das leis. O próprio globo se levanta contra os seres que o desrespeitam. Terremotos, furacões, erupções, maremotos, tempestades, situações climáticas severas e tantas outras ocorrências constituem mecanismos de defesa do próprio planeta para erradicar de seu seio quem dele abusou.

"Por sua vez, a galáxia, na mesma toada, pode acionar dispositivos reguladores que agirão conforme programação estabelecida em seus primórdios, em sua concepção, e se protegerá do orbe que porventura se tornar fator de risco para outras comunidades do universo. As fontes de sobrevivência

– ou recursos essenciais, tais como alimento, água e ar – de qualquer mundo onde imperam a desordem e o desequilíbrio por parte de seus habitantes poderão ser profundamente abaladas. Uma vez que a civilização de determinado planeta trate-o com desprezo, o sistema de vida retribuirá a falta de respeito, recusando-se a prover os recursos para a manutenção da vida que o maltrata. A ação sistematicamente desequilibrada e irresponsável do ser consciente, das almas viventes sobre o ecossistema espiritual, energético e material, determina uma reação inevitável no longo prazo: o empobrecimento de recursos para a manutenção da vida, sob todos os aspectos. Os alimentos, considerados não somente o alimento físico, mas também o fluídico e o espiritual, bem como outras fontes imponderáveis essenciais à vida, exaurem-se lenta ou apressadamente, conforme a ação inconsequente e desrespeitosa dos habitantes daquele orbe.

"O planeta, considerado como ser vivo, só repousa quando os que sobreviveram aos cataclismos aprendem a atuar em conexão com as leis do equilíbrio, harmonizando-se com as leis morais da vida, sintetizadas no Evangelho que vos anunciarei em breve, no corpo, como homem nazareno. Somente ao desenvolver as virtudes que marcarão uma nova etapa na relação consigo mesma e com os outros seres, seus irmãos, é que determinada civilização efetivamente cuidará do meio ambiente planetário de modo devido, sobretudo nas esferas energética e espiritual. Falo-vos de uma ecologia mais abrangente, integral, da qual fazem parte a convivência pacífica entre irmãos e o desenvolvimento de valores morais, espirituais e energéticos que se revelam no trato com o meio ambiente. Um é consequência do outro.

"No cômputo das leis universais e de seus mecanismos, um mundo não conhece piedade ou remorso quando se trata de defender por todos os meios o sistema vivo e a ecologia universal. Afinal, todo organismo visa à autopreservação. Portanto, o próprio globo terrestre se levantará contra o homem caso este não se modifique espiritualmente, moralmente. Assim afirmo, em particular e com tamanha ênfase, tendo em mente os espíritos trazidos nos primórdios da civilização, pois, ao influenciarem os povos terrenos, podem levar os humanos a perpetrarem aqui o mesmo que causaram a seus planetas originais. Sob tal influência, já se percebem, neste século, os focos de conflito e guerra, os quais tendem a se alastrar mundo afora e vigorar durante milênios caso o homem terreno não se eduque moralmente, aprendendo a viver de acordo com as leis da fraternidade e a proposta que anunciarei entre vós, como embaixador de uma política diferente, superior, que pode ser definida no mandamento: 'Que vos ameis uns aos outros'.[18] As guerras em curso evidenciam que o homem não consegue viver em harmonia com seus semelhantes nem desenvolveu o apreço aos valores nobres, pois esta ainda é uma humanidade jovem. Não obstante, o quadro atual já indica um caminho que os humanos escolheram seguir e que, no futuro, poderá redundar em um contexto que não lhes afete somente, aos espíritos e à sua morada planetária, como também prejudique outros sistemas de vida, em consequência da postura íntima e da falta de maturidade espiritual.

"Não se pode falar de ecologia, no sentido integral e cósmico, sem se falar no fator comportamental e moral do ser humano. Dessa forma, o crescimento espiritual, entendido como aprimoramento íntimo, moral e intelectual, é questão de inteligência, e não de religiosidade."

O tema abordado pelo Cristo fora do corpo, perante seus ouvintes atentos, esclarecia inúmeras ocorrências em outros recantos do universo, além de lançar luz sobre eventos futuros envolvendo o próprio planeta Terra e seus habitantes.

– Grande contingente de consciências que para cá migrou exauriu os recursos naturais de seus mundos a tal ponto que estes não existem mais; se

---

[18] Jo 15:12.

não foram consumidos num cataclismo cósmico, devido à ação das forças de equilíbrio universal, entraram em colapso e tornaram-se planetas efetivamente estéreis, mortos. Debilitaram-lhes a atmosfera de tal maneira, e interferiram nos recursos naturais tão profundamente, e sem nenhum critério moral que regulasse essa interferência ou delimitasse sua atuação, que acabaram alterando até mesmo os componentes mais básicos da vida. Muitos dos que viveram nesses mundos se exilaram neste planeta não porque foram expatriados para se reeducar e, um dia, regressar a seus mundos; não mesmo! Vieram porque destruíram seus próprios orbes. Outros provocaram tamanho grau de degradação de seu ecossistema que eles próprios não conseguem mais se regenerar e se reproduzir; veem-se compelidos a vagar de um canto a outro da galáxia, à procura de alimento e recursos a serem tomados ou roubados de planetas quaisquer. Tentariam obtê-los até mesmo em outras ilhas cósmicas se porventura não houvesse mecanismos de defesa universais que previssem e se interpusessem a tais ocorrências.

Mirando seus anjos, mensageiros das estrelas que atuavam sob a coordenação de Miguel, Jesus continuou:

– Nossos agentes da justiça sideral, no aspecto mais amplo possível, trabalham para assegurar o progresso em meio a civilizações, mundos e galáxias, evitando que tais seres em franco desequilíbrio contaminem outros ambientes onde florescem a vida e novas humanidades. Uma vez que as atitudes de muitos degredados, em seus orbes originais, resultaram no esgotamento das fontes de energia e alimento, para os corpos físicos tanto quanto para os espirituais, eles impuseram a si mesmos a transferência de morada cósmica. Invariavelmente, em casos assim, o destino são mundos inferiores, primitivos, onde a própria natureza atua como fator de contenção dos desvarios das criaturas em desequilíbrio, até que reeduquem suas almas para uma vida em harmonia com o universo do qual fazem parte.

Jesus falava com propriedade e conhecimento de causa, como não poderia falar aos homens durante a vigília, pois nem seu conhecimento nem sua cultura humana favoreciam a compreensão do ministério sublime. Todavia, ali, entre os representantes futuros, que levariam a mensagem aos diversos povos da Terra, ele falava de espírito para espírito, sem a restrição imposta pelos cérebros físicos de seus ouvintes e com a influência material largamente atenuada.

Um dos presentes, que desempenharia papel fundamental nas décadas seguintes, quando o avatar cósmico regressasse às estrelas, resolveu perguntar, embora movido por crenças pessoais mesmo estando fora do corpo, em espírito:

— Podemos considerar, então, mediante as explicações, que Deus não criou o mundo perfeito. Correto? — Saulo era seu nome.

Observando e penetrando as mentes de todos os presentes, Jesus comentou, talvez na tentativa de sintetizar, na resposta, questionamentos de outros emissários desdobrados, arrebatados do corpo físico:

— Caso a Consciência Suprema quisesse criar um mundo perfeito, meus amigos, teria deixado os habitantes dos mundos estagiando eternamente como animais irracionais, pois, assim, obedecendo ao instinto, viveriam inexoravelmente de acordo com as leis universais. No entanto, considerem que nelas está previsto o que chamais de bem e de mal. Pois que o mundo irracional, mais do que o humano, conhece a ferocidade e a morte, o assassinato de seus semelhantes, a chacina, a brutalidade e até a crueldade. Isso não pressupõe que sejam ruins, mas que obedecem à lei geral, nas espécies inferiores, qual seja: a sobrevivência da espécie. O homem, ainda próximo do reino animal, traz como herança a mesma disposição daquelas criaturas, embora caminhe rumo ao uso diferenciado de sua potencialidade e dos recursos anímicos e espirituais. Em outras palavras, o homem ainda não é um ser acabado, mas em elaboração, em estágio de transição, razão pela qual o ambiente íntimo se apresenta propício às sementeiras que trazemos.

Os representantes de cada nação ali presentes em espírito, na companhia dos seres iluminados, os quais depois chamariam de anjos – mas que nada mais eram senão seres de outros planetas –, meditavam nas palavras do grande avatar cósmico, um dos dirigentes espirituais do planeta, uma das superconsciências cósmicas, que, posteriormente, seria chamado de Cristo. Enquanto o faziam, ele perscrutava a todos.

Fitou Miguel, que reunira humanos de diversas procedências culturais mediante o concurso de suas hostes do espaço, oriundas de mundos redimidos da Via Láctea, naquela dimensão vibratoriamente próxima da Crosta. Pensou nos orbes que sofreram a ação das leis reguladoras do equilíbrio do universo. Em seu olhar, contemplou o destino dos capelinos, que comprometeram seu ecossistema natal e, como decorrência, foram em boa parte banidos para a Terra, ao passo que outros retornaram a seu mundo de origem, que já não mais existia na esfera material, mas apenas na realidade etérica, como duplicata energética. Viu ao longe o planeta dos degredados *annunakis*, com a atmosfera severamente contaminada, os quais corriam o risco de ter de se mudar de residência cósmica, dada a escassez de recursos naturais. Refletiu sobre a situação de determinada casta dos *grays*, que destruiu por completo seu ecossistema e, assim, procurava pela galáxia um planeta compatível com a natureza de seus corpos modificados para, quem sabe, conquistá-lo e adotá-lo como seu. Por meio de sua potente visão espiritual, observou os mundos por onde passaram os dragões e seu séquito antes de serem aprisionados no ambiente terrestre.

Também considerou o exército de semeadores de vida, que viajava pelo universo à busca de úteros cósmicos onde pudesse disseminar as mônadas, os átomos e as moléculas de vida de seres diversos. Notou, entre os presentes, espíritos de variadas procedências, que o auxiliavam, tanto em outros planetas como na Terra, a cuidar dos seres sob a tutela da justiça e da misericórdia divinas. Advinham de constelações como Órion, de estrelas como Sirius e Antares e de galáxias como Andrômeda. Alegrou-se por saber que o universo dispõe de representantes da justiça e da misericórdia, de agentes que trabalham sob a orientação das forças soberanas da evolução.

Resolveu continuar, na esperança de que, ao menos em espírito, aqueles que foram abduzidos em corpos astrais pudessem entender a natureza da mensagem e da política que anunciava.

– O mundo é um riquíssimo celeiro de vida, dotado de componentes materiais, energéticos, espirituais e outros mais que, neste momento e por vários milênios, não podereis entender. O Reino do qual vim e para onde retornarei está prenhe de estrelas de diversas magnitudes, de coloração variada, de formas, tamanhos e densidades que ainda não tendes condições de compreender. São ilhas cósmicas, sistemas solares de sóis solitários ou binários, ternários, isto é, com planetas banhados pelas luzes de diversos sóis; são conglomerados de sóis que servem de úteros da vida, de úteros cósmicos onde a vida floresce, cresce e se renova. Há outros lugares onde seres vivos poderiam ser classificados como imortais, devido à natureza das leis que lá vigem e ao caráter de seus corpos físicos ou etéricos. Por isso, atesto que na morada do Pai há diversas mansões, diversas casas,[19] onde estagiam os filhos das estrelas.

"Diante dessa realidade simples e ao mesmo tempo complexa, dado o atual estágio do conhecimento desta humanidade, tanto quanto a sua ingenuidade de se considerar um mundo especial e único, pergunto: que sentido haveria em toda essa profusão de ambientes, planetas e sistemas caso houvesse vida somente aqui, neste recanto de uma galáxia, num dos braços desta espiral cósmica? Como admitir que existam moradas sem moradores?

---

[19] Cf. Jo 14:2.

"Os seres que avistais junto de nós – apontou em direção ao séquito de emissários e filhos das estrelas ali presentes –, que representam o regime evolutivo, o progresso universal, e que detêm diversas formas, são os filhos de Deus que denominais anjos; são os embaixadores de sistemas que avançaram em sintonia com as leis universais. Entre eles há aqueles que acordaram a tempo de retroceder o processo de destruição e desarmonia no qual naufragavam, revertendo a situação crítica de seus orbes. Por isso, vêm aqui, como um exército das estrelas, no intuito de auxiliar a morada dos homens e os próprios seres humanos, incluindo os que para cá foram degredados, no processo de conscientização sobre o papel que lhes cabe no universo.

"Minha mensagem a este mundo, chamada Evangelho, nada mais é do que um incentivo, um incremento para a tomada de consciência, a fim de que os povos da Terra revejam sua postura diante da vida e das leis da vida. Ela fala à inteligência, pois vivenciá-la não implica a criação de um sistema religioso ou iniciático. Trago a oportunidade de imergirdes em seus próprios espíritos e reverterdes o processo em andamento em vosso mundo, tanto subjetivo quanto objetivo. Viver o que chamais bem – e fazer o bem – não é questão de religiosidade, mas de inteligência. Portanto, não venho à Terra para vos salvar de um suposto demônio ou de um suposto inferno; venho para salvá-la da destruição e trazer aos habitantes do mundo uma alternativa, a qual culmina em vossa plena integração às comunidades da galáxia aqui representadas.

"Para mim, pouco importa se, no futuro, transformareis minhas palavras e propostas em religião. Contudo, tende em mente que não vim chamar um povo em particular – não existe um povo eleito, escolhido[20] –, tampouco vim inaugurar uma igreja ou investir prepostos de autoridade espiritual sobre uma parcela da humanidade. Venho em nome do Pai, essa força modeladora da vida, esse incognoscível, essa consciência que organiza as leis sob as quais a vida se desenvolve. Venho conclamar os filhos da Terra e de outras paragens do espaço aqui albergados à retomada de consciência e à mudança de atitude. Minhas palavras até poderão ser modificadas, mas o sentido delas permanecerá claro em vossas almas. No momento crítico da humanidade, será reacendida a chama dessas palavras, enquanto meus emissários se mostrarão no mundo, de uma latitude a outra, trazendo socorro no momento mais grave.

"Eu mesmo retornarei ao palco do mundo um dia, não mais pelo processo de que me utilizei ao nascer entre os homens, mas regressarei. Na compa-

---

[20] Cf. Mt 7:24; 12:50; Mc 13:27; Jo 13:35 etc.

nhia de meus representantes, visivelmente, em um corpo mais refinado, mais apropriado à manifestação de meu espírito, virei das alturas das nuvens, em carruagens de fogo, como compreendeis agora, colher o fruto das sementes que ora planto nos corações que me ouvem e me abrem as portas. Voltarei um dia e, se mais eu puder auxiliar a humanidade, tudo farei para evitar que este mundo e os demais aqui representados tenham o destino marcado pelos mecanismos de defesa inscritos tanto neste planeta quanto na ilha cósmica da qual faz parte."

Despedia-se, então, das centenas de agentes, enquanto conversava em particular com os que desempenhariam o ministério mais próximo dele. Logo mais, revolucionaria acima deles, levitando em corpo mental, para então reassumir o corpo de jovem que permanecera deitado naquela gruta, sendo velado pela mãe, que balbuciava uma canção conhecida de seu povo.

Para trás, os mensageiros das estrelas, em corpo físico ou fora dele, conversavam com os filhos dos homens de diversas nações sobre o alcance da obra que os aguardava no porvir, sob a orientação do avatar cósmico conhecido pelo nome de Jesus. Mais tarde, a propósito dessa experiência, o desbravador do Evangelho seria levado a escrever, em uma de suas epístolas:

"Conheço um homem em Cristo que há catorze anos (se no corpo não sei, se fora do corpo não sei; Deus o sabe) foi arrebatado até o terceiro céu. Sim, conheço o tal homem (se no corpo, se fora do corpo, não sei: Deus o sabe), que foi arrebatado ao paraíso, e ouviu palavras inefáveis, as quais não é lícito ao homem referir".[21]

---

[21] 2Co 12:2-4.

# 6
# A LUZ DO PRINCÍPIO

"No princípio era o Verbo, e o Verbo estava com Deus, e o Verbo era Deus. Todas as coisas foram feitas por intermédio dele, e sem ele nada do que foi feito se fez. Nele estava a vida, e a vida era a luz dos homens"
João 1:1,3-4

"**N**O PRINCÍPIO, ele era um deus, um dos deuses, um eloim. Desde a concepção da nebulosa solar, estivera entre seus semelhantes, existindo na forma de uma das inteligências sublimes que governavam sistemas e constelações. Tal como seus pares, era um dos admiráveis senhores de sistemas solares, uma superconsciência cósmica e, por essa razão, poderia ser concebido como se fosse um deus.

"Sem ele, nada teria se formado neste recanto do universo, em meio à poeira cósmica espalhada por determinada região interestelar, onde veio a ganhar corpo o Astro Rei e seu cortejo de planetas. Sem a participação ativa dessa inteligência junto aos criadores de mundos, a Terra não teria existido. Foi ele uma das consciências que auxiliou a concretizar o projeto elaborado na mente do Profundo, do Grande Arquiteto. Foi quem traduziu o pensamento gerador da vida, decifrou o código genético de todo um mundo e de uma família de mundos e, então, agiu sobre os fluidos dispersos no espaço. Auxiliou a aglutiná-los, envolvendo, diretamente com a força do próprio pensamento, o remoinho de energia e matéria esparsas nesse quadrante da galáxia, até fundir tais elementos numa coesão celular incrivelmente forjada por várias mentes. Sob sua coordenação, deram origem a mais uma supernova, que respondeu ao comando dos eloins cósmicos, os criadores de mundos, os quais a fizeram explodir e derramar-se por inteiro dentro da nebulosa original, assinalando, assim, o princípio desse Sistema.

"Sem a participação dele, nada do que concorreu para a concretização do projeto arquitetônico do mundo teria se sucedido, pois ele foi a luz do princípio, o alfa[1] entre as grandes mentes arquitetas, consideradas divindades em virtude do alto grau evolutivo, ainda hoje incompreensível para humanidade terrestre. Portanto, seres crísticos, como dizem alguns, também podem ser entendidos como engenheiros siderais e cientistas do espírito.

"Mediante a intercessão do Cristo cósmico, acionaram-se as leis da física – desde as conhecidas atualmente até aquelas que imperam nas várias dimensões de cada mundo do Sistema. Foram organizadas de maneira a propiciar a ocasião ideal aos semeadores de vida, para que fizessem germinar a mônada primordial no útero terrestre. Por isso, ele foi considerado o Verbo, a manifestação principal da mente e da vontade do Supremo Arquiteto, o artífice do projeto que daria nascimento a um planeta ou a vários planetas. Em dado momento, o Verbo, a mente cósmica, resolveu se corporificar. Não se dera por satisfeito em tão somente

---

[1] Cf. Ap 1:8; 21:6; 22:13.

coordenar os processos criativos da evolução; decidira imergir no âmago da obra cuja execução coordenava. Enquanto os filhos das estrelas regozijavam com o projeto do mundo e alinhavam seu pensamento com a música das esferas, ele já antevia o preparo para descer vibratoriamente ao mesmo nível do orbe nascente.

'De sorte que haja em vós o mesmo sentimento que houve também em Cristo Jesus, que, sendo em forma de Deus, não teve por usurpação ser igual a Deus, mas se esvaziou a si mesmo, tomando a forma de servo, fazendo-se semelhante aos homens.'[2]

Contemplou o resultado de sua obra e regozijou-se por inteiro. No momento exato em que soou o clarim na escala cósmica, conforme o grande plano traçado para aquele orbe, ele mergulhou na carne e assumiu feições humanas. Humilhou-se, reduziu-se e ligou-se a um corpo inferior, de modo a conviver de perto com aqueles que eram a razão de ser de seu ministério terreno. Viera também para aqueles filhos de outras terras do espaço que foram reunidos no terceiro planeta a fim de que transmitisse ele próprio, de uma vez por todas, a mensagem de vida e redenção de vários povos. Dar à trombeta o sonido certo e trazer aos seres de tantas proce-

---

[2] Fp 2:5-7 (BÍBLIA de referência Thompson. Tradução de João Ferreira de Almeida. Ed. Contemporânea. São Paulo: Vida, 1995).

dências a mensagem das estrelas mais brilhantes e vibrantes de vida, de vida superior, na Via Láctea – essa era sua missão. Os representantes siderais do Reino, ou dos universos mais evoluídos, dos sistemas de vida mais elaborados e redimidos da galáxia, fariam dele porta-voz. Tudo foi feito por ele; sem ele, nada seria possível, nada teria sido como é. Assim, fez-se homem e habitou entre nós."[3]

**MAIS DE MIL ANOS** antes de o avatar encarnar na Terra dos homens, no terceiro mundo do Sistema Solar, grande parte da nação israelita – no seio da qual ele nasceria, conforme determinado pela administração solar – havia se reunido no belo vale de Siquém.[4] Nas montanhas do entorno, em meio à

---

[3] A introdução deste capítulo coube ao espírito Estêvão, razão pela qual o trecho ora concluído está entre aspas. É nítida a mudança de estilo, muito embora, como dito anteriormente, ele tenha contribuído com o autor espiritual, como fonte, ao longo dos capítulos que versam sobre Jesus. A familiaridade com o tema ressalta de seus trabalhos (cf. PINHEIRO, Robson. Pelo espírito Estêvão. *Apocalipse:* uma interpretação espírita das profecias. 5ª. ed. rev. Contagem: Casa dos Espíritos, 2005. [1ª. ed. em 1998]; PINHEIRO. Pelo espírito Estêvão. *Mulheres do Evangelho.* 2ª. ed. rev. Contagem: Casa dos Espíritos, 2009. [1ª. ed. em 2005]).

[4] A cidade bíblica de Siquém, a 65km ao norte de Jerusalém, situava-se na Samaria, entre os montes Ebal e Gerizim, onde hoje se en-

natureza exuberante da época, os sacerdotes da religião oficial decretaram uma sinfonia de bênçãos e maldições.[5] A partir de então, o local de onde foram proferidas as palavras daqueles sacerdotes tornou-se referência para o povo hebreu, vindo a ser conhecido como monte das bênçãos por boa parte do povo, mas também, como monte das maldições, devido ao recorrente desvio do povo israelita dos propósitos para os quais foi guiado, na medida em que dava ouvidos à instrução da entidade nacional cultuada sob o nome de Yaveh ou Jeová.

Não foi ali, no chamado monte Gerizim, que o Nazareno proferiu o discurso que sintetizava as bases políticas do Reino – conhecido como Sermão da Montanha[6] –, mas, ao fazê-lo, este se tornaria, na posteridade, o grande contraponto à imagem anterior. Ou seja, os dois "montes" constituem símbolos antagônicos, que representam cada qual duas políticas igualmente antagônicas: a de Yaveh e a de Cristo. No contexto da dimensão material, a nova pregação apresentava os princípios do Reino aos seres humanos, em vocabulário adequado aos ouvidos e à capacidade de compreensão que detinham, muito embora a obra verdadeira do Messias

---

contra a cidade de Nablus, na Cisjordânia.

[5] Cf. Dt 11:26-29.

[6] Cf. Mt 5-7.

planetário não se circunscrevesse apenas ao plano dos encarnados.

Reunidos em uma pequena assembleia, aguardando a hora da convocação do seu general para entrarem em ação nos planos do submundo, Miguel confabulava com Elias e alguns mais, representantes de mundos da Via Láctea. Entre eles, alguns capelinos de elevada hierarquia, os quais participaram do degredo dos povos de Capela para a Terra em prístinas eras. Esses seres que se reuniam com Miguel e Elias vieram em seus carros de fogo ou naves etéricas e objetivavam auxiliar naquele momento histórico em que o grande avatar nascera e vivia.

— A natureza da mensagem proferida pelo Cristo, como embaixador celeste, jamais poderia se restringir ao âmbito material deste orbe – observou Elias.[7]

Como um dos personagens mais proeminentes no trabalho do Messias planetário, complementou:

— Naturalmente, ele precisa falar aos filhos dos homens quando está de posse do corpo físico,

---

[7] Se João Batista é mesmo a reencarnação do profeta Elias, como amplamente aceito pelo espiritismo (cf. Mt 11:14; 17:10-13), esta passagem forçosamente se deu durante os anos finais da vida missionária de Jesus, quando *aquele que mergulha* já tinha sido morto (cf. Mt 14:10). Se estivesse apenas desdobrado, o personagem decerto seria tratado pelo nome da reencarnação em curso. Interessante

mesmo assim, não o tempo inteiro, afinal, a natureza de sua tarefa impõe que não se atenha à população atual da Palestina. Ele se livra sem maiores transtornos dos liames que o prendem ao corpo carnal e se desloca com extrema lucidez e desenvoltura por outras paragens. Na dimensão extrafísica, quando desdobrado, dispõe do dom da ubiquidade, com a possibilidade de tornar-se tangível a quem queira, tanto quanto detém o poder de se transportar fisicamente a outros recantos do globo.

A análise dos emissários de diversas culturas do espaço a serviço do Mestre, um dos governadores da Terra, alargava os horizontes acerca da amplitude e da intensidade do seu trabalho, evidenciando uma feição um tanto obscura ou, quem sabe, jamais pesquisada sobre a forma como o Cristo atuava junto aos povos do planeta, em variadas latitudes.

— Basta ao grande enviado concentrar sua atividade mental e sua vontade, desmaterializando e rematerializando seu corpo onde quer que tenha programado, permitindo-lhe levar a política divina a quantos lugares deseje e jorrar sua luz à medida

---

notar, também, que o mesmo espírito, ao ter com Jesus e os apóstolos mais chegados – Pedro, Tiago e João – no episódio da transfiguração, já havia assumido a identidade do antigo profeta (cf. Mt 17:3-4; Lc 9:28-36). Outra indicação disso aparece ao fim da crucificação, quando Jesus teria clamado por Elias (cf. Mc 15:35-36).

que dissemina os princípios do Reino. Portanto, o espírito sideral detém o domínio pleno sobre as células do corpo físico. Talvez isso explique por que, entre os filhos da Terra, tende a ser considerado um deus, um ser divino e poderoso. Certas faculdades especiais de que goza se devem ao alto grau hierárquico e a precedentes espirituais – explicou Miguel, quem o conhecia melhor que os demais. – Atributos como bilocação, bicorporeidade, transmutação ou transfiguração, levitação, entre outros recursos incomuns, sobretudo em um mesmo ser humano, nele reúnem-se num grau superlativo, maior do que se poderá observar, ao longo dos séculos futuros, nos seres humanos que renascerão.

Miguel entusiasmava-se ao falar do processo de encarnação do avatar e das habilidades psíquicas que lhe submetiam o corpo físico ao pleno comando. Notando que todos ali tanto respeitavam quanto compreendiam a personalidade daquele espírito escondido na roupagem do homem de Nazaré, continuou a falar daquele que se disfarçava em meio à humanidade para não ofuscar a visão humana com sua natureza sideral:

– Quando projetado na realidade extrafísica, fala aos espíritos em diversas dimensões da vida, pois não ignora, em seu senso de misericórdia e justiça, as centenas de milhões de almas que pode motivar para, quem sabe, abandonarem os vales sinistros e os planos inferiores. Em corpo físico, seja na Palestina ou fora dela, quando se desloca através do fenômeno de transporte, dirige-se a comunidades espalhadas pelo globo, numa tarefa que os próprios discípulos ignoram, devido simplesmente à limitação espiritual, cultural e até científica de que padecem. Com efeito, somente três deles têm relativa condição de compreender sua mensagem, ainda que em caráter parcial.

– Enquanto, na terra dos homens, seu Evangelho é visto como benesse para um mundo aflito, voltado, sobretudo, a povos cuja estrutura mental lhes aponta como os maiores pecadores deste mundo – comentou Elias, excitado com os comentários de Miguel –, do outro lado da vida nem sempre a mensagem do avatar cósmico é tomada da mesma maneira. Em cada comunidade, ele emprega um vocabulário próprio à condição cultural e evolutiva do público ao qual se dirige. Eis a habilidade especial de um verdadeiro mestre, um rabi – ele falava como hebreu, denotando conservar, ainda frescas, as reminiscências culturais da recente encarnação, como João Batista.

"Israel, como nação iniciada em vários aspectos da vida espiritual – conquanto em sentido bastante restrito e em grau inferior ao do antigo Egito, no que tange à natureza e à compreensão dos ensinamentos –, lamentavelmente falhou, em face do plano traçado pelos orientadores evolutivos e do elevado ideal que lhe fora proposto" – Elias transparecia certa amargura ao constatar o fato enunciado e assumi-lo perante os amigos estelares, mas era a realidade daqueles tempos.

– Outro personagem que não Josué – continuou, demonstrando conhecimento da história de sua gente – deveria ter conduzido a nação ao verdadeiro repouso da fé,[8] conforme dizemos. Nessa hipótese, no momento histórico atual, sob o comando do Messias, não mais o Monte Gerizim seria conhecido como monte das bênçãos, mas, sim, outro lugar, um pouco distante: aquela colina anônima na margem noroeste do Mar da Galileia. Sobre ela, Jesus, na feição de encarnado, entre os homens da Crosta, pronunciou as diretrizes do Reino, que interpretamos como as verdadeiras palavras de bênçãos a quem quer que as escute.

Todos ali presentes, incluindo Elias, bem sabiam que ninguém naquele século tinha condições de entender a natureza real da vinda do Cristo ao mundo, muito menos a abrangência de sua obra fora do corpo. Por isso, segundo pensavam na pequena assembleia de seres que o auxiliavam na dimensão extrafísica, ele confiou que os discípulos mais próximos pudessem, em alguma me-

---

[8] Cf. Hb 4:3-11; 1Cr 22:9.

dida, guardar o sentido das palavras adaptadas à condição espiritual do povo hebreu. Caso assim o fizessem, por certo já seria o suficiente para desencadear uma verdadeira revolução espiritual em meio à sociedade.

A narrativa que se segue não remonta às belas cenas já traçadas, descritas e desenvolvidas por inúmeros apologistas do Evangelho, fiéis encarnados, adeptos de denominações religiosas derivadas do tronco do cristianismo, muito embora este não fosse um segmento religioso ou interpretativo fundado pelo Cristo. Não se buscará ver pelos olhos da fé – talvez na imaginação, apenas – as cenas dos discípulos sentados na encosta do monte, junto à multidão, tentando compreender a extensão dos ensinamentos enunciados pelo Mestre. Contudo, penetremos mais além. Mergulhemos noutra dimensão da vida, num universo paralelo, onde o mesmo avatar cósmico se desdobrou, como consciência administradora do globo terrestre e de todas as civilizações englobadas nas dimensões ocultas ao mundo estritamente físico. Assim, entenderemos o valor inigualável de sua obra, de seu ministério entre as numerosas almas que ora se encontravam no plano extrafísico do terceiro planeta do Sistema Solar.

O lugar correspondia, na subcrosta, à colina desconhecida próxima de Cafarnaum, cidade na margem noroeste do Mar da Galileia ou de Tiberíades. Além de Miguel e Elias, reuniam-se ali o profeta Eliseu, um dos personagens mais notáveis em termos de produção psíquica ou "milagres" da história israelita, e muitos auxiliares mais, os quais faziam parte das hostes do próprio príncipe da justiça – todos obstinados na missão de congregar centenas de milhares e milhões de seres para conhecer o Cristo. Uma vez desdobrado e em importante descenso vibratório, ele lhes falaria de uma política muito além da que os humanos encarnados como tal compreendiam.

As forças da escuridão iravam-se perante o que consideravam uma invasão aos seus domínios. Ao mesmo tempo, nada poderiam fazer, nem mesmo os maiorais – a não ser resistir e esbravejar. Em vão.

O embate foi estrondoso e sem prévio aviso. Os dragões[9] deram ordens a seus generais, que, armados até os dentes, investiram poderosamente contra as falanges de representantes da luz, procurando evitar que reunissem os habitantes de sua esfera de ação para escutar o Messias. Eliseu e Elias uniram-se aos guardiões de prontidão, gerando um remoinho de energias poderosas. Rodopiavam na atmosfera infecta e contagiosa das paragens sombrias, fazendo com que os fluidos nocivos e densos

---

[9] Cf. Ap 12:7-17; 16:13; 13:4; 20:2; Is 51:9; Dn 14.

do submundo fossem arremessados longe, de tal modo que abriam uma clareira por onde passavam.

Os chefes de legião lançaram petardos incandescentes e dardos inflamados na direção dos agentes da justiça, sem dó nem piedade, porém, as armas dos inimigos do bem eram refletidas por campos de força poderosíssimos das armaduras dos guardiões das estrelas, que possuíam uma tecnologia muitíssimo superior à das hordas dos maiorais da escuridão. Um dos espíritos especialistas do mundo inferior arremeteu-se impetuosamente contra um disco alado, uma nave etérica, pretendendo derrubá-la com seus tripulantes. Contudo, não contava com as habilidades de seu condutor, que descreveu meia-lua em torno de um monte altíssimo e, como consequência, o principado, uma das autoridades malignas a serviço dos maiorais, bateu de chofre sobre o cimo da montanha pontiaguda, urrando feito um demônio das profundezas. Ato contínuo, sem se dar por vencido, saiu engasgado nos próprios vapores, que expelia de suas narinas imensamente abertas, com os dentes afiados e a compleição esquelética, lembrando mais um vampiro do que um ser humano, no sentido em que aquela figura é usualmente concebida na Crosta. Logo a seu lado, um cortejo de espíritos pestilentos, à semelhança de corvos, grasnava e arrastava seus mantos de matéria escura, que mais pareciam asas de um anjo mau. A fuligem daquela dimensão, tão compacta quanto a densidade e a natureza das emoções desequilibradas de seus moradores, varria a atmosfera atrás de si, ocasionando um vendaval estrondoso e barulhento. Ao mesmo tempo, o vento sibilante parecia povoado de formas-pensamento das mais horripilantes, jamais conhecidas pelos humanos da Terra.

Revolucionava na atmosfera verdadeira frota de naves etéricas, transportando os seres das estrelas, muitos dos quais considerados anjos ou deuses, devido a seu poder sumamente superior ao das criaturas esqueléticas daqueles abismos. Irradiando uma aura luminosa – pura energia eletromagnética –, arrefeceram os ânimos da corja demoníaca, causando imensa baixa aos chefes de legião, principados, potestades e autoridades daquele universo sombrio. Mais tarde, aquele mundo perdido seria denominado inferno, Hades, Sheol[10] ou, simplesmente, a mansão dos mortos, a dimensão das "prisões eternas".[11]

Elias e Eliseu, a dupla de antigos profetas, talvez relembrando os dias dos profetas de Baal,[12] juntaram-se numa aliança indivisível, no que concerne às habilidades psíquicas de cada um. Auxiliados

---

[10] Ainda *Xeol* ou *Seol* (cf. 1Sm 2:6; 2Sm 22:6; Sl 88:3; Pv 7:27 etc.).
[11] Jd 1:6.
[12] Cf. 1Rs 18:8-40; 2Rs 10.

pelos guardiões superiores advindos de diversos sistemas siderais, arremeteram contra o local onde aparentemente se alojara um dos dominadores daquele mundo, mais conhecido como número 2, um dos mais temíveis maiorais do inferno. Desceram como raios, rasgando a escuridão do abismo enquanto os demais seres das estrelas, em corpos etéricos, cercavam o local. Iluminou-se a atmosfera por um breve período. Após alguns segundos de silêncio, ouviu-se uma explosão e, ao mesmo tempo, uma luz fortíssima cobriu o lugar, como se houvesse explodido uma bomba nuclear. Foi essa mesma a sensação experimentada pelos habitantes daquele mundo etéreo e escuro. A explosão arremessou o poderoso número 2 a quilômetros dali e, novamente, o clamor da batalha dos chefes e comandantes das hostes das trevas se fez ouvir. Dessa vez, porém, corriam, grasnavam, tropeçavam e urravam. Afinal, se seu chefe maior havia sido abatido e derrubado do trono de suas pretensões, o que seria deles, os seus asseclas?

Temeram, pois pensavam que os seguidores do Cordeiro fossem seres que pudessem vencer como qualquer homem numa batalha humana; acreditavam que estes ficariam contritos perante as ambições e investidas do abismo; achavam que os seguidores do Cristo eram almas cordatas, de uma bondade falaciosa e idealizada, que se submeteriam aos caprichos das sombras sem opor resistência. Enganaram-se. Os soldados do bem eram soldados, e não carolas ingênuos que se comportavam piedosamente diante de assassinos cósmicos inveterados. A função das falanges da justiça era colocar fim aos desmandos da escuridão, e não acobertar ou atenuar os abusos cometidos pelos magnatas das trevas no exercício da autoridade durante milênios e milênios de civilização. Pouco a pouco as hordas infernais se recolheram ou depuseram suas armas, momento em que os exércitos do bem agruparam a multidão de espíritos que, ao ver os maiorais capitularem, queria saber que força era aquela, que potência superior fazia até os demônios se lhe submeterem.

Mais uma vez, assistia-se à derrota das maiores potestades do abismo frente aos emissários da justiça divina. Acorriam até a cena da batalha espíritos de todas as categorias, atraídos pelo desfecho da luta à qual os maiorais sucumbiram. Ao mesmo tempo, as vimanas, naves que transportavam os seres das estrelas, as quais resplandeciam em armaduras e vestimentas etéricas, passavam de um canto a outro daquele mundo ou universo dimensional e assinalavam à multidão de espíritos onde deveriam se reunir, até mesmo a muitos comandantes recém-derrotados.

– Desgraçados, miseráveis e prepotentes filhos do Cordeiro! Hão de experimentar nossa ira quando dominarmos as nações... – os maiorais do inferno rugiam de ódio e dor, uma dor moral, ao verem suas pretensões frustradas.

Nada, em nenhuma esfera daquele orbe, impediria que Cristo cumprisse a missão traçada. Na superfície, entre os encarnados, ele apresentava-se conforme a necessidade do povo escolhido para recebê-lo como homem e ali desempenhava parte de sua tarefa, não obstante se movesse de um continente a outro e atuasse diuturnamente, segundo as diretrizes que visavam difundir a política do Reino. As sociedades humanas só conheciam parte de sua obra, e muitas acreditavam que ele viera apenas para uma parcela da população terrena, todavia, ele expandia mais e mais, a cada dia de sua existência, a ação entre os indivíduos de diversos países e continentes, adotando diferentes nomes e linguagens, adequados à compreensão de seus moradores.

No entanto, ali, na esfera extrafísica, ele lidava diretamente com os responsáveis pela desgraça moral de diversos povos da Via Láctea, os chamados espíritos em prisão. As falanges do Cordeiro, evidentemente, jamais se submeteriam à chantagem, à dominação ou à imposição de forças por parte das hostes inimigas da humanidade e do progresso. Cristo falaria, como efetivamente falou, a todos aqueles espíritos, reunidos no mesmo contexto, com a autoridade de que era investido: a de governador das estrelas.

A hipnose coletiva, por meio da qual os maiorais do abismo subjugavam seus súditos, se rompera quando do choque provocado pelos agentes do administrador espiritual do mundo. Inicialmente, os senhores da escuridão haviam até tentado dominar alguns dos representantes da justiça, imaginando que conseguiriam se impor sobre suas mentes. Frustraram-se ao pensar assim. Não somente naquele dia, mas quase todas as noites, a partir de determinada hora, enquanto as estrelas brilhavam na Judeia, o homem Jesus adormecia e dava lugar ao Cristo cósmico, que, projetado na dimensão extrafísica por meio do desdobramento, visitava as regiões abismais a fim de falar às ovelhas perdidas reunidas naquele aprisco.

Foi assim que, depois de cumprirem a ordem de reunir as multidões de almas do abismo, algo que ocorreria centenas de vezes durante o ministério do Cristo cósmico na Terra, as falanges estelares também ouviram as palavras que o pensamento do Imortal veiculava e fazia reverberar pelos domínios inferiores, em nome da proposta sublime:

– Estou aqui para vos dizer de uma política diferente daquela a que estais submetidos em vossos mundos – falava pela força do pensamento, que atingia em cheio os seres das diversas raças ali presentes. O grande avatar conhecido como Cristo era ouvido por mais de 100 milhões de almas em estado vibratório diferente daquele em que os homens da superfície terrestre se encontravam. – Em vosso cotidiano, vos submetestes a um tipo de disciplina imposta pelos ditadores; outros entre vós acostumaram-se a participar de rebeliões, intrusões psíquicas e experimentos antiéticos das mais variadas formas, crimes hediondos e comportamentos tais que determinaram sua expatriação a este orbe.

Reuniam-se ali especialistas, estudiosos da magia, da ciência, das artes, representantes de governos de mundos perdidos na amplidão e de outros mundos que não mais existiam na imensidade, por haverem sido destruídos pelos próprios habitantes. Eles arregimentaram adeptos em diversos mundos da Via Láctea, visando estabelecer domínio à medida que inflamavam massas desprevenidas com um séquito de seres mal-intencionados, baluartes de uma política inumana. Sedimentavam-se em pensamentos, atitudes e todo um sistema de vida que tinha por fim último o poder, a obtenção do comando sobre seus semelhantes a qualquer custo, tornando-se atores de uma ruína épica que protagonizavam sem se renderem às evidências. Entretanto, por outro lado, muitos dos degredados nem sabiam ao certo por que obedeciam e se curvavam aos ditadores e dominadores de seus orbes. Havia, ainda, os que não entendiam muito bem como vieram parar num lugar em tudo diferente do seu mundo de origem. Eram marionetes usadas por seus comandantes como instrumentos de trabalho a promover, a seu tempo, o aliciamento e a subjugação de outras almas. Em suma: havia quem fosse efetivamente mau e, também, quem era manipulado e nem se dava conta de praticar o mal em tamanha escala, a ponto de merecer o degredo, ou seja, os inconsequentes e os manipulados.

– Desde longas eras vós tendes permanecido alheios aos recursos prodigalizados em vossos orbes pela sabedoria da vida e do universo. Há milênios e eras tendes desenvolvido atitudes, ações e uma política draconina, que impediu o progresso de suas sociedades. Mesmo assim, a Providência Divina, por meio dos representantes evolutivos de um universo superior, tem observado, trabalhado incansavelmente para culminar neste exato momento, em que me enviaram como porta-voz para falar-vos. Venho aqui como embaixador de uma organização de vida diferente, superior, comprometida com a ordem do cosmo, especialmente para vos anunciar este outro caminho, embora procedais de sociedades planetárias distintas. São inúmeras moradas na casa do Pai, o Profundo ou Supremo Arquiteto de todos os universos.

"Venho apresentar-vos outra proposta e para

isso estais aqui reunidos. Por certo, muitos de vós tereis ainda um longo caminho a percorrer analisando minhas palavras. Mas o que trago não me pertence, pois trago a mensagem da generosidade, da mansuetude, aliadas à justiça, à equidade e a uma forma de organização do mundo que remete à ética cósmica e ao estilo de vida comum aos cidadãos do universo redimido. Nele, a interação individual com o mundo e a sociedade denota valores, virtudes e respeito, na medida em que conjuga o comportamento de todos os seres, de todas as raças mais evolvidas e esclarecidas pelo bem do universo. No Reino, ao qual me refiro, o projeto individual está sempre relacionado ao bem coletivo, pois se pauta por noções de justiça e moral cósmicas, comuns a quaisquer civilizações, independentemente da diversidade social, como existe, por exemplo, entre vós.

"Contudo, não penseis que vim oferecer uma paz que nada resolva, ilusória por definição. Minha presença entre vós, nesta dimensão, será intensa por todos os dias em que eu estiver neste orbe. Vim apresentar uma proposta de natureza política, que naturalmente redundará numa guerra interna, colocando-vos diretamente em conflito com o sistema a que estais acostumados, o que se estabelecerá de imediato, pois que não venho impor, mas propor. Proponho algo a vossos pensamentos; peço que cogitem um tipo de vida diferente daquele a que estais habituados. Não espero o impossível nem pretendo tratá-los de maneira a ignorar e menosprezar vossa inteligência e capacidade de raciocínio. Trago, portanto, intensa guerra interna, espiritual, na qual os exércitos celestes, sob o comando de Miguel, um dos meus mais diletos amigos, transmitirão a todos vós, mesmo àqueles que não quiserem me ouvir, a essência das palavras que escutais. Não tereis descanso, no sentido de que não podereis olvidar o que vos trago nem tampouco a mensagem que deixo inscrita na memória espiritual de todos vós, as diversas raças albergadas neste mundo, em tudo preparado para vos receber.

"Minhas palavras ficarão gravadas em vossa memória espiritual, independentemente da cultura que representais ou das sociedades planetárias a que pertenceis, de modo que provocarão uma guerra interna, uma crise sem precedentes em vossa consciência. Essa é a guerra à qual me refiro,[13] e ela ocorrerá até que tenhais tomado a decisão que, para vosso futuro, é muito relevante. Se ficareis prisioneiros deste mundo ainda em estágio acanhado de evolução, adotando os mesmos estratagemas de vosso passado, as mesmas atitudes desenvolvidas em vossos orbes, dependereis de vós. Quem sabe possais experimentar a

---

[13] Cf. Mt 10:34.

natureza do Reino, de mundos mais felizes, onde se adotou por política viver em comunidades mais elaboradas e sadias, mais empenhadas no aprendizado das leis universais que coordenam os elementos evolutivos da galáxia?"

As palavras do Cristo planetário provocavam incômodo em grande parte do público. Ao longe, os chefes de legião – servos dos maiorais daquelas regiões ínferas –, apesar de escandescidos e repletos de ódio, não eram capazes de deixar de ouvir as palavras transmitidas pelo pensamento do grande avatar. Por onde quer que olhassem, os súditos dos mais sombrios seres deserdados neste mundo viam exércitos dos que eram tidos como anjos por muitos habitantes da Crosta. Naves de natureza etérica, carruagens de fogo e vimanas – em essência distintas das que ficariam conhecidas como discos voadores, pois transportavam tanto seres espirituais quanto os chamados deuses de outros orbes – pairavam de um canto a outro do palco quase rubro daquelas regiões inferiores. Emissários das estrelas, bem como espíritos provenientes dos mesmos planetas de onde milhares ali haviam sido banidos, no processo de expurgo, estavam presentes na paisagem plúmbea e subcrustal da Terra. Movimentavam-se em corpos etéricos ou de vibração análoga à daqueles que escutavam as palavras do avatar desdobrado.

Dando mostras de olhar mais ao longe, onde tentavam se esconder os dragões e seus mais próximos asseclas, ele os alcançou com seu poder mental – eram, enfim, as criaturas mais intrigantes entre todas as degredadas. Falava, portanto, diretamente aos representantes máximos da política da entidade denominada Yaveh:

– Digo-vos que pouco tempo resta a vós que seduzis as nações. Todo o vosso pretendido poder e toda a vossa inteligência, desenvolvida ao longo dos milênios e eras, não são suficientes para aplacar as leis universais. Todo o vosso saber apenas vos serve para aumentar a dor interna, a culpa por haverdes vilipendiado as raças com as quais travastes contato. Como estrela da alva,[14] caístes dos céus a esta terra a fim de que aprendais que sois homens, sois limitados diante da suprema lei, que a tudo regula e encaminha em direção ao progresso. Cuidai, filhos de Yaveh, arautos da política inumana, para que aproveitais esta oportunidade de redenção, talvez vossa última antes que se ativem os mecanismos de regulagem das consciências, inseridos pelo grande Arquiteto Universal no âmago da própria criação, ou quem sabe descereis ainda mais? Como raios caem dos céus, mergulhareis em mundos bem mais primários que a Terra, sendo impe-

---

[14] Cf. Is 14:12.

didos, indefinidamente, de ter contato com civilizações minimamente desenvolvidas. Será mesmo necessário chegar a tal ponto?

"Vossa política não se coaduna com a política dos reinos superiores, e a maioria dos povos e ilhas siderais vibram em sintonia com a sinfonia sideral. Por meio de minhas palavras, proferidas diariamente nesta dimensão, tendes oportunidades equivalentes às que se apresentam aos habitantes da Crosta, embora para eles não possam ser tão significativas como para vós, uma vez que elas ressoam em vossas mentes. Trata-se de uma oportunidade de avaliação, de fazerdes uma leitura diferente a respeito de vossas vidas, vossos propósitos e vossa política.

"Sabei, ó militantes da causa vencida, que nem vós, que vos considerais maiorais, tampouco vossos aliados mais próximos, sereis capazes de impedir que a vontade suprema se cumpra, embora possais adiar vossa resposta aos apelos santificantes do Alto. Vossa oportunidade é agora e vossa redenção é aguardada pelos enviados de vossos povos, que vos vigiam desde seus carros de fogo, esperando que se tornareis aptos a regressar a vossos mundos de origem."

Os maiorais não tiveram êxito em impedir que o pensamento crístico entranhasse em suas mentes. Nenhum recurso mágico ou tecnológico logrou impedir que ouvissem, no âmago de suas consciências, a mensagem proferida. Em estado de desdobramento, o Cristo alcançara milhões de almas, tal como o fazia frequentemente, ao projetar-se para além dos limites do corpo físico, que repousava num recanto qualquer das cidades por onde passava. Na superfície, os homens mais bem-intencionados, os discípulos mais achegados, talvez sequer pensassem nesse outro lado da história do homem chamado Jesus.

Depois das ideias apregoadas com relativa constância nas regiões sombrias ou nos abismos de dor, entre os filhos das estrelas deportados para a Terra, ele contava com a ajuda de três discípulos entre os mais fiéis, no plano físico, ao reassumir o corpo carnal. Pedro, Tiago e João talvez fossem mais capacitados para entendê-lo nos momentos em que simplesmente sumia em meio à multidão; entender sem nada inquirir acerca da obra entre os não-vivos da subcrosta e das profundezas abissais. No plano do espírito, nas dimensões paralelas da Terra, contava com a diligência assídua de Enoque, Elias, Eliseu e Miguel, bem como a dos chamados anjos, seres de outros mundos, que operavam tanto em corpos físicos semelhantes aos dos humanos quanto naqueles de uma materialidade diferente, isto é, de menor densidade, comparável à da realidade etérica dos homens. Todos o auxiliavam de perto, arrebanhando as multidões de almas para tomarem contato com o pensamento do grande enviado cósmico, entre diversas atribuições.

Miguel, o príncipe dos exércitos celestes, foi o responsável por congregar as falanges de seres das estrelas, tanto encarnados, que detinham condições de interferir na outra dimensão da vida devido às suas habilidades psíquicas, como desencarnados, que estavam a postos para auxiliar aos povos da Terra sob o comando do Galileu. De um lado, os homens, no corpo físico, sondavam o significado das palavras do Rabi sobre as bem-aventuranças, procurando distinguir, na pregação adaptada à cultura de Israel, as mais profundas lições, que interpretavam de acordo com o contexto histórico, social e econômico no qual se inseriam. Do outro lado da delicada membrana psíquica da realidade terrena procedia-se de outra maneira, para outra plateia, que os simples mortais até tinham medo de pensar que existisse.

Entre os habitantes da Crosta, os futuros cristãos de diversas épocas dificilmente reconheceriam, a partir do que está escrito, remexido e editado pelos compiladores dos primeiros séculos, a verdadeira natureza do trabalho do Cristo planetário. Por certo, com o viés religioso que fora dado a seus ensinos, discípulos, apologistas e interessados em ganhar algo em torno do seu nome se ateriam a discutir apenas sobre as interpretações das palavras proferidas pela boca física do Rabi. Todavia, dificilmente penetrariam nas angústias, nos desafios e na dimensão real do trabalho hercúleo desenvolvido pelo mensageiro estelar no tocante aos povos da Terra, principalmente no que tange aos degredados.

Não era fácil para ele, o médico dessas almas oprimidas pela culpa e pelo remorso, modelar seu discurso às diversas linguagens, de modo a ser compreendido por seres de tão diversificadas culturas, advindos de civilizações variadas e reunidos num mesmo globo. De modo análogo, era supremamente desafiador dar atenção especial à linguagem, à cultura e aos costumes religiosos que pautavam a vida do povo da Palestina, particularmente, incluindo a interferência anunciada de um messias em sua história.

Ante a situação espiritual e moral e os costumes das nações da época, mesmo levando em conta o intricado sistema legalista judaico, ainda assim, era aquele povo um dos mais preparados do planeta. Apesar da desumanidade aparente de seus legisladores, fato é que conseguiam frear, de alguma forma, os abusos comuns às comunidades da época. Certamente tais práticas religiosas careciam de muitíssimo aprimoramento, contudo, era ali, naquele recanto da Palestina, o local onde o Cristo encontrou um ambiente adequado para corporificar-se e semear, a partir dali, sua mensagem aos povos do mundo.

Também foi na Judeia que escolheu, entre vários outros seguidores, três dos discípulos para receber preparação destacada frente aos demais, pois detinham condições de entender com mais profundidade certos aspectos da vinda do Messias ao terceiro planeta. Pedro, Tiago e João foram os confidentes do Rabi, na forma material que escolhera e era o disfarce perfeito para se mover entre os homens, como se essa forma fosse um aparato, um disfarce orgânico e social de um dos maiores representantes da política divina e do grande plano de interferir no destino de dezenas de povos degredados na Terra.

Durante o dia, ele traduzia sua mensagem e trazia seus ensinamentos na linguagem própria da nação que escolhera para a corporificação. Adaptara sua linguagem, como lhe era costumeiro, às concepções e à capacidade de entender daquele povo. Apresentava a mensagem no vocabulário e da forma mais simples que conseguia conceber.

Mas a linguagem humana tanto quanto o conhecimento deveras diminuto daquela época sobre questões mais abrangentes, de domínio cósmico, talvez impedissem que ele pudesse se expressar de maneira mais clara. Também tinha de contar com toda a forma segundo a qual, no estado judaico, religião, política e sociedade se sobrepunham de maneira atualmente considerada arcaica, porém comum aos povos da época, notadamente os israelitas. Isso o obrigava a atuar de acordo com o sistema vigente, observando preceitos rígidos, vivendo como judeu e falando no contexto de qualquer outro judeu. Tal conduta o preservaria por muitos anos de sucumbir à ação impiedosa dos sacerdotes e dos representantes do governo da época. Do ponto de vista estritamente religioso, não seria diferente, caso houvesse preferido corporificar nos dias atuais, em meio aos fiéis deste século, apesar da importante diferença de que, ao menos no mundo cristão, estes estão alijados do exercício do poder político.

Em virtude do contexto da sociedade hebraica, muitas vezes falava aos três seguidores mais próximos, tanto como aos seus irmãos paternos: "Ainda não é chegado o meu tempo; mas o vosso tempo sempre está presente. O mundo não vos pode odiar; mas ele me odeia a mim, porquanto dele testifico que as suas obras são más. Subi vós à festa; eu não subo ainda a esta festa, porque ainda não é chegado o meu tempo".[15]

O mundo, o planeta Terra em si, não aborrece os que se lhe assemelham no espírito ou aque-

---

[15] Jo 7:6-8.

les que se assemelham em estado evolutivo; louva-os como seus.

O planeta Terra, para o grande embaixador cósmico, não era um lugar de comodidade. Aliás, nem para ele tampouco para aqueles que genuinamente o seguem. Ele não estava à espreita, visando tomar o poder mundano ou transformar o mundo em paraíso. Não se enganava quanto a isso. Jamais fez parte do grande plano cósmico assumir o poder temporal no orbe, pois este é o grande laboratório onde o experimento de várias raças está em andamento. Não lhe seduzia a ideia de poder e glória, pela qual os humanos da Crosta muitas vezes se deixam levar.

Chamando os discípulos mais próximos a si, explicou, referindo-se ao mundo terreno:

– A Terra dos homens não representa para mim e para a política divina nenhum troféu de domínio nem qualquer tipo de prêmio a ser disputado com um poder que se lhe opõem – falou o enviado na sua feição de Rabi. – Este planeta é simplesmente um local para onde vim, incumbido de uma tarefa muito mais ampla do que a vós próprios compete, meus mais íntimos amigos que a podem compreender nesta época em que viveis. Pretendo deixar estruturadas as bases políticas do Reino, em seus princípios, mas, sobretudo, na forma de seus representantes de justiça e misericórdia. Minha vida eu a darei e a dou por este mundo, não somente em prol dos homens, que hoje são os viventes desta Terra, neste e nos séculos vindouros, mas também por todos aqueles que para cá vieram – os quais vós sequer concebeis, em termos de quantidade e necessidades espirituais –, bem como por aqueles que no futuro aportarão. Empreendo esta obra em favor de várias raças caídas. Não apenas pelos filhos de Eva, mas pelos filhos de todas as estrelas aqui representadas, nas regiões espirituais da maldade, entre os poderes, as potestades, os principados e os representantes do poder.[16]

"Mas não creiam que sou presunçoso a ponto de acreditar que este mundo se renovará em pouco tempo, nem me precipito no perigo representado pelos opositores do bem e jamais penso em apressar a grande crise em que todas as almas experimentarão ao longo dos séculos, a partir de minha interferência neste mundo.[17] Meu trabalho só será recompensado ao longo de muitos e muitos séculos."

Dando uma pausa para seus ouvintes procurarem abranger o sentido de suas palavras, continuou, na tentativa de dosá-las cautelosamente, uma vez que penetrara o pensamento dos discípulos e sabia sobre sua capacidade de compreensão, mais aca-

---

[16] Cf. Ef 3:9-11; 6:12; Cl 1:16.
[17] Cf. Mt 24.

nhada do que a dos povos deserdados, filhos das estrelas albergados nas regiões inferiores do mundo.

– Com efeito, não vim a este vosso mundo conhecido como Terra para fundar um tipo diferente de religião – retomou o Galileu. – Não vim, tampouco, para afrontar os reis e os reinos de toda a Terra, que nada representam ante a grandeza da casa do Pai, a quem chamais Deus e Criador, mas nem por isso compreendeis a grandeza desses termos que empregais. Vim à Terra para algo ainda maior do que apresentar um código moral semelhante ao que foi dado a vós pelas palavras de Moisés, nos mandamentos que já conheceis. Meu propósito neste planeta, que ora ainda é de sofrimento, devido às atitudes de seus moradores, é bem mais abrangente, embora englobe a moral cósmica, perene, e não os códigos religiosos, que se modificam a cada geração. Para vós, a síntese de minha obra poderá ser interpretada como uma função educativa – razão pela qual me chamais Rabi. Devido à natureza deste tempo, posso ser para vós alguém que vem ampliar a percepção e a compreensão do Todo-Poderoso a que chamais Deus, muito embora o vosso deus nacional não seja exatamente o mesmo que venho representar.

Sabendo que seus mais próximos seguidores não compreendiam suas palavras de maneira plena, até porque eram um tanto subversivas das crenças estabelecidas, fez uma pausa para que refletissem, porém sem demorar demais a complementar seu pensamento.

– A mensagem de que sou porta-voz e será interpretada por todos vós comporta uma concepção da vida e da existência muito diferente da que estais habituados. Através dos ensinamentos que trago, poderia nascer uma nova era para vossa humanidade. Por isso, muitas vezes me refiro à cidade santa de Jerusalém como sendo a própria humanidade, o que nem mesmo vós conseguis abranger com o conhecimento atual. Não estranho quando me confundis com o próprio Deus, pois vós também sois deuses,[18] assim como eu o sou, ainda que num sentido diferente do que atribuís a esse termo. Aprendendo a fazer luz em vossas mentes, podereis fazer o que faço, seja descendo às profundezas do abismo, a fim de levar a luz do conhecimento espiritual, seja em meio aos homens, modificando vossa sociedade de maneira a exterminar os fulcros de dor, sofrimento, angústia, medo, dúvida e culpa, a qual retroalimenta todo o sistema que impera hoje.

Ele sabia que sua obra entre os humanos da Terra estava determinada por um plano traçado no mais alto. Também tinha plena ciência de que realizar essa obra o levaria ao descarte do corpo atra-

---

[18] Cf. Sl 82:6; Jo 10:34.

vés de uma morte anunciada pelos profetas e prescrita pelas autoridades mundanas. Apesar disso, ele a esperava, com notável paciência, mesmo conhecendo, de antemão, todos os reveses que enfrentaria no decurso da tarefa original e, ao mesmo tempo, única, particularmente representativa para os diversos seres alojados na Terra desde os primórdios da história da civilização. Não obstante, expor-se antecipadamente não fazia parte de seus planos. Aproveitaria ao máximo para visitar outros povos, externos à Judeia, e difundir a esperança, a fé no futuro, semeando estrelas nos corações dos homens das nações por onde passasse ao transportar-se por meio de habilidades psíquicas compreendidas apenas pelos povos do espaço, das sociedades planetárias mais desenvolvidas. Talvez, mesmo ante os olhos de seus seguidores mais achegados, seus feitos seriam considerados como milagres. Enfim, somente o tempo poderia esclarecer a verdadeira natureza de sua alma, tanto quanto de sua missão.

# 7
# DESCEU AOS INFERNOS, SUBIU AOS CÉUS

"Porque também Cristo (...) sendo, na verdade, morto na carne, mas vivificado no espírito; no qual também foi, e pregou aos espíritos em prisão; os quais noutro tempo foram rebeldes"
I Pedro 3:18-20

Naqueles dias ocorriam os preparativos para uma das festas mais importantes do povo judeu. Da Cidade Santa, capital do Reino de Judá, a repercussão dos feitos e realizações do embaixador das estrelas se espalhara, ainda que sob a alcunha de milagres, cuja notícia provocava alvoroço nas multidões. Era o assunto fervilhante nos comentários da Jerusalém de então, de onde partiam novidades e as mais variadas interpretações a respeito. Por todas as terras, nações e reinos onde os judeus passavam o tema era o mesmo, pois o levavam como tópico principal de suas discussões.

De todos os recantos onde havia judeus, tanto de países estrangeiros como da própria nação hebraica, significativa parcela deles acorria a Jerusalém para a grande festa, porém, com a intenção de também conhecer esse homem singular e extraordinário, que afrontava, com seu conhecimento e modo de ser, o sistema implantado na Palestina pelo governo romano, bem como o sistema clerical vigente na Judeia. Logo no começo das comemorações, ocorreram muitas perguntas, conversas e discussões a respeito da provável vinda dele à Cidade Santa. Mas ninguém, nem mesmo seus familiares, sabia dizer se ele viria ou não.

Escribas, fariseus e os principais sacerdotes do povo e do templo do Senhor –, reerguido sob inspiração do original, construído por Salomão – esperavam que ele aparecesse para, em meio à multidão, desmascará-lo. Outros, decerto, desejavam encontrar pretexto a fim de acusá-lo e condená-lo, pois o bem e a luz sempre incomodam as trevas e a escuridão. Por isso indagavam, com extrema ansiedade, a todos que talvez pudessem ter tido com o homem mais aguardado de todos os tempos: "Onde está ele?".[1] Ninguém saberia informar, pois muitos de seus projetos e passos iminentes ele reservava somente para si e os companheiros em espírito, isto é, Miguel e as legiões que o acompanhavam. Tal atitude era mais segura, tendo em vista a execução do grande plano.

A expectativa quanto ao homem galileu talvez fosse o mais importante pensamento a ocupar as mentes de quem se reunia para a grande festa, a dos tabernáculos.[2] Efetivamente, concorria com a própria festa, para completo desagrado dos sacerdotes, representantes de uma religiosidade falida. Nesse contexto, a boa diplomacia recomendava que ninguém afrontasse o sistema sacerdotal ao testificar que o novo profeta fosse o messias, o enviado de Deus.[3]

---

[1] Jo 7:11.

[2] Cf. Jo 7.

[3] Cf. Jo 7:13.

Não obstante, ninguém, tampouco as ameaças vazias dos sacerdotes e dos fariseus, poderia silenciar as bocas de toda a gente, que discutia sem cessar sobre os feitos daquele homem incomum.[4] Imagine-se como seria caso todos tivessem conhecimento das questões espirituais e de ordem cósmica com as quais ele e seus anjos, os filhos das estrelas, estavam envolvidos. Tamanho burburinho e tantos comentários abrangiam somente a parte de sua vida que ele permitira que conhecessem; afinal, a outra face da história nem ao menos faria sentido para a época. As conversas a respeito da personalidade proeminente se observavam em quase todos os encontros daquela ocasião. Enquanto muitos o defendiam, outros tantos o execravam, acusando-o de molestador da fé ou agitador popular, como quem quisesse subverter o *status quo* e rebelar-se contra a ordem e a disciplina imposta pelos sacerdotes e pelas autoridades romanas.

Sem alarde, nem mesmo entre os familiares, ele enfim apareceu na festa, ainda que de maneira diferente da esperada. Procurara por rotas diferentes das escolhidas pelo povo, que vinha de toda parte; mantivera em segredo o percurso rumo à cidade santa de Jerusalém. Evitara, quanto pôde, confrontos desnecessários. Se houvesse trilhado

---

[4] Cf. Mt 4:23-25; 9:26,31; Lc 4:37; 5:15 etc.

os mesmos caminhos por onde os judeus passavam em caravanas de diversa procedência, por certo logo teria atraído o ódio de muitos e a curiosidade da massa. Mas esse não era o plano. Por cima dele, em alturas significativas, voavam seus seletos emissários em carruagens de fogo, ladeados pelos guardiões sob o comando de Miguel, muito embora ele jamais usasse suas prerrogativas para requerer a intervenção do príncipe dos exércitos celestes em benefício pessoal.

Fizera a viagem até Jerusalém sozinho.[5] Assim, preservaria seus seguidores e familiares. Exatamente no ponto culminante, no momento mais solene da festa, ele penetrou no templo, a despeito da multidão que se acotovelava por toda parte. O porte elegante e o olhar firme fizeram com que todos ali lhe dessem passagem, como se estivesse envolvido numa aura magnética que abrisse espaço e dificilmente pudesse ser rompida por qualquer uma daquelas almas curiosas. Muitos questionavam se ele teria coragem de se apresentar, cara a cara, diante das autoridades religiosas e dos principais representantes da sociedade judaica. Mas quando surgiu, irradiando intenso magnetismo, foi impossível, até mesmo para os sacerdotes que oficiavam no templo, não o perceber e sucumbir à vaga que se formara

---

[5] Cf. Jo 7:8-10.

em meio à população. Ante sua presença, o silêncio gradualmente se impôs. Por fim, até mesmo as harpas silenciaram, pois os músicos também não eram capazes de ignorar a presença inusitada de alguém que encarnava real autoridade, em tamanho grau.

À frente e ao lado dele, por ordem de Miguel, seres iluminados afastavam ligeiramente o povo, favorecendo o plano do Messias que viera das estrelas. Guardiões davam as mãos a fim de propiciar sua entrada no templo do Senhor, o local mais sagrado da nação judaica.[6]

Todavia, ele não estava perante seus mais ardentes inimigos tão somente do plano físico. À medida que se aproximava, uma malta de espíritos rebeldes assomava à superfície, escorregando pelas paredes revestidas de puro ouro; resvalavam como sombras e embrenhavam-se por entre o público, alojando-se nas auras de sacerdotes, fariseus, escribas e líderes populares. Representantes de reinos falidos de outros mundos, odiando o que consideravam como intromissão do avatar, resolveram subir à crosta, vibratoriamente, para imantar os sacerdotes com sua influência pertinaz. Enquanto isso, Miguel a tudo enxergava e vigiava, junto aos emissários da justiça sideral.

O homem mais ilustre de Nazaré caminha-

---

[6] Cf. Jo 7:14.

va ereto, sereno e investido de uma singularidade espiritual e moral como nenhum ser humano jamais tivera ou viria a ter. Ele chamava a atenção. Até mesmo os espíritos do averno que ali estavam, espreitando o momento de assumir definitivamente seus hospedeiros contra ele, temeram-no, pois não poderiam ignorar a força moral, a autoridade sideral e o magnetismo inigualável que irradiava entorno de si.

A sabedoria emanada de suas palavras a respeito da lei, dos profetas e de toda a tradição judaica – incluindo o serviço sacerdotal, com o requinte dos sacrifícios perpetrados em nome da política insana e da necessidade visceral de adoração por parte de Yaveh – era muito superior ao conhecimento do Sumo Sacerdote, dos levitas e dos mais renomados fariseus e rabis. Tal realidade nenhum dos presentes era capaz de explicar.

Diante dele, descerravam-se os véus que separam as dimensões. Seu olhar então perscrutou o futuro do povo hebreu e de toda a Terra, bem como das hostes espirituais degredadas para as quais viera falar e anunciar a sentença sideral e divina. Rompeu caminho por entre os formadores de opinião e o formalismo com que tratavam as questões que eles próprios consideravam santas. Nada, nem ninguém, nenhuma força ali presente, a não ser a dos guardiões invisíveis, sabia que lhe era dado escutar e ver muito além do delicado tecido que separa os universos. Passado e futuro lhe eram, em essência, quase a mesma coisa, pois que observava com os olhos do espírito, do alto da categoria a que chegara ao longo dos milênios, durante os quais se dera sua evolução, de sua consciência. Como que contemplando os exércitos celestes ali presentes, as miríades de estrelas com seus sistemas de vida, sob o comando de Miguel, e, por meio deles Jesus conseguia entender as conexões do mundo material com os mundos de outras dimensões, assim como do universo material com outros universos, que vibravam em frequência diferente daquela típica de onde estava, então, inserido, por vontade própria. Fazia isso com propriedade e autoridade jamais vistas.

Por isso e por muito mais, não poderia temer a morte nem os representantes do inferno e de suas hordas assassinas, tampouco seus representantes terrenos. Ele, simplesmente, era detentor de autoridade espiritual e sideral. Tal como antes, no pequeno monte nos arredores da pequena Cafarnaum, sobre o qual proclamara a política divina do Reino, o povo, os sacerdotes e todos que o acompanhavam com o olhar ficaram extasiados quando ele tomou a palavra – ao mesmo tempo que ele irradiava seu pensamento, em ondas invisíveis, aos recantos mais obscuros dos planos inferiores – e, perplexos, ouviam sair de sua boca as ideias límpidas, que proferia com extrema autoridade. "Nunca homem algum falou assim como este homem".[7]

Dele partiam as palavras que deixaram atônita a multidão, as quais repercutiam pela atmosfera e atingiam os ouvidos de todos do lado de fora e de muitos nos arredores, num fenômeno psíquico que somente muitos séculos depois seria estudado e catalogado. "Porque a sua palavra era com autoridade".[8] Sacerdotes, escribas, o Sumo Sacerdote e representantes do povo, da assembleia de anciãos, estavam embevecidos e extasiados ante sua cultura e se perguntavam: "Como sabe estas letras, sem ter estudado?".[9]

Naquela sociedade, nenhum indivíduo, ainda que tivesse procedência nobre, poderia ser tido como mestre ou rabi sem haver estudado nas escolas apropriadas ao ensino das leis mosaicas, as chamadas escolas de rabinos. Imagine-se um galileu[10] como ele... naturalmente, era visto como ignorante por não haver se formado entre os rabinos de sua terra ou frequentado qualquer escola de então. De acordo com a tradição, portanto, não estaria apto a falar sobre questões espirituais e metafísicas nem

---

[7] Jo 7:46.

[8] Lc 4:32.

[9] Jo 7:15.

[10] "Pode haver coisa bem-vinda de Nazaré?" (Jo 1:46). Cf. Jo 7:41,52.

sequer ao povo, quanto mais a seus representantes e sacerdotes.[11] Não obstante, tanto eles quanto os demais que o ouviam admiravam-se da sabedoria e do conhecimento que demonstrava, embora não tivesse aprendido nas escolas dos homens.

Ali começou o seu calvário,[12] entre os homens que não o receberam, embora embevecidos com suas palavras, pois ainda não haviam amadurecido para o conteúdo que trazia aquele espírito forjado e graduado entre as estrelas. Foi, assim, rejeitado pelos seus, para quem viera e no meio dos quais nascera. "Estava ele no mundo, e o mundo foi feito por intermédio dele, e o mundo não o conheceu. Veio para o que era seu, e os seus não o receberam".[13] E como dissera o profeta antes dele: "Pois foi crescendo como renovo perante ele, e como raiz que sai duma terra seca; não tinha formosura nem beleza; e quando olhávamos para ele, nenhuma beleza víamos, para que o desejássemos. Era desprezado, e rejeitado dos homens; homem de dores, e experimentado nos sofrimentos; e, como um de quem os homens escondiam o rosto, era desprezado, e não fizemos dele caso algum".[14]

---

[11] Cf. Lc 4:44; 23:5.

[12] Cf. Jo 7:19,25,30,43-44.

[13] Jo 1:10-11.

[14] Is 53:2-3.

Era quase a hora sexta,[15] segundo a contagem de tempo utilizada em Israel, quando as trevas se espalharam sobre a Terra num eclipse solar, iniciado no mesmo momento em que Cristo entregava seu espírito ao Pai, aos prepostos divinos que governavam os mundos. Sobre aquelas terras, espalhando-se como se fosse uma escuridão eterna, até a nona hora, o sol recusou-se a mostrar a sua luz. O véu do templo, que no santuário separava o Lugar Santo do Santíssimo, rasgou-se em dois,[16] dando por encerradas a dispensação judaica e as tradições antigas: sacrifícios, oblações e demais rituais que apontavam para aquele momento único.

Com voz grave, Cristo então declarou, sabendo que cumpria parte do grande plano e que, dali, desceria às regiões mais ínferas para falar pela última vez aos espíritos rebeldes, angustiado pelo destino dos milhões de seres que, um dia, viveram entre as estrelas: "Pai, nas tuas mãos entrego o meu espírito".[17]

Assim dizendo, desprendeu-se do corpo físico definitivamente, emancipando-se da prisão somática, ao passo que readquiria a liberdade plena de um espírito de tamanha envergadura. Finalmen-

---

[15] Cf. Mt 25:45; Mc 15:33; Lc 23:44.

[16] Cf. Mc 15:38; Lc 23:45.

[17] Lc 23:46.

te desceria, completamente livre das amarras físicas, para dar o derradeiro recado ao mundo inferior, sua última palavra aos principados e poderes da escuridão.

A luz rompeu a sombra do abismo, dando a entender que um filho das estrelas descia novamente, imiscuindo-se em meio às forças soberanas daquele mundo, daquela dimensão. Sua luz rasgou a escuridão e atingiu em cheio todos os habitantes das paragens obscuras.

O número 2 em poder assustou-se, apreensivo quanto ao porvir, tomado de medo, desespero e, ao mesmo tempo, de ódio por quem os agrupara naquele concílio infernal. Eis que, diante da luz celeste a irradiar do Magnânimo, queixou-se ao maioral dos maiorais, que não se fazia visível a não ser aos olhos penetrantes do Cristo planetário:

– Ó herdeiro da agonia, homem forte do abismo, senhor da tempestade que abala as nações, inimigo de todo o bem e de todo o progresso, que necessidade tinhas de nos fazer entregar este ser à morte? Como nos obrigaste e aos nossos servidores a infligir tamanho sofrimento a este que detém o poder de entrar em nossos domínios? E para que o faz? Para nos despojar de nossa autoridade e poder sobre os abismos, sobre este universo de matéria negra! Crucificamo-lo por intermédio de nossos elementos da superfície; maltratamo-lo e julgamos acabar com seu o reinado. E agora, Belzebu, príncipe das regiões ínferas? Tudo que havíamos ganhado pela ciência que detemos, pelo conhecimento que adquirimos e compartilhamos com os miseráveis deste mundo, nós o perdemos no Gólgota. Tu, príncipe da maldade, e o mais rejeitado e mórbido de todos nós, foste vencido pelo mesmo instrumento de tortura com o qual pretendeste arruinar para sempre a vida do homem das estrelas. Quanto a nós, não cuidamos que ele fosse assim tão superior, a ponto de penetrar em nossos domínios e resgatar antigos serviçais, libertando-os do jugo mental que lhes impusemos. Todo o teu júbilo por tê-lo levado ao martírio converteu-se em decepção, pois se ele aqui vem, é porque tem o poder de interferir em nosso reino, em nossa mansão e nossas cidades de poder.

O dragão, que trazia como símbolo a serpente, significando conhecimento, mas conhecimento intelectual e uma ciência sobre-humana, silenciou o pensamento, pois não se atrevia sequer a responder ao segundo em poder nas regiões sombrias. Ele sabia muito bem do poder que esse Jesus detinha e temeu, embora não o admitisse, por si e por seu reino erguido sobre os escombros de povos e civilizações.

O próprio Cristo, assumindo agora sua feição de governador de mundos, modificou sua palavra e seu pronunciamento a tal ponto que não o reconheceram, tamanho poder e majestade. Antes, em outras ocasiões em que comparecera ao submundo por meio do desprendimento do espírito, trazia a palavra de esperança, de uma nova oportunidade. Agora, como uma consciência liberta, embora utilizando um corpo astral, ainda que da matéria mais sublime existente no planeta, falava como soberano das estrelas.

– Uma vez te hei recebido como um principado juntamente com os teus, que subjugais o espírito humano com vossa maldade e vossos planos de domínio entre as nações. Agora, representante do Hades, grande vilão das estrelas que caiu do céu como um raio, sabes que a morte do corpo físico apenas liberou meu espírito para que todo o poder que me foi dado fosse restabelecido por forças superiores, contra as quais ainda lutas – em vão. Ó principados e potestades, poderes e tronos decaídos, vedes agora que vosso reino não prevalecerá sobre a Terra nem sobre os próprios que vos seguiam. Desde já, minhas palavras ficarão para sempre entranhadas em todas estas almas do averno. A lembrança de minha presença e minha voz jamais será obnubilada; ao contrário, reverberará em todos quantos escutaram minhas admoestações ao longo dos mais de 30 anos terrestres que aqui vos vim falar e exortar a respeito dos desígnios divinos e dos representantes de outros universos – superiores, sublimes, invisíveis aos vossos olhos. Quanto àqueles que resolveram aceitar a proposta de conhecer uma política diferente da vossa, esses ressuscitarão comigo, em espírito, pois que eu os arrebatarei de vosso poder.

Mirando, ao longe, as falanges que operavam naquele recanto obscuro do universo, numa dimensão que ficaria conhecida como inferno, proclamou enquanto os representantes de Miguel, seus anjos ou mensageiros, soldados e guardiões, auxiliavam a todos que aquiesceram ao convite:

– Vinde, ó vós que assentis regressar aos vossos lares entre as estrelas. Vinde comigo, ó renegados de meu Pai! O Senhor é quem vos restitui a liberdade e a honra de poder retornar aos vossos mais queridos da parentela espiritual, aos vossos clãs, às vossas famílias siderais, aos vossos compatriotas. Pois todos vós tendes neste orbe representantes de vossas sociedades de onde, um dia, fostes banidos. Vossos irmãos das estrelas, que comigo vieram a este mundo, esperam-vos no pórtico das dimensões, além da tela psíquica que aparta as realidades. Vinde e aceitai meu jugo, que é suave e brando,[18] e encontrareis repouso para vossas consciências no trabalho proveitoso e edificante de reconstrução do vosso futuro.

---

[18] Cf. Mt 11:30.

O número 2 em poder sabia o que escutaria em seguida. Como um legítimo demônio da escuridão mais profunda dos abismos, um urro, um grito de choro, um pranto inenarrável em sua mais sombria maneira de se expressar foi ouvido pelos recantos daquele mundo de trevas, onde se reuniam os espíritos rebeldes, os decaídos, que se julgavam eloins de mundos distantes.

A luz imaterial emanada do corpo fulgurante do Cristo alastrou-se por todos os redutos daquele abismo mais profundo, aonde poderia chegar a alma rebelde. Essa luz cegou a todos os demônios, até mesmo os maiorais – incluindo aquele que se escondia detrás da máscara da arrogância –, enquanto bradavam, os senhores daquelas regiões sombrias, urros de ódio, dor emocional, desprezo por tudo o que sintetizava a figura do Cristo e o que mais existisse. Elias, Eliseu, Enoque, o próprio Moisés, antigo amaleque do Cocheiro, junto aos representantes dos guardiões invisíveis da humanidade, como verdadeiro exército de seres redimidos, advindos de diversos povos da galáxia – os mesmos de onde partiram os degredados, então submetidos aos mandatários do poder e da desordem –, recolhiam os que de fato manifestavam o desejo de retornar a seus lares entre as estrelas. Muitos deles, há milênios achavam-se encastelados, dominados, porém arrependidos, enquanto o remorso pelo que fizeram corroía suas almas sem poder suficiente para libertá-los do jugo infernal dos chefes demoníacos das trevas.

A matéria negra daquela dimensão foi nimbada pela luz da consciência crística. Por algum tempo, ninguém daquele reino de terror, nenhum dos espíritos prisioneiros no terceiro mundo e nas trevas inferiores, pôde deixar de perceber as naves etéricas, bólides de luz e esferas brilhantes como relâmpagos, que cruzavam de um lado a outro das regiões ínferas, a fim de recolher aqueles que subiriam à crosta e, de lá, seriam apresentados como prêmio da vida, como troféu do bem e, acima de tudo, como a principal mostra de que nem a morte, nem o inferno, nem anjos, nem demônios podem separar para sempre do coração de Cristo aqueles que ele veio libertar.

Seriam todos levados a seus mundos de origem e serviriam como testemunho, perante os mesmos povos de onde um dia foram açoitados pelo jugo da própria rebeldia, de que havia esperança para todos, como estandartes de uma história pouco conhecida na superfície terrena. Levariam, inscritas na mente e no corpo etéreo, as marcas da subjugação ingrata à política dos dragões; perante as figuras de autoridade contra as quais, outrora, opuseram-se, apresentar-se-iam como a confissão viva do arrependimento. Seriam recebidos como filhos pródigos,[19] pois que foram resgatados diretamente pelo senhor da vida, uma das superconsciências que auxiliou a lançar as balizas da civilização, administrando a vida por mundos incontáveis.

Os demônios principais, os maiorais das regiões ínferas tiveram seu trono abalado e sua patente fragilidade demonstrada de modo cabal diante de todas as legiões luciferinas; indubitavelmente, não detinham nenhum poder, nenhuma ciência que conseguisse fazer frente à presença de Cristo entre eles. Enquanto os guardiões iluminados rebrilhavam, juntamente com os reflexos da aura do avatar cósmico, eles revolucionavam de um lado a outro, abrindo uma fenda dimensional através da qual os arrependidos pudessem romper os limites das regiões inferiores. Cristo irradiava seu pensamento num último chamado àqueles que, durante anos, ouviram sua pregação nos recantos obscuros do submundo da escuridão. Aos urros dos sete maiorais, impotentes diante do que ocorria, sucedeu-se o protesto afogueado do número 1, que pranteava mentalmente, uivava entre a dor de se ver ali prisioneiro e, ao mesmo tempo, a impotência ao combater tamanha autoridade moral, ante a qual nada, absolutamente nada restava tentar. Todo o seu mando e conhecimento milenar eram redu-

---

[19] Cf. Lc 15:11-32.

zidos a pó, na suprema humilhação que lhe feriria de morte, se possível fosse.

— Subirei um dia até as mais altas nuvens! — enfim manifestou-se o número 2 em poder. — Hei de levar comigo toda a minha legião de seguidores. Irei até as mais distantes estrelas e lá, em meio à poeira dos mundos, levantarei meu trono, pois serei tido como o Altíssimo[20] e, então, jamais abandonarei minha morada divina. Assim, tampouco abdicarei de minha política para me render à sua, ó Filho das Estrelas, que nos vieste incomodar antes do nosso tempo.

Um brado de horror partiu das mentes alucinadas dos outros maiorais do abismo, os sete principais donos do poder, e também dos chefes de legião, aqueles que ainda permaneciam rebeldes contra a soberania da lei maior. Porquanto milhares deles — chefes de legião, principados e autoridades, tronos e potestades — resolveram capitular, aquiescendo ao convite de mudança. Seriam reconduzidos a seus orbes originais, aos mundos que deixaram, geralmente a contragosto, dos quais guardavam ternas lembranças, acentuadas em sua memória espiritual pela influência da mente crística. Ascendiam nos fluidos densos daquela atmosfera pestilenta, quase material, quase tangível; subiam junto dos

---

[20] Cf. Is 14:13-14.

guardiões iluminados, que vieram de vários mundos recepcioná-los e auxiliar na obra de resgate de milhões de vidas e almas que foram vencidas pelo poder eterno do amor, emanado da mente de quem realmente e genuinamente sabia o significado dessa palavra, em toda a sua extensão e exatidão.

Tão logo os maiorais se pronunciaram, uma vez que o número 2 em poder fora um porta-voz dos demais, como se estivessem todos possuídos pela entidade máxima, que fazia frente aos conceitos superiores da política divina – conhecida na época como Yaveh –, o Cristo lhes voltou a atenção. Devotou aos dominadores das trevas suas derradeiras palavras. Respondeu, como se todos fossem apenas um, unidos na mesma proposta; um ser coletivo, devido à similitude de ideias, pensamentos e plataforma política, embora não fossem o resultado de uma fusão consciencial. Disse-lhes:

— Tu sabes, ó filho da alva,[21] que um dia caminhaste entre pedras afogueadas, ou seja, entre cometas e estrelas de mundos distantes; lembra-te que foste considerado por muitos povos da mesma forma como um *cherub*, um governador de mundo.[22] Porém, não honraste as concessões que alguns povos lhe proporcionaram. Caíste, como uma es-

---

[21] Cf. Is 14:12.
[22] Cf. Ez 28:14-16.

trela perdida no espaço. Abusaste do poder, construíste ruínas após ti e muitas humanidades foram corroídas pela tortura que lhes infligiste – tão somente pelo desejo do poder, pelo poder –, estabelecendo morte, agonia e destruição por onde andaste. Eu mesmo assisti à tua queda neste mundo, como um raio. Embora esta morada tenha sido designada como "prisão eterna"[23] para ti e teus asseclas e adeptos, sabes muito bem, ó criatura decaída, que és apenas homem e não Deus, nem mesmo um deus de hierarquia inferior ao Grande Arquiteto. Desprezaste a tua luz, profanaste seus santuários – os mundos por onde passaste – e, por isso, foste relegado à escuridão em cadeias eternas.

"Conquanto, chegará o dia em que retornarei, não mais com a mensagem da graça que te foi concedida, mas como justo juiz, a fim de levar-te e a teu séquito a prestar contas perante o tribunal da galáxia e os seres mais iluminados que tua mente, talvez, pudesse conceber. Foste jogado entre as nações e na Terra te pus, a fim de que saibas que teu lugar, desde então, não é mais entre as estrelas, mas em meio ao pó da terra, desta e de muitas outras terras em incontáveis eras, a fim de que compreendas que nada no universo pode contrariar as leis soberanas da vida e permanecer impune, indefini-

---

[23] Cf. Jd 1:6.

damente. Aqueles a quem hoje liberto da tua férula, ó *cherub* decaído, regressarão a seus lares para testificar que teu reino é falido, como tu mesmo faliste. Quanto às lascas do madeiro onde meu corpo foi pregado, elas agora apontam para a imensidão como rota a esta humanidade e testemunho de que seus integrantes são, também, filhos das estrelas."

Silenciaram-se as palavras do grande avatar. Após os momentos em que permanecera na região do averno, ele regressaria à superfície a fim de encerrar aquela etapa da missão junto aos apóstolos e discípulos, consagrando a ressurreição como o maior testemunho de imortalidade que a humanidade já conheceu.

A partir dali, Miguel e seus "querubins da guarda"[24] assumiram a frente do trabalho naqueles domínios. Vinha ele, celeremente, trazendo o chamado divino e proclamava que o tempo daqueles filhos da rebelião havia chegado ao fim. Em nome dos andarilhos das estrelas, em nome das potências celestes, Miguel rasgava o túnel dimensional para dirigir-se à esfera humana, pois que em breve o Messias ressurgiria da mansão dos mortos, dos que haviam assassinado as próprias consciências ao rebelarem-se contra as forças da evolução e da vida. Em todos os domínios daquele universo

---

[24] Cf. Ez 28:14-16.

sombrio, a voz do arcanjo foi ouvida, enquanto o próprio Cristo preparava-se para sair dali em definitivo, levando os antigos cativos, agora libertos, acompanhado de uma falange de filhos da luz que formava o cortejo dos vivos imortais.

**Depois dos acontecimentos** daqueles dias, subsequentes à entrada de Jesus em Jerusalém a uma semana da Páscoa,[25] nos quais se sucederam situações dolorosas, em virtude do calvário e da morte do Messias, os representantes da política divina e do Reino, conhecidos como discípulos, cumpriam o mais doloroso descanso sabático que já haviam experimentado. Afinal de contas, o espírito poderoso do grande avatar deixara o corpo para sempre. Este, não suportando manter a estabilidade molecular devido ao fenômeno de arrebatamento definitivo do ser cósmico, desagregou-se por completo. As células do corpo físico não resistiram ao impacto suscitado pelo abandono do espírito excelso por meio da morte, pois a força que lhes mantinha a coesão durante mais de 30 anos não existia mais. No instante em que o espírito sublime desprendeu-se definitivamente do corpo físico, fenômenos de natureza física e extrafísica começaram a ocorrer, de tal modo que culminaram na desmaterialização do

---

[25] Cf. Mt 21:1-11.

corpo até então utilizado pelo Messias planetário.

No dia sabático que sucedia à comemoração dos pães ázimos,[26] os seguidores e futuros representantes da mensagem excelsa aos espíritos da Terra experimentaram a mais tormentosa tristeza que haviam experimentado em toda a sua existência humana. Foi um dos dias mais sombrios e desoladores para a comunidade de seguidores mais próximos, que se reuniam no tabernáculo.[27]

Enquanto ainda era noite, soldados romanos se colocaram de prontidão no entorno do túmulo cedido, posicionando-se em conformidade às ordens recebidas. Havia a possibilidade de os entes mais próximos roubarem o corpo; assim pensavam tanto religiosos quanto políticos e seus subordinados.[28]

Ao mesmo tempo, seres mais esclarecidos e representantes dos povos redimidos da Via Láctea, por muitos chamados de anjos, envolvidos em mantos de invisibilidade, pairavam sobre o sepulcro, projetando potentes campos de força. O local sagrado onde repousava o que restara do corpo físico de Jesus era alvo da atenção dos filhos das estrelas. Mas não somente a deles.

A desmaterialização do corpo, mediante pro-

---

[26] Cf. Lc 22:1.

[27] Cf. Lc 23:56.

[28] Cf. Mt 27:57-60,62-66.

cessos somente conhecidos pela ciência sideral, fora algo previsto no grande plano, visando evitar que se tornasse objeto de culto e adoração ou um símbolo místico. Além do mais, a estrutura atômica e celular somente conseguira se manter enquanto a coesão da estrutura física era assegurada pela mente superior que habitava aquele corpo.

Os seres do espaço pairavam sobre a gruta, os mesmos que, mais de 30 anos antes, pairavam sobre o local onde nascera o avatar. De maneira aparentemente calma e lenta, a noite do primeiro dia da semana se passava mediante o olhar atento dos emissários das estrelas, dos sentinelas e dos guardiões, que atuavam sob a orientação do príncipe dos exércitos celestes. Havia se passado o momento mais escuro e já raiava o novo dia. Naquele ínterim, o Cristo-espírito havia descido pela última vez às regiões abismais a fim de falar à multidão de seres degredados, às hostes dos dragões e aos integrantes das lides sombrias. A pedra que cobria a entrada do túmulo selava o local, onde apenas resquícios da matéria biológica estavam por desmaterializar-se, finalmente. Àquela altura, até mesmo os fluidos que compunham o duplo etérico já haviam sido dispersos e retornado ao ambiente superior da atmosfera terrestre, sob a tutela de seres que detinham autoridade moral e conhecimento da ciência sideral. Eram os mesmos que prepararam, durante gerações, a seleção genética para formatação do corpo que serviria a quem seria o embaixador das estrelas na terra dos homens.

O selo romano estava intacto sobre a grande pedra que cobria a rocha. A guarda romana permanecia a postos e os guardiões sob o comando de Miguel também, muitos numa dimensão diferente daquela onde a guarda romana policiava e muitos, muitos outros, em corpos de uma fisicalidade distinta, mas não tão imaterial assim. Como uma legião de seres redimidos de diversos mundos da galáxia, prontificaram-se a vigiar o local.

Por outro lado, muitos espíritos especialistas, opositores à política divina e enviados dos dominadores do submundo, destacavam-se dentro da sombra da noite, ao longe, pois não se atreviam a chegar mais perto. Perceberam logo que seu intento, que era absorver os fluidos etéricos tão preciosos, de um corpo sem igual na terra dos homens, seria impedido pela presença dos exércitos celestes. Caso estivesse a seu alcance, os emissários dos reinos do submundo não permitiriam que a pedra que encobria a entrada do sepulcro fosse aberta, pois, assim, evitariam que os seguidores do Nazareno mantivessem a chama da fé acesa, na certeza de que ele voltara à vida.

Os seres do espaço, ou anjos, segundo a concepção religiosa e filosófica daquele povo, circulavam em torno do ambiente que consideravam sagrado. Embaixadores de civilizações, as mais avançadas da ilha cósmica, da qual a Terra era apenas uma poeira, circundavam o local aguardando algo, algum acontecimento. Esperavam o momento em que o governador espiritual do planeta regressasse de sua jornada aos reinos inferiores, onde fora pregar aos espíritos em prisão acolhidos na Terra, após sofrerem o degredo em seus mundos, milênios antes.

Jesus não dormia no sepulcro, prisioneiro ao corpo que já não existia. Também não ficava restrito aos ambientes próximos à Crosta, à semelhança de todos os humanos que experimentam o descarte biológico final. Não! Ele jamais ficava em silêncio ou em repouso. Até mesmo durante o processo de desmaterialização das células físicas, ele trabalhava intensamente junto aos seres alojados em prisão energética e magnética, nas regiões ínferas, nas esferas aonde a luz do Sol jamais chegava.

Certa ansiedade dominava as hostes do espaço, que esperavam o momento de saudar o Comandante Supremo, pois seu retorno das profundezas abismais seria para sempre a síntese do triunfo de sua obra relativa aos humanos do planeta Terra. De repente, um rasgo dimensional foi percebido por todos. Rebrilhando em meio às estrelas do firmamento, um ser mais portentoso do que todos os representantes das civilizações do espaço ali presentes apareceu levitando, voando velozmente através do portal que se abriu entre universos. Trazia ele a ordem dos administradores da Via Láctea. Revestido de armadura resplandecente e embainhando sua espada – símbolo da justiça divina[29] e, ao mesmo tempo, instrumento da técnica superior –, Miguel surgiu com sua voz singular, que reverberava por onde passava e repercutia em quaisquer dimensões onde vibrava a vida na Terra. Durante a passagem entre dimensões, espantara as trevas, a escuridão, como se fosse um sol que rasgasse o cosmo, deixando à mostra vislumbres e fulgurações do Reino, de mundos felizes e superiores, de uma região ignota do universo sideral. O rosto do poderoso arcanjo parecia feito de luz coagulada, como se fosse um relâmpago congelado em feição sublime.

Representantes das estrelas que estiveram próximos a Jesus no percurso até o Gólgota, en-

---

[29] Esta ideia – a espada como símbolo de justiça divina – por certo ecoa o célebre versículo: "Não vim trazer paz, mas espada" (Mt 10:34). A controvérsia da fala de Jesus é esclarecida pela interpretação espírita (cf. KARDEC. *O Evangelho...*. Op. cit. p. 433-439, itens 9-18, cap. 23), e o mesmo raciocínio se aplica à passagem sob análise. Convém notar, além disso, que Miguel, cujos epítetos citados – arcanjo (Jd 1:9) e príncipe dos exércitos (Dn 10:21; 12:1) – lhe são dados na Bíblia, jamais poderia exercer a função de zelador máximo da guarda e da

quanto carregava o instrumento de tortura – como que aguardando a ordem de seu comandante para, a qualquer momento, intervir –, elevaram-se às alturas ao notar a presença do emissário da justiça divina, que rasgava o universo invisível, materializando-se, por assim dizer, no mundo visível, causando um estrondo que repercutiu em diversas dimensões. Era o confronto da matéria do mundo físico com a matéria e a antimatéria do universo paralelo, da outra dimensão. Esses mesmos seres que acompanharam Jesus durante seu calvário elevaram-se para recepcionar o príncipe dos exércitos celestes, revolucionando-se no ar, acima dos demais benfeitores de prontidão. Eles ajudavam a guardar o local onde o antigo corpo do avatar cósmico repousara e logo após se dissolvera, desmaterializando-se. Em sua evolução nos fluidos da atmosfera terrestre, uniram-se a Miguel, o príncipe

---

justiça sem armas, ao menos não em um planeta onde a maioria dos espíritos é tíbia, no que tange à moral, quando não má. Acrescentam os espíritos, ao serem provocados: a vida de Jesus não traduz apenas a manifestação máxima da misericórdia na Terra, como se costuma crer, mas também a eclosão da justiça no mais alto grau. Basta ver as condenações que ele impinge aos dragões (Ap 20:10-15) ou à elite religiosa (Mt 23) e os juízos que vaticina (Mt 24-25). Decerto não é fortuito, enfim, que a própria cruz, simbolicamente, seja análoga à espada fincada na terra.

da justiça, e desceram em velocidade alucinante, enquanto os luminares das estrelas abriam caminho para aquele que ocupava um dos postos mais altos na hierarquia celeste, submisso apenas ao próprio Cristo. Juntos, desceram ao sepulcro.

No momento em que Miguel pousou, como uma águia iluminada, a terra tremeu ante o impacto de energias poderosas. Em torno de si, irradiações singulares, decerto, pareciam asas ao observador de planos menos elevados, tamanho magnetismo superior que exalava de seu espírito. A chegada do arcanjo induziu um terremoto de vasta proporção, percebido a quilômetros de distância do palco dos acontecimentos. Até mesmo o templo sagrado dos judeus fora abalado, juntamente com o palácio onde, naquele momento, repousava Herodes, tão atormentado pela consciência quanto as demais autoridades dos reinos humanos falidos. A região sacudiu-se por inteira, pois, à medida que Miguel se aproximava, o espírito em forma sublime, em puro corpo mental superior – o próprio Jesus, na feição que tinha antes da corporificação ou encarnação no mundo dos homens –, regressava da visita aos seres da escuridão, trazendo o troféu da vitória. Energias de ambos os seres foram responsáveis pelo violento terremoto, que sacudiu a Judeia mediante o impacto magnético e mental das entidades sublimes.

Tanto os soldados romanos quanto os espíritos sombrios, que vigiavam de longe, não puderam contemplar a face poderosa do arcanjo planetário, que vinha recepcionar o ser mais excelso que o mundo já conhecera. A visão humana percebeu apenas o reflexo do rosto de Miguel; ao lado dele, centenas de seres desciam, enquanto se movimentavam os veículos celestes – os discos alados que revolucionavam desde Jerusalém até Roma, e dali até terras mais longínquas –, numa demonstração da alegria contagiante que envolvia os enviados das estrelas, os anjos que saudavam o Cristo planetário.

O ser impressionante cuja presença aqueles homens detectaram jamais poderia ser comparado a qualquer mortal, nem mesmo ao santo *shekhinah,* tampouco aos antigos deuses ou aos césares da orgulhosa Roma. Era a face do ser mais graduado, que respondia diretamente pela ordem e disciplina, pelo cumprimento da lei sideral e divina no ambiente onde orbitava o terceiro mundo do Sistema Solar. Em suma, ele era o mais poderoso príncipe dos exércitos, a serviço do Senhor dos mundos. Os espíritos das trevas debandaram diante de sua força moral e da luz de um universo diferente, que irradiava de todas as moléculas de seu corpo espiritual.

Miguel aproximou-se lentamente do sepulcro, após aterrissar, e ergueu a mão direita. Empunhando a espada, criou uma fenda dimensional no interior da gruta, abrindo passagem para o Filho do homem, que subia glorioso, radiante, muito mais do que o príncipe dos seres etéreos, que o recepcionava de volta à superfície em nome dos povos da Via Láctea.

Como se fosse uma simples roda de madeira, a pedra rolou para o lado, deixando magnificente luz extravasar de dentro do sepulcro. O brilho de centenas de filhos das estrelas circundou o local, como se naves celestes projetassem campos de força fulgentes, abrindo passagem para aquele que era um dos notáveis que coordenavam a evolução de mundos na galáxia. À distância, era possível perceber as cintilações de centenas de seres descrevendo parábolas e outras trajetórias em torno do monte onde se localizava a tumba vazia. O comandante das hostes celestes, apenas com um gesto, fez rolar a pedra que demorara a ser colocada naquele lugar,[30] consumindo para tanto o esforço de uma dezena de homens; ela rolou como se fosse um balão soprado pelo vento. Em seguida, o insigne responsável pela justiça sideral ergueu-se sobre potentes campos de força e pousou suavemente sobre a pedra que antes cerrava o túmulo, sentando-se sobre ela.[31] Em

---

[30] Cf. Mt 27:60.

[31] "E eis que houvera um grande terremoto; pois um anjo do Senhor

torno, seres estelares espalhavam sua própria luminescência de diversas procedências, marcando o momento histórico inigualável.

De dentro do sepulcro, saía uma forma luminosa sem par, perante a qual as demais luzes se ofuscaram. Como um sol, Cristo difundia tamanho resplendor que era capaz de abrigar os milhões de seres que trazia após si, pois escutaram a sua voz no pronunciamento que fizera aos filhos da escuridão e foram persuadidos a atender seu chamado. Milhões deram abrigo em seus corações às palavras do Imortal, que falara aos espíritos em prisão. Grande número de chefes de legião, dezenas, quiçá centenas, de milhares dos mais experientes especialistas de diversos mundos, que para a Terra foram banidos em processo de degredo, deixaram-se inundar pela luz celestial emanada das palavras e da presença do Imortal, o embaixador das estrelas. No tempo em que envolvia a todos com as irradiações de seu corpo mental superior, Cristo reassumia feições aparentemente humanas, algo até certo ponto semelhante ao aspecto que exibia no antigo corpo físico.

Enquanto isso, as legiões de Miguel recolhiam

descera do céu e, chegando-se, removera a pedra e estava sentado sobre ela. O seu aspecto era como um relâmpago, e as suas vestes brancas como a neve" (Mt 28:2-3).

os seres advindos das regiões ínferas, com auxílio dos compatriotas estelares dos degredados, recebendo-os, abraçando-os e alegrando-se em razão do retorno das ovelhas desgarradas do grande aprisco. Elevavam-se às nuvens, transportando os milhões de criaturas que não cessavam de emergir da fenda dimensional por onde passara o embaixador da vida. Nesse ínterim, Miguel, o arcanjo planetário, desceu da pedra onde se assentara e postou-se em reverência perante a figura de seu mestre e senhor. Sua voz repercutiu pelo ambiente, fazendo novamente a terra sacudir-se:

— Jesus, filho das estrelas, rei solar, teus amigos te saúdam e teu Reino te espera!

O ser cósmico, que descera ao mais profundo abismo para falar a exilados de diversos mundos, onde se filiaram a uma política inumana, oposta à política divina, adquiriu poder sobre todos os homens, sobre todos os espíritos – e venceu a própria morte. Regressava do cárcere infernal como o mais brilhante conquistador de todas as épocas, sem fazer uso de espadas ou qualquer instrumento, a não ser a autoridade moral de suas palavras e a força do exemplo, que correspondiam exatamente ao discurso que proferia. Em meio ao clarão dos filhos das estrelas – governadores e cidadãos de mundos da amplidão –, em meio ao ribombar dos trovões e às claridades de raios e relâmpagos, ele voltou, ainda que a própria terra se contorcesse quando veio à tona com inúmeros filhos de outros mundos, degredados, que foram recebidos pelos respectivos irmãos de humanidade, das humanidades de cada orbe que ali estavam para recepcionar o embaixador solar.

O corpo se desintegrara, porém, estava vivo o insigne Imortal, cuja evolução se dera em planetas da imensidade, que talvez já tivessem se consumido e se transformado em poeira cósmica. Em breve, retornaria a seu Reino, levando aos governadores siderais a mensagem de que havia esperança para os seres albergados no terceiro mundo do Sistema Solar. Ainda restava esperança para a humanidade.

A forma sideral do ser cósmico – a mesma na qual se manifestava e vivia entre os sóis, num universo e numa dimensão dificilmente concebidos pelos homens da Terra – resplandecia fulgurante diante das hostes de seres iluminados. Miguel, então, elevou-se às alturas, a fim de ir aos quatro cantos do mundo anunciar a vitória aos povos por onde o Cristo passara, desdobrado ou materializado pelo processo de bilocação e outras habilidades psíquicas mais, embora nem sempre sua mensagem fosse compreendida, devido às limitações dos povos visitados.

Diante do fenômeno que ocorria, trespassando as dimensões da vida, os soldados de Herodes, tanto quanto os soldados cedidos por Pilatos aos sacerdotes judeus,[32] estupefatos, quedaram-se ao chão, mas sem perder a consciência, pois Miguel tratou de conservá-los, em sua maioria, lúcidos, por meio de forte influxo magnético, a fim de que dessem testemunho da ocorrência e da glória do rei solar, que superava as glórias efêmeras das sociedades e da política humanas. Medo agigantado apossou-se dos soldados, que tiveram suas habilidades psíquicas extraordinariamente acentuadas para perceberem além do delicado tecido que separa as realidades, divisaram os seres das estrelas, vislumbraram a glória de Miguel e assistiram à nova entrada triunfal de Jesus no ambiente da crosta, trazendo em si as irradiações de mil sóis. Logo após, diante do fenômeno inusitado que presenciaram, alguns deles desmaiaram enquanto outros chegaram a expirar, em decorrência do choque que os dominou, sendo imediatamente amparados pelas hostes da justiça, tão logo abandonassem os corpos físicos.[33]

Por algum tempo, as hordas da escuridão, organizadas e comandadas pelos supremos senhores da maldade nas regiões abismais, no plano astral mais ínfero, bem como as potestades e os prínci-

---

[32] Cf. Mt 27:65-66.
[33] Cf. Mt 28:4.

pes das trevas daquele século ficaram estarrecidos, pois jamais esperavam em seus pretensos domínios a visita recorrente do embaixador celeste da maneira como o fez ao longo de sua existência terrena. Sequer cogitavam que ele arrastasse consigo os súditos mais fiéis, os estrategistas mais competentes, que capitularam em face do pronunciamento do avatar.

Muitos deles serviam aos senhores da impiedade sem saberem exatamente a quem serviam; diante da possibilidade de se redimirem e retornarem a seus lares, entregaram-se à nova chance de recomeço, pois a mente soberana do Cristo abriu-lhes as portas da alma, suscitando que vissem naquela oportunidade a ocasião singular para regressarem às luzes das estrelas. As tenebrosas forças da oposição não imaginaram, também, que ele, o embaixador cósmico, detinha tamanho poder, a ponto de impedi-los de agir enquanto falava e garantir que suas palavras alcançassem todo o universo sombrio, perpassando-o de ponta a ponta, sendo, assim, ouvidas por todos os renegados de tantas raças estelares. Iludiam-se quanto ao poder e à força moral do Cristo, que sobrepujava amplamente os delírios de majestade dos maiorais do abismo.

"Por isso foi dito: Subindo ao alto, levou cativo o cativeiro, e deu dons aos homens. Ora, isto

– ele subiu – que é, senão que também desceu às partes mais baixas da Terra?"[34]

**Assim que terminou** sua missão junto aos discípulos, Cristo não poderia esquecer aqueles a quem visitara durante sua trajetória sobre a Terra. Embora nem todo mundo estivesse preparado para conhecer a sua história oculta, aquilo que realizara em benefício da humanidade terrestre num âmbito bem mais abrangente do que registram as célebres passagens dos Evangelhos, ele não olvidara as ovelhas de outros apriscos. Como poderia? Visitou povoados, vilas e países por onde estivera durante seu ministério, mas agora em corpo espiritual, portanto detentor de atributos psíquicos num grau superlativo, além do que os habitantes da Crosta pudessem compreender.

Concentrou o pensamento, como tantas vezes fizera ao longo de sua encarnação. Os fluidos ambientes, da atmosfera terrestre, bem como das águas do oceano, exalados por mil flores e árvores, além do bioplasma, eram todos absorvidos por seu espírito imortal. Gradativamente, assumia um corpo aparente, tangível,[35] à medida que captava dos dis-

---

[34] Ef 4:8-9.

[35] Cf. "Os agêneres". In: KARDEC, Allan. *Revista espírita*. Rio de Janeiro: FEB, 2004. p. 62-66 (ano II, fev. 1859).

cípulos próximos o ingrediente mais importante: o ectoplasma, a força nervosa que lhe permitia materializar-se, como o faria diante dos amigos reunidos no cenáculo.[36] Poderia ser tocado, mas também desaparecer quando quisesse, retomando a condição de espírito livre. Foi assim que, ao longo de mais de 40 dias e 40 noites,[37] visitou aqueles que aprendera a amar, com quem lidara diretamente durante os momentos de desprendimento do espírito, quando de posse do veículo físico. Agora, porém, usava um corpo de natureza diferente.

Pérsia, Índia, Egito, algumas tribos perdidas de Israel, mas jamais esquecidas por ele; apareceu em todos esses lugares e outros mais, a quem se dirigira antes, do mesmo modo como o fizera em relação aos discípulos na aldeia de Emaús, e também depois.[38] Foi testificar sua presença, seu apreço e cuidado com os povos do planeta. Um contingente de mais de 500 seres o acompanhava, indo e vindo entre países, em diversos povos; falavam da boa nova e testemunhavam acerca dos filhos das estrelas, afirmando estarem estes entre os humanos e, portanto, anunciando que os filhos da Terra não eram sós no universo.

[36] Cf. At 1.

[37] Cf. At 1:3.

[38] Cf. Lc 24:13-51; Jo 20; 21:1-22.

A fim de desempenhar a missão ao redor do globo, empregou um corpo aparente – em tudo semelhante ao corpo que tivera durante a vida física –, que se dissolvia assim que cessava de lhe ser útil, permitindo-lhe retomar a condição espiritual sublime sem delongas e, assim, transportar-se a outros lugares pela força do próprio pensamento. Somente depois de manifestar-se em vários recantos da Terra é que se despediu definitivamente dos mais chegados, nas terras israelitas. Em determinado monte, reuniu os amigos de trabalho, seus emissários no mundo. Desejava falar-lhes pela última vez, após seu trabalho terminar junto aos filhos da Terra, naquela época e naquele ministério:

– Volto ao meu Pai e vosso Pai, ao meu Reino, no qual vos receberei um dia, com grande festa e alegria genuína. Mas não vos deixarei órfãos. Enviarei um representante meu, o espírito Verdade, que vos guiará e vos revelará a verdade, relembrando o significado de muitas coisas que disse e fiz e esclarecendo outras que por ora não podeis compreender.[39]

As palavras do Messias tanto quanto a dimensão de seu trabalho, decerto, não seriam compreendidas por séculos e séculos, contudo, deixariam sua marca, sua mensagem de amor, a qual

---

[39] Cf. Jo 16:7-15.

jamais seria maculada.

Miríades de seres iluminados formavam um corredor entre a Terra e as estrelas, entre a morada dos homens e a Via Láctea. Naves etéricas, em seu bojo, transportavam iluminados mensageiros; eram vimanas que revolucionavam entre a Terra e o espaço com seus tripulantes das estrelas, carruagens de fogo que saíam da atmosfera terrestre, deixando um rastro de luz após si. Espíritos iluminados, advindos das estrelas, os quais saudaram o ingresso do embaixador divino na morada terrena, agora compunham, todos, a comitiva crística para o regresso à pátria celestial. Em meio ao fulgir e aos clarões que os discípulos não sabiam compreender, ele se elevou até as nuvens e reassumiu, tão logo saiu da atmosfera terrena, o aspecto que apresentava antes de renascer no mundo. Como embaixador das consciências sublimes, a comitiva de filhos das estrelas o seguiu, deixando um rastro luminoso por onde passavam.

Na Terra, homens, amigos, mãe e mulheres que o seguiam, além de algumas poucas crianças, observaram-no elevar-se na atmosfera. A ciência da época, acanhada e incipiente, não poderia explicar o fenômeno, tampouco os discípulos seriam capazes, àquela altura, de compreender a natureza de seu corpo espiritual ou mental superior. Entretanto, a imagem ficaria para sempre gravada em suas memórias espirituais. Olhavam para cima, fitavam os céus, enquanto alguns enviados do espaço que ainda ali permaneciam lhes disseram, aos corações cheios de saudade:

– Que mirais, varões e varoas da Galileia? O próprio Jesus que vistes erguer-se entre nuvens e cintilações regressará ao vosso mundo, tão seguramente como presenciastes sua ascensão. Assim mesmo, em meio a luzes eternas, secundado por seus emissários, ele retornará! Não fiqueis saudosos, pois ele não vos abandonou.[40]

Olharam em direção à voz que escutaram e perceberam a natureza diferente daquele que lhes falava. Era um dos filhos das estrelas, um anjo ou mensageiro, na concepção do povo hebreu. Ainda saudosos, observaram pela última vez e viram fulgores rebrilhando no alto; fulgores que, mais tarde, reapareceriam na Terra, em diversas épocas, a fim de testemunhar que os humanos não estão sós no universo. Não estão sós aqueles que amam.

---

[40] At 1:9-11.

# 8
# A CAÇADA TEM INÍCIO

"Aquele que feria aos povos com furor, com golpes incessantes, e que com ira dominava sobre as nações agora é perseguido, sem que alguém o possa impedir."
**Isaías 14:61**[1]

---

[1] BÍBLIA de estudo Scofield. Op. cit.

Logo após a ressurreição e o retorno do embaixador cósmico às estrelas, um concílio foi convocado pelos representantes siderais. Queriam decidir quais os passos seguintes no que tangia ao futuro da Terra e às tarefas que deveriam desempenhar em nome do projeto de despertamento da consciência dos homens terrícolas. Diferentemente dos antigos astronautas que colonizaram o planeta,[2] aqueles seres atuavam em sintonia fina com os agentes da justiça e os organizadores da evolução mundial em regiões superiores.

– Conforme já sabemos, tanto os que se consideram maiorais nas regiões inferiores deste mundo quanto os espíritos aprisionados, sujeitos a seu domínio, farão de tudo para evitar que os seguidores do avatar cósmico consigam inaugurar uma nova fase na história do mundo – disse um representante da ciência sideral.

– De fato, foram muito bem-sucedidos ao enganarem os sacerdotes da nação judaica, na verdade, não só os chefes religiosos, mas também os políticos nomeados por Roma nestas terras. Os dragões tiveram êxito ao os incitarem a rejeitar as

---

[2] O tema central do vol. 2 da série Crônicas da Terra é justamente o papel dos *annunakis* na formação da raça humana e da humanidade (cf. PINHEIRO. *Os nephilins*. Op. cit.).

palavras plenas de magnetismo do embaixador cósmico e os fizeram crer que ele era um impostor; pouco depois, a massa os seguiu nessa direção.

– Muitos séculos ainda se passarão, ao contarmos segundo o sistema romano, até que esta humanidade descubra o significado da encarnação de Jesus e apreenda todo o sentido de sua mensagem – ponderou Miguel. – Mas não podemos esmorecer diante dos desafios que os séculos futuros por certo apresentarão.

– Que tal se alguns de nós mergulhássemos na dimensão física, fazendo-nos visíveis periodicamente, ali e acolá, em diferentes épocas da humanidade, a fim de auxiliarmos o despertamento das consciências cativas do engano, da ilusão provocada pela matéria densa deste orbe?

A ideia não pareceu de todo insensata aos olhos de Miguel, portanto, ele ouviu atento a sugestão de um dos emissários de Órion:

– Durante este período em que o Cordeiro visita outros povos do espaço, de mundos que se libertaram do jugo dos maiorais, organizemos nossas ideias, a fim de apresentar-lhe um plano como sugestão, tão logo estabeleça a hora de agirmos mais intensamente outra vez. Até lá, espero que estejam a postos, amigos, pois a batalha neste globo apenas começou. Devemos mirar bem adiante no tempo, muito embora não possamos nos eximir do envolvimento na história humana conforme se fizer necessário.

Ao passo que transcorria a reunião de planejamento dos futuros séculos e das iniciativas de intervenção nos rumos do planeta, com o intuito de fomentar o progresso, o embaixador das estrelas, conhecido na figura de Jesus, regressava ao grupo de espíritos diretores do Sistema Solar. Antes, porém, de ele se reunir definitivamente com seus semelhantes na cadeia evolutiva e na hierarquia dos mundos, sucedeu um lance da trajetória do Cristo cósmico que dificilmente seus seguidores conheceram: visitou regiões do espaço de onde partiram, rumo ao orbe terrestre, muitos dos degredados, em tempos imemoriais.

O grande plano continuou seu curso, sempre sob a tutela de seres mais esclarecidos, que coordenavam os destinos dos homens da Terra e dos mundos que compunham a mesma família sideral. Ao longo do tempo, as luzes da mensagem crística sempre foram avistadas nos quatro cantos do mundo, por meio de seus prepostos, e, ainda hoje, rebrilham na atmosfera terrestre, procurando assegurar ao homem que ele não está só, que existe uma família sideral interessada em auxiliar no processo de aprendizado por vezes doloroso, porém gratificante e necessário. Tudo depende da resposta humana aos apelos do Alto.

Os planos para o futuro e os preparativos para acompanhar os seguidores de Jesus nos séculos vindouros foram estabelecidos mediante entendimentos entre Miguel e os representantes das estrelas, em sintonia com o governador solar, e contaram com a participação dos guardiões, que eram a instância responsável pela segurança planetária. Cada qual retomou suas atividades, muitos fora da atmosfera terrestre, mas todos, no âmbito do Sistema Solar, sempre observando e agindo conforme os desdobramentos da civilização. Durante mais de mil anos,[3] os guardiões, sob o comando de Miguel e seus auxiliares, atuaram em diversos acontecimentos ao longo da história.

— Temos discutido amplamente as orientações de Jesus — disse um dos guardiões da imensidade que trabalhava no ambiente do planeta Terra. — Nosso desafio agora é justamente elaborar um plano de auxílio aos povos da Terra, principalmente durante o período que se avizinha, dos séculos XI a XVIII.

— As revelações transcritas no Apocalipse do apóstolo João, durante o cativeiro na ilha de Patmos, foram codificadas de modo que leitores de variadas épocas possam chegar a uma interpretação de acordo com o período em que vivem. Entretanto, para nós, que trabalhamos neste lado da

---

[3] Cf. Ap 20:1-6.

membrana psíquica da realidade, e para os emissários da justiça, os detalhes da história foram revelados em minúcias, indicando os momentos de maior desafio – acentuou Enoque, que militava diretamente ligado a Miguel e seus prepostos. – Desse modo, os dados nos permitem realizar um planejamento amplo, com alguma antecedência, e nos cabe fazê-lo da melhor maneira possível.

Assim sendo, os filhos das estrelas promoveram socorro e auxílio em diversos momentos de dores coletivas. Assessorados por sábios e cientistas extraterrestres de um lado e, de outro, por espíritos radicados na Terra, porém dotados de uma visão mais dilatada da realidade humana, abduziram centenas de pessoas a fim de interferir nos dramas e nas comoções humanos. Sua atividade foi notadamente intensa durante as Cruzadas e as perseguições religiosas a valdenses e albigenses ou cátaros, já no ocaso medieval, e, mais tarde, nas transformações decisivas que introduziriam a chamada Idade Moderna – nos séculos XV e XVI – e culminariam nas grandes navegações, no Renascimento e na Reforma Protestante. Destacam-se o massacre da Noite de São Bartolomeu, em 1572, e a dramática Revolução Francesa.[4]

---

[4] O período revolucionário (1789-1799) precede a chamada era napoleônica (1799-1814), épocas de grande violência e, também, de

Nessas ocasiões, número expressivo de pessoas, na casa das centenas, foi também abduzido e transportado a outros lugares, a outras latitudes do globo. Embora tais indivíduos se ressentissem do impacto de um evento tão repentino, foram assim salvos de perseguição e morte certeira. Na maioria, foram alocados em novo país, mapeados, estudados e monitorados, visando a missões de interesse mundial e ao desenvolvimento de potencial psíquico mais avançado, para tanto, concorrendo até projetos de melhoramento genético.

Na verdade, já na Idade Média, teve início determinada fase de experiências genéticas com o objetivo de, alguns séculos mais tarde, originar corpos compatíveis com a nova geração de espíritos que se corporificariam na Terra. Todavia, foi na primeira metade do século xx que os experimentos dessa natureza se multiplicaram, de modo que, já na metade seguinte, alguns frutos foram colhidos, isto é, assistiu-se ao nascimento de homens e mulheres com determinadas habilidades acentuadas.

Entre os séculos v e x, os guardiões planetários vigiaram, interferiram e foram auxiliados de perto pelos seres das estrelas, que muitas vezes se corporificaram no mundo a fim de ajudar em momentos particularmente desafiadores. No início do

---

muitas guerras decorrentes do expansionismo francês.

segundo milênio, vários deles, os filhos do espaço, também se materializaram, por meio da reencarnação, sendo vistos posteriormente como luminares avante do seu tempo, pois trouxeram ideias arrojadas para o homem da Terra. Desde o período posterior ao retorno do Cristo aos mundos da imensidão, aqui e ali, com maior ou menor intensidade, eles enalteceram a civilização no campo das artes, da ciência e da cultura, incentivando o conhecimento e descortinando novas fronteiras, de modo que o homem percebesse que nunca esteve só no universo.

Os avanços gerais da ciência, em larga medida, devem-se a tais interferências. Homens dotados de mentalidade mais aberta foram abduzidos, ensinados, treinados e assistidos pelos sábios do espaço. Sob a batuta de Miguel e o comando dos emissários das estrelas, muitos cientistas foram arrebatados e conduzidos a laboratórios da esfera espiritual, no intuito de serem aprimoradas as condições de vida na superfície, trazendo aos homens não apenas réstias, mas potentes feixes de luz. Grande parte do conhecimento trazido à humanidade, principalmente na área da saúde, foi resultado desse intercâmbio entre mundos, além da presença de certas tecnologias que também vieram acrescentar qualidade à vida dos terrícolas. Pesquisadores de outros orbes, espíritos advindos de outras culturas siderais, ministraram verdadeiras aulas a homens preparados sob diversos aspectos, cujo próprio código genético havia sido trabalhado desde gerações anteriores para colaborar no fluxo de progresso oriundo de outras constelações e outros povos do espaço.

Em esferas como música, literatura, ciência médica, astronomia, física e astronáutica, principalmente, não é exagero afirmar que os homens da Terra foram guiados por seres mais experientes da comunidade universal. Muitas vezes, corporificaram-se no mundo por meio da reencarnação; em determinadas ocasiões, assumiram corpos humanos de terceiros num processo ainda não conhecido nem admitido como possível entre os terráqueos, de modo geral. Mesmo assim, caminharam entre os homens, como caminham ainda hoje, em silêncio quanto à sua procedência. Embora tais seres interfiram consistentemente em diversas áreas do conhecimento humano, sua influência passa à história como desdobramento natural da ciência, mérito apenas de pesquisadores humanos. Para os filhos das estrelas, trata-se tão somente de uma contribuição anônima, ao menos enquanto a civilização é preparada para sua aparição em maior escala no ambiente físico do globo.

Naquela altura, não apenas seres imbuídos de ideais nobres teriam voltado o olhar para a Terra;

não seriam mais somente *annunakis* nem antigos capelinos, mas, sim, representantes de certas coligações e estruturas de poder de planetas distantes.

— Receio que muitos terráqueos tenham contato mais ou menos intenso com cidadãos de mundos da imensidade — disse um dos guardiões da luz. — No entanto, preocupo-me com aquelas raças mais avançadas, em termos tecnológicos, que já vieram à Terra e circundam por aqui, promovendo experiências e usando os terrestres como cobaias.

— Sabemos que algumas delas intentam investigar a estrutura do DNA humano, pois visam à criação de uma raça mista, uma realização que foge ao grande plano e, portanto, poderá redundar em dor e sofrimento para os seres humanos. As abduções ocorrem como sequestro, isto é, alheias à vontade do indivíduo, entretanto, em certos casos, contam com o consentimento das pessoas. Em qualquer situação, devemos estar atentos, pois o futuro reserva muitas surpresas no âmbito da política humana, com consequentes desdobramentos na história. Será necessário interferir; não há dúvida. O desafio é justamente estabelecer a forma mais indicada de o fazer, se direta ou indiretamente.

— Tenho uma ideia, amigos do espaço.

— Fale, nobre companheiro de Sirius.

— Enquanto observamos o desenrolar da história humana, cabe-nos inspirar e educar o mundo através dos meios de comunicação de massa, que se difundirão. Isto é, não apenas na literatura, mas principalmente no teatro e no cinema, e até na imprensa e em outros *métiers*, podemos preparar o homem para, num futuro próximo, perceber a realidade de nossa presença entre eles.

– Não entendi bem sua sugestão, amigo – retrucou um dos seres do concílio estelar.

– Explico melhor. Os terráqueos sempre carecem de referências, líderes no âmbito político e social. A conjuntura, segundo a mentalidade humana, pede uma inspiração que seja, pelo menos na ficção, capaz de personificar ideais de justiça, hombridade e solidariedade. Penso em instigarmos escritores e criadores ao redor do globo, de modo que desenvolvam personagens que reflitam esse anseio em suas histórias. Aos poucos, podemos inserir elementos novos, como seres do espaço com habilidades super-humanas, dons paranormais e mesmo aparência diferente, extraterrestre. Gradualmente, o povo se habituará à ideia de que existe vida inteligente em formas diferentes daquela conhecida no planeta; podemos insuflar, até, que em algum momento haverá uma intervenção na Terra. Todas essas informações devem circular cada vez mais intensamente em filmes, páginas de revista etc., até que nossa presença, no futuro, não cause tanta celeuma. O objetivo central é assimilarem a ideia de que algo se passa nos bastidores de sua história. Dessa maneira, acredito que muitos mais se disporão, ainda que inconscientemente, a receber nossa ajuda, vendo como natural nossa interferência; isto é, trabalharemos a mente coletiva, em vez de aparecermos repentinamente sob os céus deste mundo.

A maioria deu indícios de aprovar a proposta do ser egresso de Sirius, um dos povos mais interessados em investir nos humanos terrestres. Progressivamente, a ideia tomou forma, e, logo após a fase de elaboração dos planos, realizaram-se as primeiras abduções de corpo astral com tal intuito, visando a pessoas-chave para implementar aquelas ideias em meio à sociedade. Iniciava-se o século xx quando as primeiras ações do detalhado planejamento começaram a se concretizar.

## Século xxi

A CAÇADA TEVE INÍCIO. O *krill* aquartelou-se num país do norte da Europa, onde misturou-se com a gente comum, disfarçado em aparência humana. Suas habilidades psíquicas proporcionaram que se materializasse temporariamente entre os humanos, na condição de um agênere. Enquanto isso, o corpo alienígena verdadeiro permanecia em repouso no Himalaia, no interior do conjunto de cavernas onde também repousavam os corpos de 24 seres de cultura diferente, em 24 esquifes forjados em matéria que lembrava cristal, porém misturado a uma espécie de liga metálica desconhecida.[5] Há 50 anos, refugiara-se numa das cavernas, porém, não a explorara em profundidade, pois, ávido de poder, resolvera se manter durante quase a totalidade do tempo afastado do corpo físico, assumindo nova identidade entre os habitantes da superfície.

De todas as formas, o *krill* tentara destruir os esquifes que o precediam, a fim de que se assenhorasse da caverna onde deparara com uma tecnologia muito superior àquela que dominava; entretanto, não obteve êxito. Não obstante, optara por se alojar ali pelo tempo necessário, pois concluíra que os donos daqueles corpos não apareceriam tão cedo. A julgar pelo aspecto e pela estrutura eletromagnética dos esquifes, provavelmente já estavam há milênios fora dos corpos; questionava até se os seres seriam capazes de retomá-los.

Repousou o corpo num artefato que para ali levara, semelhante a uma cápsula translúcida, entretanto, feita de um material muito inferior ao encontrado nos esquifes antigos daquele lugar tão ermo, aonde dificilmente algum humano conse-

---

[5] Cf. PINHEIRO. *O agênere*. Op. cit. p. 367.

guiria chegar. O *krill* sentia-se seguro, porém, ignorava que os guardiões da humanidade sabiam a localização exata do seu corpo preservado tecnologicamente e dotado de propriedades de transformação da estrutura atômica e celular.

– Vamos logo, Irmina! – chamou Dimitri, convidando a agente a segui-lo junto com dois outros guardiões.

– Você por acaso sabe onde se esconde o corpo do tal *krill*?

– Temos de ir direto às cavernas. Watab tem as coordenadas. De lá, poderemos seguir o rastro magnético dele. Basta termos o cuidado de averiguar se não existe algum impedimento ou armadilha montada por lá.

– Vamos que estou a ponto de explodir de tanta ansiedade para encontrar esse ser estranho.

– Vá com calma, minha cara! Não entre no conflito antes de testarmos a segurança do local.

Enquanto se deslocavam rumo à Cordilheira do Himalaia, já puderam captar as correntes magnéticas advindas da presença do *krill* naquele recanto insólito. De repente, sem aviso prévio, rajadas elétricas chocaram-se contra os campos defensivos dos guardiões e da agente desdobrada, Irmina Loyola. De trás de um pico da cordilheira, saiu em disparada, pilotando carros voadores, um grupo de espíritos das sombras, além de seres terrenos e um *gray* que os dirigia. Faziam de tudo para impedir o acesso da equipe de guardiões ao local onde repousava o temível *krill*. Eram seres grotescos, talvez aliciados entre as hordas dos *daimons*, embora mais provavelmente entre aliados distantes, pois davam estrondosas gargalhadas, que indicavam, só por isso, não constituírem nenhuma elite de especialistas, mas de marginais comuns. Denotavam uma infeliz escolha do *krill* ou de seu assistente *gray*. Como uma pequena malta, pareciam se deleitar no ataque, mais parecendo espíritos zombadores do que detentores de conhecimento suficiente para se opor aos guardiões.

O *gray* que capitaneava o grupo demonstrava nítida preocupação, pois há muito ninguém comparecia por aquelas bandas. Além do mais, logo notou que o pequeno destacamento estava determinado e que eram escassos os recursos de que ele, o vigilante alienígena, dispunha para enfrentar os guardiões da humanidade, mesmo que estes estivessem em número reduzido. Por outro lado, estaria perdido se deixasse que se acercassem da caverna, uma entre tantas daquela região inexplorada. Ele não sabia esboçar um riso que disfarçasse o nervosismo, conforme faziam os humanos, e já antevia a desgraça que se abateria sobre ele caso os representantes da justiça conseguissem seu intento. Agora, sua breve animação para ingressar na batalha mesclava-se de desespero visível.

Resolveu parar, dando meia-volta num dos montes abaixo de si, e gritou, numa linguagem que os espíritos vândalos pudessem entender:

– Avante, tropa de rebeldes! – incitava o *gray*, em tom audível, ao passo que se escondia sob um campo de invisibilidade, acreditando que os guardiões não poderiam percebê-lo. – Abatam todos!

Os espíritos se precipitaram em direção aos guardiões, crendo piamente – talvez devido à superioridade numérica – que poderiam vencer os poucos emissários da justiça que se aproximavam do local secreto onde jazia o corpo do *krill*. Gritando feito uma malta de desordeiros, estavam sem controle, dada a deserção do *gray* que antes os guiava. No entanto, acreditavam com sinceridade que poderiam abatê-los e que defendiam uma causa importante, afinal, haviam sido escolhidos pelo líder de uma facção extraterrestre, o qual se instalara na Terra dezenas de anos antes.

Enquanto isso, o *krill* estava a quilômetros dali, desdobrado e, ao mesmo tempo, materializado em meio a humanos, com a aparência original dissimulada. Como todo agênere, utilizava fluidos absorvidos dos próprios homens a fim de manter-se naquela condição. Caminhava em direção a um dos escritórios ligados à sede belga do Parlamento Europeu. Havia se rematerializado num canto do Brussels Airport, situado na comuna de Zaventem, o principal dos aeroportos a atender à capital belga. Depois de caminhar por pelo menos 40 minutos até sair do aeroporto, o *krill* desceu ao piso −1 e lá pegou o trem até a estação Brussel--Centraal. Lá chegando, caminhou entre a gente, absorvendo de um e outro energia psíquica, algo que ele sabia fazer sem esgotar o alvo. Era um tipo de fluido emanado da estrutura sutil dos seres humanos, irradiado principalmente pela glândula pineal e por sua contraparte astral. Os *grays* tinham perícia em extrair expressiva cota de energia a partir de contato físico instantâneo com a pessoa-alvo.

Da estação central, o *gray* disfarçado tomou o metrô e, em menos de 10 minutos, estava na estação Schuman, defronte ao Berlaymont, um dos edifícios da Comissão Europeia e onde se localizavam alguns escritórios do Parlamento. Queria pesquisar a fundo o comportamento dos homens ligados ao poder, pois tinha interesse em imiscuir-se entre eles, influenciando de perto certos aspectos da política da União Europeia. Era uma cartada dada por ele como certa e decisiva no grande xadrez cósmico ao qual se devotava havia décadas. Mas o *krill* nem de longe desconfiava que, naquele mesmo instante, era rastreado.

Junto com mais cinco agentes dos guardiões, Kiev ficara responsável por identificar o *krill* em meio à multidão. Porém, esperava notícias acerca dos progressos do outro destacamento, sob o comando de Dimitri, um dos oficiais mais graduados, cuja incumbência era identificar o rastro magnético do ser do espaço desde a origem, nas cavernas do Himalaia.

O time de Kiev estava na porção norte da capital belga, no Atomium, monumento construído por ocasião da Exposição Universal de 1958. Enquanto aguardava, montava os equipamentos da tecnologia dos guardiões, que foram modernizados mediante interferência de seres extraterrestres interessados em coibir a atuação de forças antagônicas à política representada pelo Cordeiro. Os seres de Órion haviam cedido aos guardiões da Terra equipamentos que lhes permitiam aumentar a capacidade defensiva e, também, majorar o alcance dos instrumentos empregados no combate às forças de oposição ao bem e à humanidade. O tempo corria célere.

OS VIGILANTES DO LUGAR onde repousava o corpo físico do *krill* não faziam ideia dos planos e do andamento das atividades dos guardiões em Bruxelas. Nem sequer mensuravam o poder do inimigo, como se referiam aos guardiões sob o comando de Dimitri. Um dos espíritos vis voava na atmosfera gelada da cordilheira quando a tropa demoníaca acelerou e o ultrapassou, sobrevoando um cume mais baixo, na tentativa de abater os guardiões. Eram lacaios dos *grays*, muito embora seu comandante se escondesse com a intenção de se preservar, deixando o bando à deriva. Se o *gray* era um covarde, o mesmo não se poderia dizer do bando selvagem de espíritos da escuridão que avançava contra os sentinelas. Contudo, estavam sem voz de comando. Era cada um por si, tentando o que podia e sabia a fim de afastar o grupo de intrusos das proximidades da caverna. Mais pareciam um enxame de vespas gigantes a se deslocar sobre os fluidos gelados do Himalaia, arrastando em torno de si uma aura cinza-escura e opaca como fuligem. Foi quando o grupo de Dimitri deu uma volta, modificando a rota, e fez com que os vigias pensassem que eles estavam em debandada, com medo da malta de desordeiros. Então o *gray* resolveu aparecer, já que também interpretara o gesto dos guardiões como temor, e não como estratégia.

– Eu sabia que correriam. Sabia que não poderiam enfrentar nossas hordas! – vociferava o *gray*, num misto de sua língua natal com algo que parecia a língua entendida pelos espíritos da escuridão. Estava convicto da vitória sobre o inimigo e de que haviam triunfado pela vantagem numérica, pois o grupo de guardiões era bem menor. O covarde ser das estrelas só apareceu quando Dimitri resolveu mudar a tática de aproximação, antes mesmo de qualquer combate.

Após o extraterrestre reunir seus homens demoníacos, os seres da escuridão, sua voz soava ainda mais alta do que antes, pois que se gabava diante de todos. Os espíritos vândalos, sem nenhuma inteligência mais expressiva, gritavam, uivavam, sacudiam-se, exprimindo de forma animalesca sua aprovação ao discurso do *gray*, como se fosse ele o autor da suposta derrota dos guardiões, que teriam desistido de atingir o cume onde ficavam as cavernas mais antigas, de difícil acesso. Em seus veículos mirabolantes, os espíritos das trevas voavam em torno do ser das estrelas, enquanto alguns pousavam sobre algumas das saliências de rochas cobertas de neve. Em círculos ou aleatoriamente, outros levantavam voo em torno do *gray*, que se regozijava da vitória numa batalha que nem sequer havia começado.

O *gray* alçou voo entre a gritaria e a confusão, que nada diziam do poder, tampouco da coragem de seu líder. Porém, antes que alcançasse altura suficiente para ir ao topo mais alto da cordilheira, ouviu um sibilo e, num átimo, percebeu o brilho de uma espada que rasgava o ambiente da atmosfera daquele local. Era Dimitri, que retornava com sua equipe de poucos guardiões, além de uma mulher desdobrada sedenta por colocar fim àquela situação ridícula, um entrave patético aos objetivos que os levavam até ali. O *gray* e os subordinados das regiões profundas apenas viram o rebrilhar vermelho da espada, um instrumento poderoso nas mãos de quem sabia utilizá-lo. Os olhos grandes do *gray* abriram-se ainda mais, deixando que todos ali vissem a expressão de espanto, medo e covardia de quem deveria honrar o posto com dignidade e competência mínimas.

Os guardiões chamaram a atenção da turba desorganizada ao aparecerem de repente, obedecendo ao comando de Dimitri. A corja de espíritos abruptamente mudou de atitude e agora berrava e guinchava esperando uma ordem do *gray*. Apenas ouviram a repetição do mesmo brado genérico, fraco até para simular coragem; um tipo de som rouco que saía de sua boca pequena, que parecia rasgar-se em sua face e desenhar uma careta:

– Soldados, atacar...

Mas nada. Pegos de surpresa, os espíritos estavam atordoados, pois jamais imaginaram que os guardiões apareceriam assim, de súbito. Continuavam gritando e olhando na direção do omisso ser do espaço, à espera de qualquer gesto. De repente, novo rasgo dimensional feito pelo instrumento que Dimitri empunhava, e apareceram mais guardiões. Aí a confusão se fez total onde já não havia ordem.

O *gray* saiu apressado, em seu suporte antigravidade, indo em direção à caverna onde jazia o corpo do *krill*, o líder dos degenerados de sua raça. Irmina seguiu o famigerado ser de outro mundo, junto com dois guardiões. As demais criaturas, vendo que seu chefe fugia, trataram de fugir também, atabalhoadas; alguns deles acabaram caindo do veículo que os transportava enquanto os guardiões cumpriam a tarefa de por fim àquela confusão. Dimitri deu ordens para levar os desordeiros a determinado posto dos sentinelas, onde ficava uma das mais importantes bases de apoio, em uma região não muito distante. Em seguida, partiu com os guardas do grupo original para o lugar onde o *gray* se refugiara.

Irmina entrou pela abertura da caverna, nem mesmo observando os estranhos instrumentos incrustados nas paredes laterais, os quais pareciam de uma época remota, embora muitos deles estivessem ao abrigo do gelo, e o local, mergulhado numa aura de calor que fazia com que, em seu interior, houvesse certa sensação inusitada de aquecimento. Manipuladas e escavadas com instrumentos ignotos, as rochas abrigavam a tecnologia dos antigos, bem como seus arquivos milenares. A radiação emanada do lugar não afetava a vida humana nem a estrutura energética dos guardiões.

A mulher desdobrada passou pelos esquifes e penetrou célere, no encalço do *gray*, que emitia gemidos ou sons incompreensíveis. Obstinada, Irmina nem notou as inscrições pelas paredes, que apresentavam caracteres indecifráveis – pelo menos naquele momento. Os guardiões iam atrás de Irmina quando ela, num lance imprevisto, projetou-se com toda a força sobre o ser medroso a quem perseguia. Caiu em cheio por cima do *gray*, que, embora encarnado, tinha um corpo semimaterial, como os seus, portanto, capaz de receber o impacto de Irmina. No plano extrafísico, assim como na realidade física, corpos de densidade análoga interagem entre si, pois apresentam a mesma materialidade. Assim, o golpe da agente foi intensamente sentido; o *gray* perdeu os sentidos. Antes mesmo que os guardiões que a acompanhavam alcançassem-na, ela já trazia o ser esquálido agarrado; arrastava-o por uma de suas mãos, dando a impressão de que arrancaria o braço dele do lugar, devido à sua forma delicada se comparada à de um braço humano.

Irmina passou em meio aos sentinelas, que a olhavam abismados com a maneira como agia; ela literalmente arrastava o ser inconsciente, como se fosse uma presa abatida na caça. Tão logo chegou ao salão principal, onde estavam os 24 esquifes daquela espécie de cristal metálico, além do *krill* em animação suspensa, a mulher levantou o ser do espaço como se levanta uma palha e largou-o no chão, no exato instante em que Dimitri adentrava a caverna com os demais. Despejado aos pés do oficial dos guardiões, o *gray* permanecia desacordado, enquanto todos fixavam a agente, admirando a forma meiga e ponderada como ela o capturara, dando cabo à perseguição. Dimitri deu uma estrondosa gargalhada, no que foi acompanhado por alguns dos demais.

– Não temos tempo a perder com gente assim. Ainda mais um bicho feio como este. Nosso alvo é outro – mal acabara de falar e já saiu de perto do guardião para examinar os esquifes ali alojados.

Dimitri pediu que um dos especialistas estudasse o alienígena, trazendo-o à consciência novamente, e ajuntou-se à Irmina e aos outros guardas da equipe no exame dos esquifes. Um zunido permanente reverberava no ambiente.

– Este som incomoda até a alma – sentenciou Irmina, imperturbável, como se nada estivesse acontecendo.

– Parecem máquinas, algum tipo de tecnologia em operação há milênios.

O local inspirava algum respeito. Afinal, ao fitar seres tão diferentes dos humanos estendidos dentro de esquifes antiquíssimos e de matéria desconhecida, não havia como não sentir certa reverência pelo lugar. A presença do corpo do *krill* ali ganhava um significado único: ele havia profanado um ambiente em tudo especial. A cabeça cônica do invasor destoava da forma padrão dos demais *grays*, seus conterrâneos. Provavelmente, ele usara a habilidade psíquica para disfarçar sua aparência etérica, tal como fizera com a física, pelo menos era o que sugeria o aspecto do *krill* acomodado dentro da cápsula. E quanto àqueles 24 antigos? Quem eram aqueles seres num dos pontos mais altos da cordilheira? Ninguém sabia, nem sequer aqueles guardiões. Mas havia algo muito importante ali, com absoluta certeza.

– Não vamos tocar os antigos, nem os esquifes – ordenou Dimitri aos demais. – Convém preservar este lugar a todo custo, por quanto tempo for necessário.

BEM ABAIXO DAQUELA altitude, havia um povoado, em um recanto quase esquecido do Himalaia, aos pés das montanhas. Um grupo de homens, tatuados no rosto e nas mãos, com uma espécie de escrita indecifrável para outros povos, tomava conta do local. Vestiam-se como se fossem militares, envoltos em panos grossos. Traziam espadas e até mesmo um instrumento desconhecido ao lado esquerdo, na altura das escápulas. Era um povoado incrivelmente diminuto, de apenas 58 habitantes, nada mais. Avistavam-se algumas habitações, um pequeno cemitério coberto de neve e uns animais estranhos, os iaques selvagens, os quais pastavam resquícios de gramas que, em certa parte do ano, sobreviviam ao frio.

Durante longo tempo, seres de outros povoados tentaram domesticar aqueles animais portentosos, por fim, desistindo de torná-los animais de carga, como os iaques domesticados de regiões próximas. Entretanto, ali, naquele recanto esquecido e não identificado por outros povoados, quase perdido na neve e no tempo, os homens conseguiram uma proeza incrível. Apesar de sua aparência bestial, cobertos de uma pelagem farta, os iaques selvagens conviviam com os habitantes do lugar. Brevemente durante o ano, a neve cedia aqui e acolá, e podia-se ver renascerem as estepes, que eram fecundadas pelos rebanhos selvagens. Nesse caso, apenas rebanhos pequenos, mas em número suficiente para conviver e oferecer calor, além da própria pelagem, que as mulheres cortavam para tecer cobertores e mantas de rara beleza. Muitas vezes, mostravam-se tão adaptados à convivência com humanos que esses indivíduos, em particular, chegavam a dormir em meio a dois ou três dos animais, misturando-se uns aos outros no intuito de produzir calor e resistir ao longo e estressante inverno. Serviam-se de sua carne como alimento e do leite de suas fêmeas. Um guardião do templo, ou, mais precisamente, do Templo Interior, em tempos idos, ensinara aos ancestrais daqueles homens como fazer para domesticar os selvagens habitantes das neves e das montanhas sagradas.

Mulheres silenciosas trabalhavam para manter permanentemente aquecidos os pequenos abrigos no inverno quase eterno do local. Uma parcela dos homens tatuados montava os animais, preparando-se para subir a cordilheira que reverenciavam. Ao tempo em que o destacamento de Dimitri se dirigia às cavernas, esses homens partiam montanha acima, no lombo dos iaques, até onde estes os podiam carregar. Nesse ponto, deixaram os animais dentro de uma caverna que conheciam há bastante tempo. A forma como se locomoviam naquele ambiente atestava que já haviam realizado aquele percurso por ao menos certo número de vezes. Demoraram horas na subida, enquanto os animais de montaria descansavam dentro do abrigo natural.

Era fim de abril e quase início de maio quando esses acontecimentos se deram, época em que o *jet stream*, ou corrente de jato, que os afetava diretamente, reduzia a velocidade dos ventos, propiciando aos homens daquela aldeia a possibilidade da subida. De fato, levando em conta a velocidade com que subiam e o seu conhecimento da área, seu intento parecia mais fácil do que se fossem homens de outras regiões do planeta.

Após largo tempo – ainda que pequeno em

relação ao tempo gasto por *Sir* Edmund Percival Hillary e Tenzing Norgay[6] para atingir o topo do monte mais alto da cordilheira, o Everest –, os homens daquelas paragens chegariam em tempo recorde ao reduto das cavernas, ainda desconhecido nos dias atuais pelos pesquisadores e os exploradores. Sempre silenciosos, enfim se avizinharam do lugar. Ajuntaram-se todos em círculo e, juntando as mãos num gesto simbólico, pareciam murmurar alguma prece. Logo após, um deles levantou a mão e se manifestou:

– Irmãos, sabemos que, desde alguns séculos, nossos ancestrais foram escolhidos como guardiões das cavernas por um guardião do Templo Interior. Compete a nós, seus descendentes, levar adiante a missão que nos foi confiada. Como sabem, vivemos para isso, e nosso trabalho, aprendido desde a infância, é exatamente proteger os deuses que dormem no interior das montanhas sagradas.

– Nossos irmãos que vigiam os pensamentos dos deuses detectaram recentemente um aumento de atividades em torno das cavernas do monte sagrado. Já há alguns anos, tudo indica que algo ocor-

---

[6] Considerados pioneiros em alcançar o cume do Everest, em 1953, Hillary (1919-2008) foi um alpinista neozelandês, e o nepalês Norgay (1914-1986), um *sherpa*, etnia tibetana que acabou dando nome à profissão de guia em escaladas no Himalaia.

re no interior de uma das cavernas, mas, há pouco tempo, uma atividade mental febril, algo que destoa de tudo que já conhecemos antes, chamou-nos a atenção. Cabe-nos, portanto, ir até o local de repouso e averiguar se existe alguma intromissão no santuário – sentenciou um dos homens aos guardas das montanhas.

– Não acredito que algum homem tenha encontrado o local do repouso, o santuário dos deuses antigos. É praticamente impossível identificar a entrada das cavernas. Mesmo entre nós, apenas um a cada geração conhece a localização exata da caverna, muito embora existam outras, interligadas à principal.

– Mesmo assim, o vigilante do templo foi alertado, pois sua mente captou uma onda de emoções vinda diretamente do território sagrado. Como ele está muito idoso, não tem mais condições de fazer a jornada montanha acima. Precisamos chegar lá, pois nosso dever agora, substituindo o guardião do templo, é policiar e defender da intromissão alheia o local. Não podemos trair nosso legado. De uma geração a outra, nosso povo transmitiu o conhecimento dos deuses, e fomos eleitos como seus sentinelas nestas regiões inóspitas. Nem mesmo nossa comunidade foi encontrada por homens de outros povoados e cidades. No entanto, caso descubram onde os deuses adormecidos estão, isso poderá acarretar um desastre sem igual no mundo. O homem ainda não está preparado para encontrar os antigos.

— Falta pouco, irmãos do crescente! Vamos avante e armemo-nos... Não esqueçamos os instrumentos que nos foram cedidos, os quais, até hoje, não foi necessário usar. Mas pode ser que deparemos com surpresas por lá. O importante é que o santuário não deve ser profanado, em nenhuma hipótese.

Alguns dias se passaram, de maneira lenta e calma, à medida que os homens se aproximavam, esquivando-se aqui e acolá rumo ao mesmo local onde Irmina, Dimitri e os demais guardiões da humanidade já se encontravam, àquela altura, dentro de uma das cavernas antigas.

— Vejam ali — falou Eduard, um dos guardiões da equipe de Dimitri. — Um corpo diferente; parece um *gray*.

Todos se posicionaram junto à cápsula onde jazia o corpo do ser alienígena a quem procuravam.

— Acionem os aparelhos para detectarmos o rastro magnético imediatamente — deu a ordem um dos guardiões, um dos especialistas no assunto.

— Se Raul estivesse conosco, ele mesmo detectaria — falou Irmina ao guardião, impaciente. — Mas, se é assim que resolvem, então está bem; liguem seus aparelhinhos!

— Não tivemos autorização para trazer Raul, minha cara — respondeu Dimitri, sorrindo. — Talvez ele seja acionado junto com Beth, oportunamente. Agora, recorreremos à nossa tecnologia.

Irmina pareceu menosprezar o que o guardião dizia. Ela sabia muito bem por que Raul e os demais agentes não foram convocados para aquele trabalho. Enquanto os soldados do astral acionavam seus instrumentos, Dimitri conversava por meio de um equipamento de rádio com Watab, que estava de prontidão para agir, caso fosse necessário. Havia certa tensão no ar. Irmina se dirigiu à entrada da caverna, mirando o branco da neve, que se estendia longe, por todos os ângulos, as reentrâncias, os cumes e as montanhas que avistava.

— Ainda bem que estou fora do corpo — dizia para si mesma. — Caso contrário, não suportaria este clima e jamais seria capaz de chegar até aqui.

De repente, avistou um movimento em meio à neve, num local distante. Fixou o olhar, porém, uma vez que não conseguia enxergar com nitidez, pediu auxílio a um dos guardiões. Este lhe cedeu uma espécie de visor, que ampliava a imagem ao passo que a mostrava sob uma luminosidade vermelha, o que favorecia bastante, por estarem rodeados de neve. Irmina apurou a visão com a ajuda do equipamento.

— Homens! — gritou forte para os guardiões. — Aproxima-se um grupo de homens da região, pois estão vestidos com trajes estranhos... — Dimitri procurou certificar-se da informação de Irmina.

— Nunca imaginei que um lugar tão inóspito pudesse ser conhecido ou sequer ser descoberto pelos encarnados — falou o chefe dos guardiões ao mirar montanha abaixo.

Depois de algum tempo, durante o qual detectaram possível alteração nas radiações eletromagnéticas do corpo do *gray* adormecido na caverna, Dimitri se manifestou:

— Talvez sirvam a nossos intentos!

— Fala de quê, guardião? Não entendi o que disse — falou Irmina.

— A presença desses homens aqui, Irmina. Precisamos de fluidos mais intensos para que um dos nossos especialistas se materialize, a fim de retirar o corpo do *gray* daqui. Caso ele seja identificado pela equipe de Kiev, talvez ele... — Dimitri nem terminara a frase, quando o *gray* capturado mais cedo por Irmina enfim despertou, vendo-se cercado pelos guardiões; ela o entendeu, porém. Havia a necessidade de um agente dos guardiões se tornar tangível naquele ambiente. Fazia parte do plano de Watab, o guardião da noite, que um dos especialistas integrasse a diligência de Dimitri, mas isso não os eximia de usar fluidos humanos. Sozinha, Irmina não os conseguiria doar na intensidade necessária para promover a tangibilidade do especialista no mundo físico.

Os homens aproximavam-se da caverna enquanto um dos guardiões tentava conduzir uma entrevista com o *gray* assustado. O alienígena olhava Irmina com muita reserva e algum medo. Ela achegou-se ao *gray*, que ainda buscava se levantar do chão. Ela lhe parecia um gigante naquela postura, pois o *gray* tinha estatura menor que a média humana. Irmina fez questão de mostrar-se poderosa diante dele; desdobrada, então, quando adquiria estatura mais alta... O cativo a enxergava deformada através de suas pupilas.

– De onde vocês vêm? – perguntou um dos homens de Dimitri ao *gray*.

Balbuciando, o alienígena nem tentou esconder sua procedência, pois temia um golpe dos homens e de Irmina:

– De uma estrela que vocês conhecem como Zeta Reticuli... – ensaiou algumas palavras mal-articuladas. Mas os guardiões tinham acesso a seu pensamento, de modo que bastava instigá-lo a pensar no que queriam conhecer. O *gray* não era capaz de se defender mentalmente; era um covarde em todos os sentidos. Logo começou a tremer todo e dava mostras de que desmaiaria novamente.

– Não interessam detalhes sobre eles e sua procedência, guardião – falou Dimitri, dirigindo-se para o lugar onde estavam. – Precisamos saber sobre o *krill*, o chefe dele.

O *gray* ouviu a fala do chefe dos guardiões. Alto, cabelos à moda militar, corpulento, Dimitri chamou a atenção do ser do espaço, que tinha compleição bastante diferente da dele e da dos outros ali presentes. Sobretudo, a força oral que irradiava do guardião causava certo constrangimento no extraterrestre.

Sem hesitar, Dimitri dirigiu-se a outro guardião, à medida que saía de perto do *gray*, que se apresentava num corpo etérico para os padrões terrestres, isto é, no limiar entre as matérias densa e astral.

– Você precisa se preparar, meu amigo – disse Dimitri ao especialista, sem que o alienígena pudesse escutá-los. – Em breve, terá de assumir um corpo físico, ou seja, forjar um corpo tangível entre os encarnados, por um pouco de tempo.

– Sei disso, senhor – respondeu o especialista. – Essa não é uma tarefa muito agradável, embora se faça necessária. Entrar em contato com os fluidos grosseiros, mais densos, faz-nos sentir o peso da matéria em maior intensidade e restringe nossas habilidades, ainda que possamos continuar com algumas delas.

– Mas, como disse, creio que será mesmo necessário, amigo. Precisaremos de alguém daqui vibrando na mesma frequência material do *krill* quando ele tentar reassumir seu corpo físico, o que acreditamos que será o desfecho da perseguição desencadeada por Kiev. Sem isso, não poderemos capturá-lo. Você já se materializou no mundo por algumas vezes e o fez de forma brilhante na última ocasião, ao perseguir o agênere que havia se embrenhado no metrô de Nova Iorque.[7]

— Sim, embora não tenha alcançado tudo o que queríamos naquele momento — respondeu Lorey Yanni, o especialista.

— Mas desta vez poderá conseguir; por que não? Apesar de não estarmos lidando com um ser humano do planeta Terra, cabe-nos cumprir a estratégia desenhada por Watab. Confio em você, pois é um excelente especialista na área. Poucos de nós somos capazes de produzir o fenômeno da aparição tangível, ainda mais ganhando desenvoltura em tal estado, uma vez concretizado.

— E quais pessoas serão os doadores de energia? Somente Irmina? Ela está desdobrada e, nessa condição, requer as reservas de fluidos que detém para as próprias atividades do lado de cá.

— Reforços estão a caminho, meu amigo. Alguns encarnados aproximam-se deste lugar. Eles certamente nos serão úteis.

Mal Dimitri pronunciara as últimas palavras

---

[7] Cf. PINHEIRO, Robson. Pelo espírito Ângelo Inácio. *Os guardiões*. Contagem: Casa dos Espíritos, 2013. p. 361-369.

e um dos oficiais informou com satisfação:

— Está pronto o equipamento! Conseguimos identificar o rastro magnético do *krill*. Veja a frequência, senhor...

Dimitri aproximou-se, juntamente com Irmina e Lorey, alguém que já desempenhara o papel de agênere anteriormente, numa caçada a um enviado das sombras também na condição de aparição tangível.

— Envie os dados imediatamente para Kiev. Ele está no aguardo dos detalhes com a equipe em Bruxelas.

Imediatamente, o oficial acionou um dispositivo elétrico, remetendo os dados para o guardião Kiev. Em seguida, um fato inesperado sucedeu, enquanto o *gray* não parecia resistir à sabatina operada por um dos guardiões que o acuara. Os homens do povoado ao sopé da montanha sagrada finalmente chegaram às portas da caverna. O acontecimento naturalmente despertou a atenção dos guardiões, mas todo o resto se passou como um raio, repentina e muito rapidamente, em dois lugares ao mesmo tempo.

— Vamos, irmãos! — chamou um dos homens, de nome Ang Ki, que fez menção de ingressar na caverna, não sem antes deter-se no portal, num claro gesto de reverência. — Reunamo-nos aqui e entremos juntos.

— Temos de ajudar Bstan-'dzin a terminar a subida. Ele tem dificuldades, nobre Ang...

Três dos homens auxiliaram o companheiro a terminar de vencer o último obstáculo para penetrarem a caverna. A neve encobria quase tudo e, por isso mesmo, constituía excelente camuflagem da entrada de uma das inúmeras cavernas ali existentes. Além do mais, os raios solares refletiam-se na alvura da paisagem, dificultando divisar qualquer detalhe com precisão. Olhando-se de longe e, talvez, apenas de alguns metros de distância, não se poderia distinguir uma reentrância qualquer da abertura daquele reduto encrustado numa das montanhas sagradas. Evidentemente, em condições regulares, os guardiões não poderiam ser vistos, pois vibravam numa frequência diferente, numa dimensão distinta daquela em que vibravam os homens. Bstan-'dzin terminara de subir e descansava por um instante, sentado na própria neve e encostado na saliência de uma rocha.

— Vamos, irmãos! — chamou um dos homens. — Não devemos demorar mais. Mesmo para nós, que estamos habituados, o frio aqui em cima é muito intenso. Precisamos fazer nossas observações e voltar antes que venha uma tempestade.

Os poucos homens, que se intitulavam sentinelas dos antigos, rumaram ao interior da caverna. Eram reverentes; não seria aquela a primeira vez em que adentravam ali. Ouviram o zumbido leve, que parecia sair das paredes, como se proveniente de algum equipamento ali presente. Decerto já o ouviram antes, pois não lhe deram maior importância; será que o compreendiam? Avistaram o brilho dos 24 esquifes, mas notaram também algo diferente no ambiente: uma bolha ou cápsula feita de um material totalmente díspar. Aproximaram-se lentamente.

– Vejam, irmãos! – apontou um dos homens. – Um ser mais parecido com um demônio! – exclamava logo ao se acercarem do lugar onde jazia o corpo do *krill*.

– Como afirmei, nossos amigos ligados a este lugar e aos antigos sabiam o que diziam. O lugar sagrado foi invadido e corrompido pela presença deste ser intruso.

– E se for alguém enviado pelos antigos ou amigo deles? – perguntou um dos guardas dos anciãos.

– Não acredito nessa hipótese, pois nossos sensitivos detectaram a presença como se fosse uma intromissão no santuário dos antigos. E reparem a aparência deste demônio! É totalmente diferente do aspecto dos antigos.

– O que faremos, nobre Ang Ki?

– Vamos pensar um pouco mais à medida que averiguamos o restante da caverna. Vamos nos dividir em duplas e então penetraremos mais fundo, a fim de checar se não há mais nada que aqui esteja e não pertença ao lugar sagrado.

Os homens das montanhas não percebiam a presença dos guardiões.

— Que fazer agora, Dimitri? — perguntou Irmina, do outro lado da membrana psíquica que separa as realidades.

— Aguardar, minha cara. Nada mais. Já enviamos os dados para Kiev. Espero que ele tome as devidas providências. Enquanto isso, aconselho que se coloque à disposição do nosso especialista. Ele precisará de seus fluidos para iniciar o processo de materialização. Temos de nos preparar até mesmo para a reação dos homens das montanhas caso percebam a aparição... Eles também serão doadores de fluidos mais densos, de energias animalizantes e de magnetismo humano.

**Do alto do Atomium**, em Bruxelas, Kiev recebera as coordenadas e a frequência exata na qual vibrava o corpo etérico do *gray* conhecido como *krill*. Em breve, encetaria a caçada contra um dos mais ardilosos seres do espaço, que então estava há mais de 50 anos na Terra.

O alvo chefiava uma espécie de facção política entre seus compatriotas e fora desabonado perante o conselho dos clãs de seu povo. Frustrado, decidira vir à Terra junto com um grupo relativamente numeroso, de algumas dezenas de seres, a fim de provar suas teses. Dedicando-se à pesquisa do DNA dos humanos, esperava descobrir um meio de misturar ambas as raças e, assim, conseguir reverter o processo de degeneração de sua gente, que não se reproduzia há gerações. Como recurso paliativo, visando preservar sua espécie e sua civilização, haviam se desenvolvido cientificamente a ponto de produzir clones. Sabendo que a clonagem não era suficiente para resolver o problema no longo prazo, o *krill* decidira vir ao terceiro planeta com um grupo de cientistas para coletar material genético e persistir na solução de miscigenar as espécies. Queria a todo custo volver ao mundo natal com um resultado animador. Entretanto, a decisão e as atitudes que tomara não foram comungadas pela maioria do seu povo, o que o tornou um tipo de rebelde, conquanto fosse um líder ou alguém de certa hierarquia, respeitado pelo grupo que realizava abduções sob seu comando.

Agora, o *krill* queria mais, muito mais. Visitava Bruxelas com a finalidade de identificar humanos que pudessem lhe servir de apoio na política mundial, a começar pela Europa. Queria utilizá-los pessoalmente como marionetes caso não fosse aceito pelos seus, como temia, prevendo que possivelmente seria impedido de regressar ao mundo no sistema de Zeta Reticuli. Todavia, jamais contaria com a atuação dos guardiões da humanidade. Kiev se preparava para entrar em ação imediatamente.

# 9
# OS FILHOS
# DO AMANHÃ

"O Senhor ama aos que odeiam o mal"
SALMOS 97:10

Numa das bolhas do Atomium, Kiev se reunia com seus oficiais, representantes da justiça divina. Assim que recebeu os dados acerca do *krill*, partiu em missão com determinado instrumento nas mãos, na companhia do destacamento sob sua tutela. Do Himalaia, chegaram mais dois guardiões que traziam detalhes sobre a frequência vibratória do chefe dos *grays* rebeldes, além de outras informações preciosas. O *krill* havia se dissociado do corpo físico, deixando-o em repouso e preservado por meios tecnológicos numa caverna no Himalaia, por considerar o local o mais seguro que pôde conceber, livre da ação de qualquer humano. Ele desconhecia a atividade intensa tanto dos guardiões superiores como da pequena comunidade de sentinelas dos antigos – termo pelo qual esta se referia aos 24 seres misteriosos cujos corpos jaziam numa das cavernas perdidas daquela cadeia montanhosa. Os indivíduos que a compunham dedicavam-se há séculos, de geração a geração, a vigiar e preservar o reduto secreto que julgavam sagrado, como sagrada julgavam tal incumbência.

Sob o comando de Kiev, o destacamento de guardiões passou ao largo da Mini-Europe e desceu diretamente até a estação Brussel-Centraal, enquanto outros se dirigiram à Gare du Midi/Zuidstation. Logo que o grupo chegou àquela estação, os instrumentos imediatamente foram ativados pelo rastro magnético do alienígena – uma espécie de energia residual que permeia o local onde todo indivíduo está, passa ou vive, e constitui uma identidade energética inconfundível. Espíritos especialistas, bem como alguns seres encarnados, detêm um sentido extra, algo de paranormalidade, com que rastreiam essa energia e, assim, obtêm a localização do ser a ela relacionado. Em certos momentos, entretanto, os guardiões empregam instrumentos da tecnologia sideral a fim de localizar seu alvo, como fizeram em relação ao *krill*.

No caso de uma unidade biológica extraterrestre, a empreitada complica-se um tanto, pelo fato de que o alienígena apresenta frequência vibratória muito diferente da que revelam os terráqueos. Acrescente-se a isso o fato de que, no caso dos *grays*, alguns deles detêm a capacidade psíquica da dissociação celular e, portanto, fora do corpo, conseguem assumir não apenas a aparência, mas a identidade magnética de outras criaturas. Há uma espécie de aura emanada de suas mentes que torna possível desenvolver a habilidade de metamorfose, ou seja, capacita-os a adquirir a forma física de outros indivíduos. Todavia, para isso ocorrer, devem deixar o corpo físico, dissociar-se dele e, então, revestir-se da nova identidade, numa espécie de rematerialização, incorporando as propriedades de outros corpos, incluindo os de seres de outras culturas e raças. Trata-se de uma habilidade não desenvolvida em humanos terrestres. Não obstante, se o corpo físico em repouso não for preservado, os *grays* perdem imediatamente a condição de exercer tal dom, além de se verem definitivamente numa dimensão semelhante àquela que, na Terra, é conhecida como astral; ou seja, ocorre o descarte definitivo de seus corpos físicos, de modo irreversível. Eis por que o *krill* escolheu um recanto desconhecido dos homens para resguardar seu corpo em animação suspensa.

Na Brussel-Centraal, Kiev chamou todos em torno de si e começaram a corrida contra o tempo. Seguiram rumo ao hemiciclo, no Parlamento Europeu. Ao passarem próximo ao edifício Paul-Henri Spaak, o instrumento rastreador pareceu ganhar vida própria. O equipamento detectou intensa radiação da aura do renegado de Zeta Reticuli.

– Espalhem-se, guardiões! Com certeza, o *krill* está por aqui... – sentenciou Kiev.

O sujeito caminhava quase calmo demais, próximo à entrada do Parlamento. De repente, seus sentidos se aguçaram e percebeu que algo estava diferente. Vestia-se com um traje elegante, porém, algo não combinava em sua aparência. Era qualquer coisa que as pessoas corriqueiramente não perceberiam, mas havia uma falta de harmonia no conjunto. Detalhes assim passavam despercebidos pelas pessoas que ali caminhavam. A certa distância, Kiev apressou-se com seu time de guardiões, deslizando sobre os fluidos ambientes até a proximidade do homem do qual irradiava as emissões eletromagnéticas que os atraíram até ali.

O disfarce do *krill* em meio à multidão parecia perfeito, até que notou a estranha movimentação extrafísica no entorno. Ele aguçou seus sentidos e pôde ver um pouco mais além do tecido sutil das dimensões. Não titubeou, apesar da ira quase irracional de que fora tomado a partir de então. Seus planos haviam sido descobertos por algum artifício que ele mesmo não compreendia. Fez um movimento sugestivo apenas para os da sua raça, rodopiando sobre o próprio corpo enquanto a forma humana dos filhos da Terra dava lugar ao corpo humanoide do *gray* que ele realmente era. O disfarce não funcionava mais. Ao mesmo tempo, tornara-se invisível aos cidadãos comuns. Estava, agora, em sua forma astral ou etérica, por assim dizer, na qual era visto pelos guardiões. O *krill* saiu em disparada enquanto ativava um pequeno aparelho que fornecia sua localização exata para os de sua espécie. Tudo começou a se modificar ao redor.

A quilômetros dali, outros *grays* rebeldes e, portanto, associados ao *krill*, que o tinham na conta de chefe, receberam o alarme, dirigindo-se exatamente para o lugar onde fora acionado. Como um enxame de gafanhotos, as naves etéricas se apresentaram onde o *krill* se encontrava em questão de minutos, sobrevoando o Quartier Européen ou bairro Europeu. Kiev soou o alarme e os guardiões de sua companhia se colocaram de prontidão imediatamente. Dividiram-se, dois perseguindo o *krill* e o restante se preparando para o combate com as forças alienígenas no plano etérico-astral. O barulho dos motores das aeronaves etéricas parecia preencher o ambiente. Era um zumbido estranho, incômodo e, mesmo soando na dimensão etérica-astral, no limiar das dimensões, os encarnados percebiam o som de maneira intuitiva, causando grande desconforto em muita gente. Alguns *grays* simplesmente pularam de suas naves para o solo, correndo, na tentativa de defender seu chefe. Acreditavam-se superiores aos guardiões por causa de sua tecnologia. Tentaram a todo custo derrotá-los. Para um humano encarnado, sua comitiva poderia representar um destino certo de destruição e morte; não, porém, para os guardiões.

Kiev elevou-se, rodopiando sobre o próprio corpo espiritual junto a mais dois guardiões, enquanto chamava a poderosa nave dos guardiões superiores, a Estrela de Aruanda. Em tempo recorde a nave em formato de estrela pairava sobre os céus de Bruxelas, causando espanto aos próprios *grays*, que nunca haviam enfrentado um poderio tão grande. Mesmo assim, não desistiram. Um deles, que parecia um especialista de navegação entre eles, gritou para seu companheiro:

– Poderemos vencê-los?

– Não há como saber o poder de fogo desses humanos. Nós não sabíamos que eles tinham uma nave tão poderosa assim... É melhor não contarmos com a vitória. Precisamos proteger o *krill*...

– Nossa posição está comprometida. Dê ordens para nossas naves realizarem a manobra de guerra – falou o *gray* enquanto corria em direção ao local aonde o *krill* se dirigia. Contudo, Kiev foi mais ágil e, do alto, partiu como um raio rumo ao famigerado ser do espaço.

Do lado oposto, uma nave vinha zumbindo em direção a Kiev, quando mais de 10 *grays* lançaram-se sobre o guardião, interceptando-o ainda no ar, livrando momentaneamente o *krill* do impacto certeiro. Lançaram-se impetuosamente e em grande velocidade, chocando-se com o guardião, que rodopiou, mudando o sentido de sua descida. Descreveu verdadeiro malabarismo no ar enquanto desembainhava sua espada e se juntava a outros dois guardiões, que o seguiam. Decidido, partiu para cima da nave etérica com a arma em punho, literalmente rasgando a estrutura maciça na nave dos *grays*, que pularam dela, pois se arrebentaria logo depois, desintegrando-se em seguida. Os *grays* que escaparam ilesos pareciam, contudo, como quem estivesse há bastante tempo em combate, esfarrapados, com a aparência de destruição. Afinal, não eram guerreiros, mas cientistas a serviço das experiências descabidas do *krill*. Outros caíram da nave etérica enquanto revolviam na atmosfera, tentando se equilibrar. O trajeto até o solo pareceu mais um ensaio inseguro de um filhote de águia em seu primeiro voo.

Do chão, o *gray* responsável pelo comando, que corria atrás de seu chefe, gritou aos demais:

– Não permitam que essas aberrações humanas os detenham! Usem de todo o seu conhecimento. O *krill* irá recompensá-los! – berrava ao correr cidade afora.

Na ânsia de proteger seu chefe, saíram do ambiente do Parlamento e do próprio Quartier Européen, o bairro onde se sediavam a Comissão Europeia, o Parlamento Europeu e o Conselho Europeu. Em disparada, sem nenhuma programação, já estavam na Grote Markt ou Grande Praça, o centro geográfico da cidade, a cerca de 2km dali, com seus prédios deslumbrantes. Entretanto, é claro que nenhum deles, perseguidos e perseguidores, tinha tempo para apreciar as fachadas do Hôtel de Ville ou da Maison des Boulangers. O *krill* só sabia correr, sem ao menos dar tempo para seus capatazes se acercarem dele. Só pensava em regressar ao Himalaia imediatamente e reassumir seu corpo guardado na cúpula translúcida, a cápsula onde se encontrava em hibernação em meio a líquidos e gases que preservavam a sua vida biológica. Não tinha hábito de correr assim e sua estrutura não estava preparada para algo de tal monta.

– Nosso chefe recompensará a quem detiver os humanos desgraçados dessa dimensão! – gritava tresloucado um dos comandantes *grays*.

Kiev brandiu sua espada enquanto descia da nave dos guardiões um comando de sentinelas preparados para a batalha. O *gray* não escaparia. Os guardiões abriram seus braços, cada um segurando um instrumento em forma de espada e, em formação de cunha, desceram como mísseis em direção aos *grays* que tentavam impedir o voo de Kiev. Descendo através dos fluidos ambientes, o vento assobiando e lançando os véus de fluidos da atmosfera em todas as direções, não sentiam os guardiões o vento gélido que os encarnados sentiam. Vibravam em outra dimensão da vida. No entanto, por uma razão qualquer, os *grays* sentiam muito intensamente tanto o calor da batalha quanto o vento que soprava os véus de nuvens.

A investida lhes pareceu muito fácil quando receberam o chamado inicial do *krill*, mas subestimaram os humanos, tampouco cogitavam ser observados pelos guardiões deste mundo.

– Às armas, *grays*! Acionem suas armas e não ingressem no combate corpo a corpo! – gritava o líder, ou melhor, pronunciava numa sequência de sons ininteligíveis.

Os guardiões chegaram como um impacto de balas de mil canhões. Os *grays* que deveriam defender o *krill* não puderam fazer muito mais, embora tentassem com todas as forças. Um deles, pouco mais alto que os demais, desobedecendo seu subcomandante, arremessou-se contra um dos guardiões, porém este nem sequer se mexeu; era como se fosse feito de metal ou rocha maciça. O *gray* se espatifou no chão ao encontro com o porte atlético do guardião africano, que levantou sua espada enquanto o alienígena emitia algum som, que soava como um clamor por socorro. Em vez de ser atingido pela espada certeira do sentinela da justiça, como imaginou, o guardião, brandiu-a no ar e abriu uma brecha, um rasgo dimensional à frente do *gray*. Este foi literalmente sugado pela porta que se abria entre universos e dimensões. Ao redor, os outros de sua espécie quedaram-se estupefatos. Não imaginavam o poderio dos guardiões. Desconheciam suas armas de combate. Terminava ali a façanha daquele grupo, embora, ao longe, bem distante dali, seus compatriotas observassem tudo o que se passava, sem poder interferir. Abrigavam-se numa estação no fundo do Oceano Atlântico.

Noutra frente, Kiev perseguia o *krill* e seus protetores *grays*, os quais corriam no solo atrás de seu chefe. O *krill* sabia que não podia mais correr. Seria obrigado a se desmaterializar e, ato contínuo, rematerializar-se dentro da caverna. Era um risco, mas o teria de correr. Para tanto, precisava de um local tranquilo; dependia de se concentrar e modificar a estrutura celular de seu corpo etéreo. Resolveu adentrar o primeiro prédio que avistou. Kiev e sua equipe mais próxima estavam no seu encalço, não dando muito tempo para o *krill*, que ofegava. Os outros *grays* corriam também, sem rumo predeterminado. Tratava-se de um dos prédios administrativos da cidade, onde todos agora estavam. O *krill* teve apenas um pouco de tempo à disposição. Caiu sentado num canto de uma das salas vazias e empreendia enorme esforço para coordenar a respiração. Precisava se concentrar ao máximo. Os dois *grays* que o ajudavam na fuga vigiavam a entrada do ambiente. Kiev saltou sobre os *grays* e viu os últimos reflexos do corpo energético do *krill*, que estava prestes a concluir a etapa de desmaterialização. O guardião bradou enquanto projetava-se exatamente onde segundos antes estivera o *krill*. A tropa dos guardiões entrou em seguida e prendeu os *grays* restantes, que foram conduzidos à Estrela de Aruanda. Kiev não se perdoava por haver perdido o chefe rebelde dos extraterrestres por tão pouco.

Enquanto isso, os guardiões no interior da caverna no Himalaia estavam apreensivos quanto à presença dos homens que se diziam defensores do local sagrado. Afinal, os visitantes inesperados poderiam tomar alguma atitude que viesse a prejudicar os planos. Contudo, teriam de contar com a eventualidade de uma interferência do gênero. Pelo jeito, segundo os relatos dos especialistas de Watab, os corpos dos anciãos estavam anteriormente dentro de uma nave, que ainda poderia ser vista, bem ao fundo das galerias da caverna. Porém, no momento os esquifes estavam dispostos ali, ou seja, alguém conseguira retirar de dentro da nave antiga os 24 esquifes, ou teriam sido programados para, após determinado tempo, saírem com recursos da própria tecnologia de seus construtores? Ninguém poderia dizer, por ora.

Dimitri coordenava tudo de maneira que os especialistas pudessem registrar cada detalhe das emissões energéticas que provinham das paredes, na verdade, de dentro das paredes da caverna, onde estavam instalados, devidamente camuflados, instrumentos antiquíssimos. Irmina colocara-se à disposição de Lorey, um dos especialistas de materialização, pois cederia parte do ectoplasma necessário para que o guardião se tonasse tangível no mundo dos viventes. Noutra ponta, um dos membros da equipe acompanhava o progresso de

Kiev no continente europeu, a cerca de 9.000km dali, gravando tudo o que ocorria em Bruxelas por meio de um pequeno aparelho portátil que captava as imagens à distância.

Um dos homens que compunha o grupo de sentinelas dos antigos, Ang Ki, falou num tom de comando aos demais:

– Vamos vasculhar cada recanto desta caverna. Não encontrando nada de diferente aqui, passemos às demais – resolveram fazer diferente do combinado anteriormente. – Vamos! Não temos muito tempo, homens! – eles não sabiam que do outro lado da membrana sutil das dimensões, outro grupo de guardiões, desencarnados, porém tão vivos e vibrantes quanto eles, trabalhava mais ou menos em sintonia com os mesmos propósitos.

– Não creio que possamos deixar este demônio aqui, nobre Ang Ki – afirmou Bstan-'dzin, apontando em determinada direção. – Corremos o risco de que, ao retornarmos, algo tenha acontecido. Também não creio que haja mais alguma coisa diferente dos equipamentos já conhecidos, nas demais cavernas. Aqui é o lugar sagrado onde repousam os antigos e, como este ser demoníaco, qualquer outro que quisesse se intrometer neste recanto se instalaria justamente nesta caverna.

Ang Ki pensou por instantes enquanto os demais aguardavam sua decisão. Com certeza, causou certo espanto o que disse, mas principalmente nos guardiões:

– Vamos destruir esta cápsula e, se o demônio estiver vivo, o mataremos também. Depois tiramos tudo daqui e liberamos a caverna, mantendo-a como deve ser.

Dimitri não acreditava que eles pretendiam destruir o corpo do *krill*:

– Temos de fazer alguma coisa, Irmina! Guardiões, se destruírem o corpo do *krill*, este não poderá corporificar, e não sabemos o que poderá acontecer. Seria um assassinato...

– Mas será que podemos fazer alguma coisa, Dimitri? – perguntou Irmina. – Eles não nos veem e nós não temos meios de simplesmente detê-los.

Os acontecimentos se precipitaram.

– Vamos, homens! Usem as armas que nossos ancestrais receberam dos antigos.

– Não! – gritou Irmina, desdobrada, como se pudessem ouvi-la.

Os homens empunharam suas armas imediatamente, apontando-as para a bolha translúcida, contaram até três e dispararam. Mas nada.

Os guardiões bem que tentaram impedi-los, mas os homens não os sentiam nem os percebiam...

– Vamos, novamente! Todos ao mesmo tempo e não paremos enquanto a maldita cápsula não for rompida!

De cada arma partia uma luz vermelha, semelhante a um raio *laser*. Concentraram ao máximo o feixe de raios num único ponto, e o local ficava cada vez mais quente. Logo o material com aparência vítrea derretia-se aos olhos de todos.

– Irmina, tente incorporar em um deles! Vá, rápido! – gritou Dimitri para a agente desdobrada.

Irmina tentou, mas em vão. Não conseguia acesso às mentes dos homens, talvez devido à raiva que emanava de cada um deles ao avistarem o corpo do *gray* boiando naquele líquido. O significado da presença alienígena ali, na caverna onde repousavam os corpos dos seres mais antigos que a humanidade já havia conhecido, era para aqueles nepaleses um sacrilégio incomensurável. Além disso, como eram zelosos em seu ofício, em preservar a todo custo a caverna e os esquifes, não admitiam que fossem enganados ou que o *gray* pudesse haver entrado ali sem que soubessem. Irmina não teve êxito. O próprio Dimitri se preparava para entrar em ação, na tentativa de acessar o psiquismo de um dos homens. Mas tudo ocorreu um tanto rápido demais. A concentração das armas num único ponto acabou por abalar a estabilidade molecular do material. A cápsula explodiu ali mesmo, dentro da caverna. Arrebentou num estrondo, enquanto o material advindo da explosão espalhou-se por todos os cantos. Entretanto, os esquifes que continham os corpos dos 24 anciãos continuavam intactos.

Dimitri suspirou profundamente. Sentiu-se angustiado. Os guardiões pareciam haver perdido o jogo. Não houve tempo hábil para que Lorey se corporificasse como planejado, ao menos não a tempo de impedir os homens. E tudo se deu no exato momento em que o *krill* se desmaterializava em Bruxelas. Nem ao menos Dimitri teve tempo para se recuperar da situação, quando o ar à sua frente tremeluziu. Com um barulho semelhante a um chiclete explodindo – ploc! –, o ar foi preenchido pela figura do *krill*, que caiu ao chão tão logo se materializou. Irmina deu um grito e, sem pestanejar, jogou-se em cima do *gray* foragido, como se fosse uma reação puramente instintiva. Após rematerializar-se na dimensão extrafísica, o *krill* apresentava-se na feição real de seu povo, sem disfarce. Ele queria se fazer passar por um *Homo capensis*, mas não pertencia a essa raça.

Durante a confusão toda, na qual os homens das montanhas mataram o corpo encapsulado, um dos guardiões inteirou Kiev sobre os acontecimentos na caverna, igualmente acompanhados em Bruxelas por vias tecnológicas, em tempo real. Imediatamente, Kiev deixou a capital belga a bordo da imponente nave dos guardiões e em poucos minutos fez o percurso até o local das cavernas nas montanhas consideradas sagradas por aqueles homens.

– Conseguimos, irmão. O demônio está morto. Livramos os antigos de qualquer intrusão em seu repouso sagrado. Vamos agora limpar o ambiente – falou Bstan-'dzin aos seus conterrâneos. Kiev chegou às cavernas ofegante, ansioso por ver o ocorrido. O *krill* fora aprisionado pelo time de Dimitri, mas este, mesmo assim, não se sentiu confortável ante o assassinato do corpo na bolha. Todos foram conduzidos para a nave dos guardiões, enquanto Kiev e Dimitri providenciaram para que a caverna fosse protegida por um campo de força da quinta dimensão, algo que não poderia ser destruído ou rompido por nenhuma tecnologia conhecida. Também deixaram dois guardiões de prontidão ali, onde repousavam os anciãos. Quanto aos nepaleses, desceram as montanhas jubilosos, pois, segundo pensavam, alcançaram êxito ao proteger o lugar, o templo sagrado, conforme o chamavam.

Quando o *krill* acordou, sentia-se destruído internamente. Não conseguira retornar ao corpo físico, pois este fora morto pelos homens que se apresentaram como defensores dos seres do espaço. O *gray* rebelde, que se via como uma espécie de governante destituído, estava na nave dos guardiões da humanidade, num dos compartimentos de pesquisas. Desolado, sentia-se profundamente abatido com o desfecho da história.

Depois de mais de 50 anos transitando entre um país e outro, já se sentia absolutamente seguro entre os humanos do planeta. Modificara sua aparência externa inúmeras vezes, mas, sobretudo para enganar os humanos, assumiu a feição de um *annunaki*, com testa cônica, embora não pudesse simular a estatura bem maior daquela raça. Sob esse disfarce, participou diversas vezes de reuniões com líderes mundiais, desde a época de D. Eisenhower até os dias atuais, com figuras como os presidentes russo Vladimir Putin e chinês Xi Jinping, o ditador norte-coreano Kim Jong-un, entre outras personalidades centrais no mundo político, além de chefes de órgãos de segurança como John Brennan, diretor da CIA sob Barack Obama, e Tamir Pardo, diretor do Mossad, a agência de inteligência israelense, sob o primeiro-ministro Benjamin Netanyahu. Até certo ponto enganara a todos. A estratégia era semelhante à dos primórdios. Apresentava-se como um alienígena que oferecia vantagens em troca de favores, entre os quais a permissão para atuar no território sob jurisdição do contatado com a finalidade de realizar abduções. Entretanto, o *krill* também se disfarçava de humano, pois detinha uma habilidade rara mesmo entre os de sua espécie. Nos escritos de ficção científica, poderia ser descrito como transmorfo.

De cabeça baixa e em depressão profunda, o *krill* viu todos os planos ruírem no instante em que encontrou o corpo destruído, bem como o recipiente onde este hibernava – uma cena que não abandonava sua memória. Sobrevivera como ser da dimensão paralela, como espírito. Tão logo se reconheceu definitivamente perdido em novo corpo energético, também percebeu que estava nas mãos de seres muito mais poderosos do que ele, os guardiões da humanidade comandados por Watab, o africano.

– Então, nem foi preciso se corporificar lá na caverna – falou Irmina ao especialista que se preparava para assumir um corpo físico como agênere.

– Como os acontecimentos se precipitaram e os homens acabaram destruindo o corpo físico do *krill*, não foi mais necessário. Ainda bem, pois é sempre muito penosa a materialização nessas circunstâncias. O objetivo era pegar o *krill* em seu corpo físico assim que ele o reassumisse dentro da bolha criogênica. Mas como o corpo foi morto pelas armas que os sentinelas do Templo Interior utilizaram...

– Percebo que para nós foi melhor assim – concluiu Irmina.

– Certamente, até porque assim você não precisou ceder fluidos, o que lhe ocasionaria grande desgaste. Fazer-se aparição tangível entre os encarnados não é nada fácil; exigiria tanto de mim quanto dos doadores de energias, não somente de você. Eu ficaria submisso temporariamente às leis que imperam no plano físico. É como uma miniencarnação: o contato com os fluidos densos da atmosfera física e psíquica dos homens acarreta consequências nem sempre agradáveis. Existem outras formas de agirmos no mundo, embora no caso do *krill* fosse necessário tornar-me um agênere.

Enquanto conversavam, a Estrela de Aruanda chegou ao satélite natural da Terra, na base dos guardiões cuja entrada, no Mare Imbrium, era protegida por campos de força de altíssima potência. Quando alunissaram, os especialistas estavam a postos para a sabatina a que submeteriam o *krill* e seu ajudante *gray*, que se mantinha agachado num canto qualquer da nave etérea, com medo do seu comandante. Covardemente se ocultou aos seus olhos, permanecendo calado durante o tempo inteiro. Ele sabia muito bem que o *krill* jamais o perdoaria por haver falhado em garantir a segurança da caverna.

Foram conduzidos a uma ampla galeria, local geralmente dedicado a reuniões com seres de outras culturas siderais. Lá, soltaram o *krill*, que, durante todo o percurso, ficara atrelado magneticamente a uma poltrona adequada a seu tipo fisiológico. Ele se levantou, quase cambaleando, meio tonto, pois a forma como fora definitivamente despejado do corpo físico e o choque emocional ao se ver impotente diante do quadro geraram tremendo impacto sobre ele. Acabrunhado, abatido, não encontrava forças sequer para gritar, lamentar ou fazer qualquer objeção ao que se lhe sucedia.

– Tome, *krill*. Este é um alimento que lhe ajudará a recuperar forças – disse-lhe um dos guardiões do comando superior, entregando-lhe uma cápsula com alimento concentrado. O *krill* pegou aquilo com visível interesse, pois qualquer coisa que lhe restituísse as forças seria bem-vinda naquele momento.

Logo em seguida, entraram alguns especialistas: Kiev, Watab, Dimitri e uma equipe de seres do espaço, advindos principalmente de Órion, de um sistema próximo de Betelgeuse, a estrela-alfa da constelação. Anton acompanhava a equipe, juntamente com Jamar, responsáveis que eram pelos guardiões superiores. Havia muito interesse na história do *krill*, pois ele era peça fundamental para entenderem certas conexões com os políticos do mundo, desde a Segunda Guerra Mundial, afinal, o *krill* participara ativamente de muitos conchavos com governantes e chefes de inteligência em todo o mundo.

– Somos representantes da segurança planetária deste orbe – principiou Watab, enquanto os demais se acercaram do alienígena de Zeta Reticuli, uma estrela binária na constelação de Reticulum. Quanto a esta, embora, por meio dos instrumentos humanos, ainda não se tenham observado planetas em torno do par de estrelas, uma delas possui um disco circunstelar observável pelos astrônomos. Esse disco esconde o que restou de um planeta outrora próspero e cheio de vida, lar da maioria dos *grays*; muitos deles já se mudaram de residência sideral há séculos e séculos, devido aos danos potencialmente irreversíveis causados à vida em seu mundo natal.

— Queremos saber quais as reais intenções de vocês, ou melhor, a sua intenção, pessoalmente, ao conduzir experiências com os homens da Terra.

O *krill* viu-se acuado diante de tantos representantes de culturas distintas. Ele não tinha como sonegar informações. Participara de uma conferência entre representantes de diversos planetas, no passado, quando logrou omitir determinados pormenores, porém, agora, fora do corpo, entre seres humanos da Terra e de outros mundos, não havia mais como esconder seu intento; não adiantava dissimular pensamentos e emoções. Esforçando-se para articular de modo audível, pois suas energias voltavam pouco a pouco, resolveu falar:

— Queremos identificar entre os humanos uma matriz energética e genética que nos sirva de base para reverter o processo de degeneração de nossa raça. Mas vocês são uma espécie de gente com a qual é muito difícil lidar. Estão no mesmo caminho em que já estivemos, se querem saber, embora sejam muito mais teimosos e de índole guerreira.

— Comportamento que vocês decerto conhecem muito bem – argumentou um dos seres da constelação de Órion.

— Nunca fomos assim. Nossa história é repleta de incidentes sérios, mas tudo que fizemos foi em nome da ciência e de avanços que queríamos conquistar para nossa civilização.

— Mas não é isso que diz um de seus compatriotas – interferiu Anton, apontando para alguém que entrava naquele instante no recinto, vindo do lado oposto àquele para onde o *krill* olhava. Era um ser muitíssimo parecido com o entrevistado Tratava-se de outro *gray*, mas com certas diferenças em seu corpo, o que denotava ser ele da mesma espécie, mas de outro ramo, adaptado a uma atmosfera e a uma realidade planetária diferentes das do *krill*.

— Verna Lan?! – reagiu incrédulo o *krill* ao ver um dos seus adentrarem o ambiente. – Então você está por trás de tudo isso? É o responsável pela destruição do meu corpo? – falou furioso, olhando para o ser à sua frente.

— Olá, grande guerreiro *krill*. Como você perdeu seu porte altivo depois de tantas lutas sem vitória, não?

Anton interferiu, junto com Watab, para evitar algo desagradável.

— Como sabe – prosseguiu o recém-chegado –, sou um dos representantes de nossa raça que partiram para uma estrela próxima. Nosso mundo original não comporta mais a vida com a qualidade de que precisamos para nos desenvolver como civilização. Vim apenas com a incumbência de levá-lo ao tribunal da confederação, a fim de que preste contas de suas atitudes nos planetas por onde passou. Você é alguém que procuramos há muitos ciclos.

— Não sou culpado de nada, Verna Lan! Sabe disso. Meu intento é realmente encontrar uma solução para a desgraça que se abateu sobre nosso povo. Pretendo selecionar o tipo ideal mediante experimentos com uma seleção de DNA que seja compatível com o nosso. Já estamos chegando quase ao fim das experiências. Quero retornar ao nosso mundo com o produto final do meu trabalho. Seria uma vitória para nossa raça conseguirmos nos reproduzir naturalmente outra vez, sem usarmos os recursos da clonagem.

— Sei das suas intenções, *krill* — falou Watab, procurando evitar que os dois entrassem em discussão, pois a situação consumiria tempo e energia desnecessariamente. — Mas acredito que você esconde muito mais informações do que revela.

— Não sei do que está falando — o *krill* ainda tentou dissimular.

— Falo das suas reais intenções e da motivação para suas experiências atualmente.

O *krill* entendeu de uma vez por todas que

não adiantava ocultar-se atrás de mentiras. Olhou para o outro de sua espécie e viu que ele também sabia o que fizera ao longo dos anos na Terra. Então, levantou o olhar, como que recuperando a altivez, embora os detalhes de sua fisionomia pudessem somente ser entendidos pelos de sua espécie. Disse:

– Estamos neste mundo há alguns séculos. Durante período de mais de mil anos de sua história – falou olhando fixamente para Watab e Anton –, fizemos várias experiências, ainda que pontuais, em países ao redor do globo. Estivemos presentes em eventos de seu mundo em momentos decisivos, nos quais nos manifestamos no planeta disfarçados de humanos como vocês. Desde a corte de Constantino, um dos imperadores romanos, estivemos envolvidos na política dos terráqueos. Fomos confundidos com demônios durante o que chamam de Idade Média, exatamente porque nos fizemos visíveis a muitas pessoas as quais nos interessava pesquisar. Naquela época, chegamos a mapear mais de 400 humanos, que serviram como elementos de pesquisas. Somente depois da Guerra Turco--Otomana, no século XVII, é que resolvemos definitivamente partir para as experiências nas quais empregaríamos mais intensamente as abduções físicas. Alguns anos antes da Primeira Guerra Mundial, cheguei ao seu planeta com a incumbência de assumir a direção das negociações de poder e das experiências de nossos cientistas. Desde então, regressei em dois períodos a Zeta Reticuli, para, a partir de 1947, ficar definitivamente aqui.

– Disso sabemos, *krill*, pois nossos registros guardam detalhes de suas interferências em diversos lances da história. Entretanto, suas intenções se modificaram ao longo de todo esse tempo.

– Mudei porque seus líderes romperam o tratado que fizeram conosco!

– Um tratado apenas político e militar, que de nada adiantou.

– Um tratado que me fez acordar. Se eu podia ir e vir em seu mundo sem que percebessem que estávamos aqui, ainda mais quando os líderes das potências internacionais escondiam da população nossa ação entre os homens, naturalmente, notei que tinha muito a meu favor. Não precisava me esconder; poderia usar essa política dos humanos em meu benefício. E assim o fiz.

– Mas agora com novas intenções – falou Watab.

– Sim. Descobri que, ao mesmo tempo que buscava encontrar uma forma de nossa gente se reproduzir novamente, eu também poderia obter recursos do seu mundo para recompor nossa atmosfera e reconstruir nosso sistema de vida. Além disso, ao ficar por aqui, poderia me tornar um regente secreto, de âmbito global. Afinal de contas, aprendi como me infiltrar nos governos e participar das decisões disfarçado. Para dominar, basta dominar o dinheiro, a economia, a indústria da guerra e a religião. Com efeito, os humanos não aceitam a interferência de seres de outros mundos em seu sistema de vida, nem sequer acreditam em nossa existência, em sua grande maioria. Como selvagens, lutam entre si, comprometem sistematicamente seu próprio mundo com políticas voltadas apenas à obtenção de poder. Poucos sabem de nós e, em regra, fazem de tudo para esconder nossa atuação.

– Assim você ficou mais à vontade para agir – comentou Verna Lan, o *gray* que viera para levar o *krill* ao tribunal de justiça da confederação de mundos.

– A maioria dos humanos acredita, incluindo os que se consideram a elite intelectual, que são a única forma de vida no universo. Miseráveis criaturas! Quem pensa assim? Não obstante, esse tipo de ideia vem a calhar para quem pretende dominar e reger um mundo como tal – o *krill* escarnecia da espécie humana. – Aproveitei a situação, a distração dos brinquedinhos que nossa equipe ofertou aos cientistas e aos governos do seu mundo, e me inteirei de muitos negócios, de muitas das políticas vigentes.

– Inclusive entrando em contato com outros seres do espaço que tinham a mesma intenção que você – complementou Anton diante do exposto.

– Procurei os reptilianos, revoltosos e insatisfeitos, e lhes ofereci a oportunidade de assumir este mundo juntamente comigo e com os cientistas que eu trouxe. Os experimentos genéticos já estão em pleno andamento. Muitos seres híbridos foram desenvolvidos com o fim de produzir uma raça auxiliar, subalterna, que nos favoreça os planos. Muitos dos nossos já estão entre os humanos da superfície; caminham entre eles, vivem entre eles, e alguns – ainda poucos, mas os há – infiltram-se em meio aos poderosos, a pretexto de prestar assessoria a governos e instituições mundiais.

– Uma invasão silenciosa, sem necessitar se mostrar à população da Terra de maneira abrupta.

– Algo assim, humano! – respondeu o *krill*. – Algo que levou em conta a política internacional. Aproveitei a ideia de esconder nossa presença, algo defendido pelos governos mundiais, e agi em conformidade. Para que vir com nossas naves nos céus do planeta se poderíamos fazer diferente, de maneira silenciosa e mais eficaz?

Nesse ponto o outro *gray* interveio, complementando a fala do *krill* com mais dados:

– Mas não somente por isso, renegado das estrelas. Você sabe muito bem que não possuem tantas naves assim, a ponto de realizarem uma invasão desse porte. Dispõem de no máximo 10 naves, e nenhuma é aparelhada para a guerra, pois, quando deixaram nosso sistema, tanto pretendiam apenas realizar experiências científicas quanto teriam dificuldades em sair de lá com armamentos de grande porte. Ou seja, seus aparatos de defesa são diminutos.

Furioso, o *krill* fixou seu conterrâneo, mas não se abateu e retomou o pensamento:

— Com as experiências genéticas, pudemos misturar nosso DNA ao DNA humano, assim como outros povos da galáxia fazem aqui mesmo, neste orbe.

Dessa vez foi o ser de Órion que o interpelou:

— Assim o fazemos, *krill*, porém com o objetivo de melhorar a espécie humana e contribuir para que apareça no mundo uma geração de homens mais bem-preparados para viver, abertos a novos conceitos. Por isso, os híbridos que produzimos nos processos de abdução já estão na Terra, com seus pais humanos, muitas vezes, adotados por eles em continentes diferentes daqueles onde vivem os que cederam o material genético. Desenvolvem capacidades e habilidades incomuns para o homem da Terra. Tal como no passado, há milhares de anos da atualidade, quando ocorreram interferências genéticas que visavam aperfeiçoar o tipo físico e o cérebro dos habitantes deste orbe, preparando-os para um salto monumental na escala evolutiva, hoje fazemos algo análogo, não mais para o homem se modificar fisicamente, mas, sobretudo, psiquicamente. Nesta ocasião, a identificação do

DNA humano e a sua mistura com o DNA de algumas raças mais compatíveis com a estrutura dos cromossomos terrestres visa à elaboração de um psiquismo mais desenvolvido, de habilidades psíquicas e paranormais que auxiliem o homem numa nova etapa evolutiva. Enfim, trata-se de algo que difere absolutamente do que empreendem, no método e nos propósitos.

– Vocês são tímidos por demais em suas intenções, habitante de Betelgeuse. Nosso objetivo é infiltrar muitos dos nossos nos sistemas político e de vida dos terráqueos. Por isso, já estamos muito adiantados no processo. Muitas instituições consideradas poderosas pelos humanos já estão em nosso radar de influência, e outras tantas são dirigidas diretamente por híbridos ou por algum de nossa espécie. Eu mesmo já me infiltrei na máfia italiana, no Banco do Vaticano, nas negociações da ONU, da Otan, a Organização do Tratado do Atlântico Norte, e em outros organismos de renome. Tenho ao menos 15 representantes meus diretamente envolvidos no universo da política e dos negócios. Além deles, há os híbridos, que recebem diretamente de nós informações, ideias, projetos e estratégias a serem seguidos. De fato, é uma invasão silenciosa, acobertada pela política dos governos de não admitir publicamente nossa existência e atuação.

Os planos do *krill* pareciam estar em pleno

andamento e eram muito ardilosos. Realmente, capturá-lo era algo necessário e urgente.

– Como veem, adianta muito pouco me capturarem. Nosso plano foi tão bem elaborado que funcionará por si só, sem a minha presença.

– Mas, pelo menos, você nunca saberá se deu certo ou não, pária renegado! – acrescentou Verna Lan. – Você será conduzido ao conselho de segurança dos planetas e não saberá jamais se seus planos foram bem-sucedidos ou se deram em nada.

– Se esse é o preço que terei de pagar, que então seja. Já me dou por satisfeito, pois temos híbridos entre os humanos, e isso não pode ser revertido.

– Ou quem sabe possa... – redarguiu o ser de Betelgeuse, a estrela-alfa de Órion. – Afinal, também temos nossos híbridos entre os humanos. Então, a balança está equilibrada; o jogo de poder não está decidido. No nosso caso, não intentamos invasão, mas auxílio à civilização terrestre. Podemos entrar em contato a qualquer momento com os híbridos produzidos pela união entre humanos e seres de nossos mundos, os mundos confederados. Ao saberem das intenções e da estratégia sob sua batuta, *krill*, eles reunirão condições de intervir nos mesmos órgãos onde conseguiu infiltrar seus representantes. Como nossos híbridos possuem capacidades e habilidades psíquicas incomuns para a espécie humana atual, serão ainda mais capazes de identificar quem vem sendo conduzido por seus compatriotas e partidários. Por fim, *krill*, temos um elemento a mais que nos dará vantagem sobre o fruto de suas experiências: enquanto vocês visavam apenas desenvolver híbridos para servirem como marionetes na disputa por poder, nós identificamos o DNA certo e o misturamos ao nosso, de maneira a gerar seres com habilidades psíquicas ainda mais abrangentes, entre outras vantagens, neste momento em que farão diferença no auxílio à humanidade.

Sem aquela ajuda, somada à atuação dos espíritos ligados às forças de justiça, os homens estariam em maus lençóis, pois dificilmente teriam condições de apreender uma invasão em andamento, porém aparentemente pacífica e silenciosa, até que estivessem seriamente dominados.

O *krill* não esperava por essa. Não esperava que seus planos pudessem ser barrados exatamente por experiências similares, todavia, mais bem-elaboradas. Ele desconhecia que havia, em vários países, diversos homens novos, com habilidades muito além das comuns para os filhos da Terra. Eles preparavam-se para entrar em ação no momento propício, a fim de enfrentar a guerra psíquica e mental que seria travada sem que a maioria dos humanos tivesse conhecimento dela.

– Vamos, *krill*! Não há mais lugar para você

neste mundo. Seu lugar será ante o tribunal de justiça da confederação dos povos da galáxia. Seu tempo na Terra expirou.

— Meus cientistas ficaram aqui. Contra eles, vocês não podem nada — o renegado podia estar abatido, mas com efeito não demonstrava qualquer arrependimento.

— Engana-se, homem derrotado das estrelas. Nosso trunfo também é por meio dos híbridos. Eles têm sido preparados em todos os países onde se encontram; formam grupos de apoio e conscientização sobre o que ocorre tanto nos bastidores da vida, além da delicada membrana psíquica que separa as dimensões, como no panorama mundial, no que se refere à política do mundo e à política inumana dos opositores ao progresso. Quanto aos cientistas e aos pesquisadores sobre os quais tem ascendência, sem a mente que os comandava com mão de ferro, ficarão à deriva, até não mais conseguirem completar seus experimentos. O mundo conta agora com a informação a respeito de seus planos e com a presença de nossos agentes corporificados entre os humanos.

— E como farão para levar essas informações ao mundo dos humanos, dos viventes? Não veem que os humanos não detêm habilidade de nos perceber e captar nossos pensamentos?

— Engana-se uma vez mais. Veja esta mulher

aqui – falou indicando Irmina Loyola. – Ela é uma híbrida e ainda está de posse do corpo físico. Portanto, muitos humanos possuem aquelas habilidades. Além dela, muitos outros são capazes de se deslocar energeticamente do corpo carnal; como ela, outros também, outros híbridos, os filhos do amanhã, formarão uma equipe em sintonia com nossos planos de auxiliar a humanidade. Infelizmente, para você, *krill*, tanto o tempo quanto a esperança de domínio acabaram.

Resmungando sons incompreensíveis para a maioria ali presente, o *krill* foi levado para fora do ambiente do grande salão de conferências. Uma nave aguardava no solo da Lua para o conduzir a um dos mundos da galáxia onde prestaria contas perante um tribunal no qual se reuniriam representantes de diversos povos.

Era o dia 15 de outubro de 2010. Ali, na presença e sob a coordenação dos Imortais e representantes das estrelas, descortinava-se um novo panorama de atividades de um grupo que seria preparado para intervir, agir e interagir junto aos povos da Terra. Muitos seriam chamados a apoiar os guardiões, embora poucos fossem escolhidos para compor o exército dos filhos do amanhã, que trabalhariam para auxiliar o mundo a entrar numa nova etapa da história de sua civilização.

# Referências bibliográficas

BÍBLIA de estudo Scofield. Tradução de João Ferreira de Almeida Corrigida e Fiel. São Paulo: Bom Pastor, 2013.

BÍBLIA de referência Thompson. Tradução de João Ferreira de Almeida. Ed. Contemporânea. São Paulo: Vida, 1995.

BÍBLIA Sagrada. Tradução de João Ferreira de Almeida Revista e Atualizada. Barueri: Sociedade Bíblica do Brasil (SBB), 2000.

KARDEC, Allan. *Imitação do Evangelho segundo o espiritismo*. Edição histórica bilíngue. Brasília: FEB, 2014.

\_\_\_\_. *O Evangelho segundo o espiritismo*. 1ª. ed. esp. Rio de Janeiro: FEB, 2011.

\_\_\_\_. *O livro dos espíritos*. 1ª ed. esp. Rio de Janeiro: FEB, 2005.

\_\_\_\_. *Revista espírita*. Rio de Janeiro: FEB, 2004. Ano II (fev. 1859).

PINHEIRO, Robson. Pelo espírito Ângelo Inácio. *A marca da besta*. Contagem: Casa dos Espíritos, 2015.

\_\_\_\_. Pelo espírito Ângelo Inácio. *O agênere*. Contagem: Casa dos Espíritos, 2015.

\_\_\_\_. Pelo espírito Ângelo Inácio. *Os guardiões*. Contagem: Casa dos Espíritos, 2013.

\_\_\_\_. Pelo espírito Ângelo Inácio. *Os nephilins*. Contagem: Casa dos Espíritos, 2014.

\_\_\_\_. Pelo espírito Ângelo Inácio. *Tambores de Angola.* 3ª. ed. rev. Contagem: Casa dos Espíritos, 2015. (1ª. ed. em 1998.)

\_\_\_\_. Pelo espírito Estêvão. *Apocalipse:* uma interpretação espírita das profecias. 5ª. ed. rev. Contagem: Casa dos Espíritos, 2005. (1ª. ed. em 1998.)

\_\_\_\_. Pelo espírito Estêvão. *Mulheres do Evangelho.* 2ª. ed. rev. Contagem: Casa dos Espíritos, 2009. (1ª. ed. em 2005.)

\_\_\_\_. Pelo espírito Joseph Gleber. *Consciência.* 2ª. ed. rev. Contagem: Casa dos Espíritos, 2010.

## OUTRAS OBRAS DE ROBSON PINHEIRO

PELO ESPÍRITO JÚLIO VERNE
*2080* [obra em 2 volumes]

PELO ESPÍRITO ÂNGELO INÁCIO
*Encontro com a vida*
*Crepúsculo dos deuses*
*O próximo minuto*
COLEÇÃO SEGREDOS DE ARUANDA
*Tambores de Angola*
*Aruanda*
*Antes que os tambores toquem*
SÉRIE CRÔNICAS DA TERRA
*O fim da escuridão*
*Os nephilins: a origem*
*O agênere*
*Os abduzidos*
TRILOGIA O REINO DAS SOMBRAS
*Legião: um olhar sobre o reino das sombras*
*Senhores da escuridão*
*A marca da besta*
TRILOGIA OS FILHOS DA LUZ
*Cidade dos espíritos*
*Os guardiões*
*Os imortais*
SÉRIE A POLÍTICA DAS SOMBRAS
*O partido: projeto criminoso de poder*
*A quadrilha: o Foro de São Paulo*
*O golpe*

ORIENTADO PELO ESPÍRITO ÂNGELO INÁCIO
*Faz parte do meu show*
COLEÇÃO SEGREDOS DE ARUANDA
*Corpo fechado* (pelo espírito W. Voltz)

PELO ESPÍRITO TERESA DE CALCUTÁ
*A força eterna do amor*
*Pelas ruas de Calcutá*

PELO ESPÍRITO FRANKLIM
*Canção da esperança*

### PELO ESPÍRITO PAI JOÃO DE ARUANDA
*Sabedoria de preto-velho*
*Pai João*
*Negro*
*Magos negros*

### PELO ESPÍRITO ALEX ZARTHÚ
*Gestação da Terra*
*Serenidade: uma terapia para a alma*
*Superando os desafios íntimos*
*Quietude*

### PELO ESPÍRITO ESTÊVÃO
*Apocalipse: uma interpretação espírita das profecias*
*Mulheres do Evangelho*

### PELO ESPÍRITO EVERILDA BATISTA
*Sob a luz do luar*
*Os dois lados do espelho*

### PELO ESPÍRITO JOSEPH GLEBER
*Medicina da alma*
*Além da matéria*
*Consciência: em mediunidade, você precisa saber o que está fazendo*
*A alma da medicina*

### ORIENTADO PELOS ESPÍRITOS
### JOSEPH GLEBER, ANDRÉ LUIZ E JOSÉ GROSSO
*Energia: novas dimensões da bioenergética humana*

### COM LEONARDO MÖLLER
*Os espíritos em minha vida: memórias*

### PREFACIANDO
### MARCOS LEÃO PELO ESPÍRITO CALUNGA
*Você com você*

### CITAÇÕES
*100 frases escolhidas por Robson Pinheiro*

A Casa dos Espíritos acredita na importância da edição ecologicamente consciente. Por isso mesmo, só utiliza papéis certificados pela Forest Stewardship Council® para impressão de suas obras. Essa certificação é a garantia de origem de uma matéria-prima florestal proveniente de manejo social, ambiental e economicamente adequado, resultando num papel produzido a partir de fontes responsáveis.

**Quem enfrentará o mal
a fim de que a justiça prevaleça?
Os guardiões superiores
estão recrutando agentes.**

### Colegiado de Guardiões da Humanidade
*por Robson Pinheiro*

FUNDADO PELO MÉDIUM, terapeuta e escritor espírita Robson Pinheiro no ano de 2011, o Colegiado de Guardiões da Humanidade é uma iniciativa do espírito Jamar, guardião planetário.

Com grupos atuantes em mais de 10 países, o Colegiado é uma instituição sem fins lucrativos, de caráter humanitário e sem vínculo político ou religioso, cujo objetivo é formar agentes capazes de colaborar com os espíritos que zelam pela justiça em nível planetário, tendo em vista a reurbanização extrafísica por que passa a Terra.

Conheça o Colegiado de Guardiões da Humanidade. Se quer servir mais e melhor à justiça, venha estudar e se preparar conosco.

PAZ, JUSTIÇA E FRATERNIDADE
www.guardioesdahumanidade.org